CŒURS EN CŒU

Partie 2

MARINA SIMCOE
LA RIVIÈRE DES BRUMES

Cœurs en Feu
Le Monde de la Rivière des Brumes

Ce livre est une œuvre de fiction. Les noms, les personnages, les lieux et les
événements sont le fruit de l'imagination de l'auteur. Les noms locaux et de lieux
publics sont utilisés pour créer l'ambiance du roman. Toute ressemblance avec des
personnes réelles, vivantes ou mortes, ou avec des entreprises, des sociétés, des
événements, des institutions ou des lieux est totalement fortuite.
Première Édition
Traduit par : Lidia Slavek
Corrigé par : Alorthographe

Cœurs en Feu est un roman de fantasy avec une histoire d'amour entre un homme
et une femme. Il vise un public adulte.

Cœurs en Feu

TOME 2

MARINA SIMCOE

*À mon Capitaine
Merci de m'avoir fait voler.*

AMBER

En enfilant une flèche sur mon arc, je plissai les yeux vers le centre peint sur un morceau de bois fixé à l'extrémité du mur. Je visai soigneusement avec la pointe en fer de la flèche le cercle rouge de la taille d'une pomme voire de celle d'un œil de dragon.

Je m'attardai, m'assurant que tout était parfait. J'avais déjà brisé une flèche en l'envoyant trop à droite. Elle avait heurté le mur de pierre au lieu du bois et s'était cassée en deux. Maintenant, il ne me restait que six flèches dans le carquois, et je devais être prudente.

Retenant mon souffle, je relâchai la flèche. Elle traversa la cour. Sa pointe s'enfonça dans le coin du bois. La puissance de l'impact fit vibrer la flèche, son bout emplumé balançant légèrement.

— Bien, approuva Zenada.

Elle était accroupie près du feu qui chauffait un four rond dans l'autre coin de la cour. Iolena, une autre femme du Sanctuaire, apporta un plateau de pains plats et ronds faits d'une simple pâte de sel, d'eau, de farine de sarrasin et d'un agent levant. Une fois qu'Iolena fut partie et que le four fut assez chaud, Zenada y plaça les pains ronds, les plaquant contre les parois épaisses et chaudes du four pour les faire cuire.

Les joues rougies par la chaleur, elle écarta quelques longues mèches noires de son visage.

— Tu deviens vraiment douée au tir, Amber, dit-elle en s'étirant le dos.

— *Douée* aurait été d'atteindre directement le centre de cet « œil ». Tout ce qui est en dehors m'aurait fait tuer là-bas, soupirai-je en me dirigeant vers ma cible pour récupérer la flèche.

Je m'entraînais quotidiennement, parfois deux fois par jour si mes corvées me le permettaient. Je m'améliorais. Mais pas encore assez pour que ma compétence soit vraiment utile.

— Tu y arrives, m'encouragea Zenada.

Mère me permettait de m'entraîner sans discuter. Les autres femmes étaient également encouragées à s'exercer avec des armes. Avec le départ d'Isar, le Sanctuaire avait perdu sa garde et protectrice la plus capable. Maintenant, chacune devait faire sa part.

Zenada sortit le pain cuit du four, empilant les galettes sombres et plates sur un large plat en céramique.

— Tiens. Elle en poussa une dans ma main. Mange-la maintenant, avant le repas.

Perpétuellement affamée, je n'avais pas la volonté de refuser, mordant immédiatement un énorme morceau du pain chaud et parfumé.

— Merci. Tu en veux ? Je peux partager. Je déchirai le pain en deux.

Je savais que les *Salamandras* avaient faim aussi. Ce n'était pas parce que leurs corps étaient mieux équipés pour faire face au manque de nourriture, ne montrant presque aucun signe de malnutrition, qu'elles ne souffraient pas des tenaillements de la faim.

— Non, merci. Elle détourna son regard de mon offrande. Ça va.

Une ombre ailée tomba sur les pierres de la cour. Je me baissai instinctivement, mon cœur s'arrêtant presque avec un battement de panique. Après plus de deux semaines à Dakath, je ne m'attendais à rien de bon venant du ciel.

— C'est juste un hibou des nuages, dit Zenada, sa voix s'animant.

L'ombre était plus petite que celle d'un homme-gargouille et bien plus petite que celle d'un dragon. Pourtant, elle était plus grande que celle de n'importe quel oiseau que j'avais jamais vu.

Je levai les yeux, suivant le vol du magnifique oiseau blanc. Planant au-dessus de la cour dans un arc de descente lent et gracieux, le hibou passa devant nous et s'engouffra par les portes ouvertes dans le Sanctuaire.

— Pourquoi est-il entré ? Je le fixai du regard.

Les yeux d'obsidienne de Zenada s'illuminèrent d'excitation.

— C'est un hibou messager. Du roi.

— Mais je ne l'ai pas vu porter de messages. Il n'y avait ni lettre dans son bec, ni parchemins dans ses serres.

— Il va délivrer le message directement à qui il est destiné. À Mère, bien sûr.

— Un hibou qui parle ?

— Oui. Son espèce vient du Royaume Céleste qui se trouve haut au-dessus des nuages où vivent les faes du ciel. Le roi Edkhar en a reçu un comme cadeau il y a longtemps.

Je me souvenais que Mère avait dit qu'elle écrirait au roi. Ils avaient clairement une forme de communication. Je n'avais simplement jamais imaginé que cela impliquait un hibou magique parlant.

Zenada balançait d'un pied à l'autre avec impatience.

— Je devrais apporter ceux-ci à la cuisine. Elle plaça le plateau de pains sur son épaule. Si Mère a des nouvelles du roi pour nous, elle les annoncera à l'intérieur. Tu devrais probablement venir avec moi si tu veux les entendre.

Je ne me sentais pas aussi impatiente que Zenada d'entendre ce que le roi avait à dire. Après cette première semaine tragique et turbulente au Sanctuaire, la vie ici s'était finalement installée dans une certaine routine. Malgré le travail épuisant nécessaire pour simplement survivre dans ces conditions difficiles, le rythme lent de la vie ici me plaisait. Mon corps était pratiquement guéri maintenant. Et mon âme s'était suffisamment engourdie pour que je puisse continuer dans une paix relative.

Je n'attendais pas avec impatience d'éventuelles perturbations de cette existence tranquille. Mais je suivis Zenada jusqu'à la salle principale du Sanctuaire pour découvrir les nouvelles.

Nous n'étions pas les seules là-bas. Presque toutes les *Salamandras* du Sanctuaire s'étaient déjà rassemblées près des perchoirs en pierre autour de la statue de leur déesse. Le Sanctuaire était assez petit pour que la nouvelle de l'arrivée du hibou des nuages se soit répandue presque instantanément.

Mère sortit de la pénombre des pièces intérieures. Le hibou blanc comme neige était perché sur son épaule. Avec ses ailes repliées, l'oiseau n'était pas aussi grand qu'il l'avait semblé auparavant.

— Préparez-vous, mes sœurs, dit Mère, inclinant la tête d'un air digne. Le roi Edkhar souhaite nous voir au Pic Bozyr. Nous partons demain, juste après le lever du soleil.

Une vague de chuchotements bruissa entre les femmes. Certaines semblaient excitées, comme Zenada, qui serrait ses mains contre sa poitrine, les yeux brillants d'anticipation. D'autres paraissaient inquiètes.

— Combien d'entre nous iront cette fois ? demanda quelqu'un.

— Tout le monde, répondit Mère.

— Moi aussi ? lâchai-je, incertaine de ce que je ressentais à l'idée d'y aller.

Mère posa son regard sur moi. Long et sans cligner, il m'envoya un frisson de malaise le long de la colonne vertébrale.

— Toi aussi, Amber, dit-elle gravement, puis elle reporta son attention sur les autres. Nous irons toutes. Le Sanctuaire sera fermé pour l'instant.

Zenada fit un petit pas en avant.

— Nous ne pouvons pas partir juste après le lever du soleil. Les dragons n'auront pas assez de temps pour venir nous chercher.

Mère pinça les lèvres avant de répondre :

— Le roi n'envoie personne pour nous chercher cette fois. Il souhaite que nous marchions.

— Tout le chemin jusqu'au château ? s'exclama quelqu'un.

— Oui. Tout le chemin jusqu'à son château sur le Pic Bozyr. Le regard de Mère se durcit. Elle serra sa main autour du pendentif en forme de lézard sur sa poitrine. C'était sa punition pour avoir abrité une venimeuse.

Le souvenir du jour où Isar avait été emmenée résonna douloureusement dans mon cœur. Mettre la main sur cette femme n'avait clairement pas suffi au roi vengeur. Il souhaitait également punir toutes celles qui avaient partagé le Sanctuaire avec elle.

Quelqu'un dit doucement derrière moi :

— Ce ne sera pas la fin de la punition, je le crains.

Je me retournai brusquement pour voir qui avait dit cela. Cependant, toutes les femmes du groupe derrière moi regardaient droit devant elles avec la même expression sur leurs visages. Leurs bouches fermées. Leurs visages sereins. Résignées à leur sort.

— Amber, dit Mère en se dirigeant vers la sortie pour libérer le hibou messager. Tu n'as plus besoin d'utiliser la pâte de racine écarlate pour tes cheveux.

Elle sortit dans la cour, me laissant perplexe.

Que voulait-elle dire ? Voulait-elle que je laisse pousser mes cheveux maintenant ? Après avoir expliqué clairement à quel point c'était dangereux ?

Je savais que je ne faisais pas confiance à Mère. Ce n'est qu'à présent que je n'étais pas sûre de quelle version d'elle je devais me méfier le plus, celle qui me voulait chauve ou celle qui ne le voulait pas.

Un poids oppressait ma poitrine. Au moins, maintenant je

savais ce que je ressentais à l'idée d'aller au Pic Bozyr, je le redoutais.

Deux

AMBER

Nous marchions depuis des heures le long du passage enneigé entre les montagnes, des heures qui semblaient durer des années. À présent, je pouvais à peine me souvenir d'un temps où le monde autour de moi n'était pas uniquement composé de roches noires sans fin, de neige glaciale et de vent âprement froid.

Je restais à la traîne de notre file de femmes en rouge. Zenada s'arrêta, attendant que je la rattrape.

— Plus très loin maintenant, dit-elle en me saisissant sous le bras.

Des rafales de vent s'acharnaient sur ma robe. J'avais attaché un morceau de tissu sur ma tête sous ma capuche pour la garder au chaud, et une épaisse bande de laine autour de mon cou pour empêcher le vent d'arracher la capuche de ma tête. Le large ruban de dentelle qui bordait la capuche pendait bas sur mon visage, le protégeant quelque peu du vent. Malgré cela, mes joues étaient engourdies et je n'avais plus senti mon nez depuis un certain temps déjà.

— Juste en haut de ce sentier, et nous y sommes. Zenada

indiqua l'étroit passage entre les rochers couverts de neige qui saillaient de chaque côté. La file de femmes grimpant le sentier s'étirait comme un serpent à peau rouge devant nous.

Tout en haut, le sommet de la montagne se divisait en hautes tours et tourelles pointues. Leur sombre amas se détachait nettement sur le ciel bleu pâle de l'après-midi d'hiver.

Le Pic de Bozyr, le château du Roi Dakath, paraissait sombre et oppressant lorsque je le regardais d'en bas. Peut-être était-ce l'intention de son créateur ? Le château du roi était censé dominer le royaume, inspirant crainte et révérence aux sujets du souverain. Bien que la longue randonnée soit presque terminée, j'aurais préféré faire demi-tour et repartir par où j'étais venue. Les murs usés et étouffants du Sanctuaire me semblaient désormais bien plus accueillants et hospitaliers que le château royal.

Comme si elle percevait mon humeur, Zenada me tapota l'épaule de façon rassurante.

— Le roi Edkhar est célèbre pour ses festins. Nous aurons plein de délicieuse nourriture à manger au château, dit-elle joyeusement.

L'anticipation enthousiaste dans sa voix ne concernait pas seulement la nourriture, je le sentais. La manière dont un sourire chaleureux jouait aux coins de sa bouche et comment ses yeux se tournaient vers le château toutes les quelques secondes me disait que Zenada attendait bien plus qu'un simple bon repas.

— Zenada, haletai-je, essayant péniblement de rester à son niveau et à celui des autres. Le roi Edkhar est responsable de notre marche forcée dans la neige et le vent toute la journée. Il aurait facilement pu envoyer quelqu'un nous chercher, mais il nous a obligées à marcher par pure méchanceté. Ne trouves-tu pas cela plutôt mesquin, surtout venant d'un roi ?

Son expression s'assombrit quelque peu.

— Le roi souhaitait faire passer un message, je suppose... marmonna-t-elle, incertaine.

— Eh bien, il l'a certainement fait passer, soufflai-je, escaladant les rochers glissants et verglacés sur notre chemin.

— Le roi a tout un royaume à gouverner, Amber, et une guerre à mener. Qui sommes-nous pour juger les décisions qu'il prend ?

— Y compris la décision d'enlever Isar ? Il n'a pas hésité à envoyer des dragons jusqu'au Sanctuaire à *ce* moment-là, n'est-ce pas ?

À part quelques mots le matin suivant ce jour, nous n'avions pas parlé de ce qui était arrivé à Ertee et Isar.

Ce n'était peut-être pas le meilleur moment pour aborder ce sujet. J'étais exceptionnellement amère et irritable après la longue et épuisante randonnée à travers les montagnes. Zenada n'était pas responsable des actions du roi, et je n'aurais pas dû m'en prendre à elle.

Mais elles me manquaient toutes les deux, Isar et Ertee. Durant le peu de temps passé avec elles, j'en étais venue à admirer la ténacité et la force d'Isar. La façon dont elle nous avait été arrachée, injustement et sans laisser de trace, rendait la situation encore pire. Le Sanctuaire ne semblait plus le même sans la présence apaisante d'Ertee.

Zenada resta silencieuse un certain moment, grimpant le sentier à mes côtés.

— Le roi... Il doit avoir ses raisons, finit-elle par dire.

La colère s'agita en moi, hérissant mes poils. Elle était dirigée contre le roi. Mais une partie débordait, suffisamment pour atteindre Zenada aussi. Je ne pouvais pas la blâmer pour ses actions, mais cela m'énervait qu'elle ne les condamne pas. Le fait qu'elle le défende me donnait l'impression qu'elle approuvait ce qu'il avait fait.

— Comment peux-tu dire ça ? fulminai-je. Qu'est-ce qui pourrait possiblement justifier ce qu'il a fait à Isar ?

— Eh bien... Le roi n'est pas seul dans ce château, tu sais. Il est entouré de gens, et tous ne sont pas bons. Le Haut Général, par exemple, est une personne méprisable.

Je secouai la tête, n'acceptant pas ses excuses.

— Il est le roi, Zenada. C'est lui qui choisit les personnes qui l'entourent.

Elle se mordit la lèvre, se détournant de mon regard furieux. Cela me faisait plus mal que tout ce qu'elle aurait pu dire ou faire. Le roi n'utilisait pas seulement le corps de Zenada, il possédait aussi son cœur.

— Tu l'aimes, n'est-ce pas ? demandai-je, redoutant sa réponse.

Elle baissa la tête sans dire un mot, mais son silence était un aveu suffisant.

Seigneur, ne me laisse pas tomber amoureuse d'un homme qui ne le mérite pas, priai-je. *Plus jamais.*

Plus nous nous en approchions, plus le château semblait grandir. Il occupait tout le sommet de la montagne, accessible à pied uniquement par ce côté. Mais même ici, le chemin que nous empruntions ne semblait pas être très fréquenté. La majorité des visiteurs du château semblaient préférer voler.

Lorsque j'atteignis la porte du château, le reste des femmes était déjà entré. Au-delà de la porte, l'espace entre les murs extérieur et intérieur du château ressemblait davantage à une large terrasse qu'à une basse-cour ou une cour. Elle faisait le tour de la montagne, suivant chaque creux et courbe du paysage, bordée par des murs aux tours pointues.

Nous suivîmes le chemin le long du mur intérieur jusqu'à une entrée latérale du château où un serviteur nous laissa entrer.

— Le dîner est dans une demi-heure, informa-t-il Mère. Le roi s'attend à ce que vous le rejoigniez toutes dans la Salle à Manger.

Contrairement aux femmes du Sanctuaire, il semblait que le roi prenait plus d'un repas par jour puisqu'il avait un dîner.

Une demi-heure était-elle suffisante pour ne serait-ce que reprendre mon souffle après avoir marché toute la journée dans les montagnes glaciales ? J'avais l'impression d'avoir besoin de jours entiers juste pour faire fondre les aiguilles de glace qui semblaient s'être formées partout dans mon corps. C'était comme si mes entrailles s'étaient transformées en un bloc de glace solide.

J'aurais aussi aimé pouvoir faire une sieste dans un tas de couvertures chaudes quelque part, pour pouvoir tenir debout sans vaciller d'épuisement.

Mais nous ne pouvions pas faire attendre le roi. Mère nous pressa promptement de suivre le serviteur jusqu'à une pièce longue et étroite avec des perchoirs en pierre alignés le long des murs. Il y avait une large fenêtre à une extrémité, fermée par des volets en bois. Une cheminée sombre à l'opposé n'avait pas de feu. L'air dans la pièce était à peine plus chaud qu'à l'extérieur.

— Préparez-vous, ordonna Mère.

Les femmes se dispersèrent dans la pièce, défaisant les paquets de vêtements et autres effets personnels qu'elles avaient apportés. Certaines brossèrent et retressèrent leurs cheveux. D'autres lissèrent leurs vêtements. L'une des *Salamandras* alla chercher de l'eau à la cuisine, afin que nous puissions au moins nous rafraîchir un peu après la longue randonnée.

Je me rinçai le visage et les mains. N'ayant pas de cheveux à brosser ou à tresser, je me contentai de rattacher le linge que je portais sur la tête et d'ajuster ma robe par-dessus ma tunique.

— Mettez vos capuches, dit Mère en sortant de la pièce. Et baissez la dentelle sur vos visages, toutes.

Les femmes firent comme elle leur avait dit.

— Pourquoi devons-nous couvrir nos visages ? demandai-je à Zenada.

Elle haussa les épaules.

— Ordres du roi.

Une autre femme marmonna :

— Peut-être a-t-il peur de ce qu'il pourrait trouver dans nos yeux, alors il ordonne qu'ils soient cachés derrière la dentelle.

La poitrine de Zenada se gonfla d'un soupir, mais cette fois, elle ne dit rien pour défendre le roi, serrant fermement les lèvres.

Mère conduisit les femmes hors de la pièce en une seule file. Je pris ma place à la fin de la file et tirai la dentelle de ma capuche sur mon visage, comme toutes les autres.

Nous montâmes un escalier en colimaçon à l'intérieur d'une tour avec de hautes fenêtres du même côté à chaque niveau. Les fenêtres ici n'avaient ni verre ni volets. J'étais heureuse d'avoir gardé tous mes vêtements. Le vent froid de la montagne soufflait sans entrave dans l'escalier.

Suivant un large couloir après cela, nous arrivâmes à un ensemble de doubles portes gardées par deux hommes vêtus d'uniformes identiques rouge et or. Ils nous ouvrirent les portes, et nous entrâmes dans une longue salle avec une grande table au milieu et une cheminée de la taille d'un garage pour deux voitures sur le côté.

Au moins la cheminée était allumée ici. D'épaisses bûches y brûlaient. Une grille métallique était positionnée au-dessus, avec plusieurs broches tournées par des serviteurs en uniforme. De gros morceaux de viande juteux rôtissaient sur les broches. Les hommes versaient une sauce parfumée sur la viande, la puisant d'un chaudron noir près du feu.

L'arôme appétissant remplissait la Salle à Manger du roi, me faisant saliver. Je ne me souciais même pas de ne pas pouvoir me reposer après le long voyage jusqu'au château si cette viande était notre récompense finale.

Les femmes avancèrent plus rapidement, attendant visiblement le repas avec autant d'impatience que moi. Mais au lieu de se diriger vers la table principale au centre, Mère nous conduisit vers les bancs en bois le long du mur. Des tables en bois ordinaires se dressaient devant les bancs. Elles étaient beaucoup plus étroites que la table principale et garnies d'assiettes en métal ordinaires et de simples gobelets pour nous.

— Je suppose que nous ne sommes pas les bienvenues à la table du roi, commentai-je, m'asseyant sur le banc à côté de Zenada.

Mère me lança un regard sévère.

— Seuls les hommes du roi et les seigneurs de la cour dînent à la table royale.

Puisque je n'étais ni l'un ni l'autre, je devais me contenter de l'endroit où j'étais placée. Non pas que cela m'importait beaucoup, de toute façon. La hiérarchie de la cour royale signifiait peu pour moi, tant que j'obtenais encore un peu de cette viande rôtie.

Les doubles portes s'ouvrirent à nouveau, et un groupe d'hommes entra. Je supposai qu'ils étaient musiciens, à en juger par les instruments qu'ils portaient. Ils se répartirent sur tout le périmètre de la salle, prenant place le long des murs. Certains déployèrent leurs ailes et s'envolèrent pour planer sous le plafond en dôme.

Lorsqu'ils commencèrent à jouer, il était impossible de dire de quelle direction venait la belle musique. Elle remplissait simplement la pièce d'un mur à l'autre et du sol au plafond, imprégnant l'air de beauté.

Une procession de gardes en uniforme entra ensuite, suivie d'un homme qui annonça l'arrivée du roi.

Le roi Edkhar était un homme grand aux épaules larges. Ses cheveux rouge vif tombaient en boucles sur ses épaules. Une barbe bien entretenue de la même couleur descendait jusqu'à sa poitrine. Je le reconnus comme le roi grâce à la couronne sur sa tête et à la façon dont il entrait dans la pièce devant les seigneurs qui l'accompagnaient.

Les vêtements royaux criaient statut et opulence. Le long manteau écarlate du roi était brodé d'or et serti de tant de pierres précieuses qu'il brillait à la lumière de la cheminée. L'or et les pierres précieuses scintillaient également dans sa barbe et ses cheveux. Une longue cape cramoisie doublée de fourrure blanche et noire était drapée sur ses épaules, traînant sur le sol de pierre derrière lui.

Zenada fixait le roi avec ravissement. Nous le faisions toutes. L'homme présentait tout un spectacle, et il s'attendait manifestement à attirer l'attention.

Le roi se dirigea vers la tête de la table, où un imposant

fauteuil sculpté dans la pierre se dressait, drapé de soie rouge et de fourrures – un siège digne d'un roi.

Un groupe de courtisans suivait leur souverain. Ils se répartirent des deux côtés de la longue table, prenant place sur des chaises à dossier haut en bois.

Un homme vêtu de noir, avec un cache-œil sur l'œil, prit place à la droite du roi.

— C'est le Haut Général à la droite du roi, chuchota Iolena, qui était assise près de moi. Mais je ne sais pas qui est à sa gauche.

Je scrutai à travers la dentelle sur mon visage l'homme aux cheveux noirs qui prenait place à la gauche du roi, et mon cœur bondit de reconnaissance.

Oh, je connaissais cet homme !

La dernière fois que je l'avais vu, il portait un t-shirt rouge et un pantalon de survêtement bon marché. Maintenant, il était vêtu d'un magnifique manteau noir cousu de fleurs de pavot doré et d'un pantalon du même matériau, soit un daim très fin ou du velours noir ; je ne pouvais pas le dire de loin. Une cape écarlate, bordée de fourrure noire courte, était drapée sur ses épaules, et une longue dague à poignée ornée de bijoux pendait à sa hanche.

Elex.

Je l'aurais à peine reconnu dans toute cette élégance, mais c'était très certainement lui. Il avait survécu à la traversée de la Rivière des Brumes. Il n'avait pas été emporté dans un autre monde par son courant rose laiteux.

Il était ici.

Pendant quelques longs moments, je me contentai de le fixer tandis que les serviteurs servaient la nourriture, garnissant les tables de plats délicieusement odorants.

Il s'était rasé la barbe, bien que ses poils faciaux soient si sombres que leur ombre restait en permanence sur ses joues et sa mâchoire. Ses cheveux avaient également été coupés, mais pas de beaucoup. Ils étaient assez longs pour boucler encore sur ses oreilles et encadrer son beau visage de boucles épaisses et brillantes, l'une d'elles tombant sur le côté de son front.

Assis à la table du roi, il parcourut du regard la rangée des *Salamandras*.

Mon cœur battit la chamade. L'excitation m'envahit, éclatant en un sourire que je ne pouvais contenir. Elex devait savoir que j'étais ici. Sûrement, il s'était demandé ce qui m'était arrivé. Il devait s'inquiéter pour moi, aussi.

Je portai la main à ma capuche et la repoussai pour révéler mon visage. Soulevant la dentelle, j'attendis que son regard croise le mien. La joie m'inonda en une vague de chaleur lorsque ses yeux noir d'onyx rencontrèrent les miens. Il était le seul dans ce monde entier à me connaître d'avant mon arrivée ici.

Pendant un tout petit moment, le château cessa d'exister tandis que les souvenirs prenaient le dessus. Les souvenirs des cieux ouverts et de ses bras forts autour de moi. De nous deux volant bien au-dessus du sol et loin de tous les problèmes qu'il apportait.

Un éclair de reconnaissance brilla dans ses yeux, puis... son expression s'éteignit. Il se tourna vers le serviteur qui remplissait son gobelet de vin.

Mon cœur chuta. Et avec lui, mon esprit dégringola du ciel où il s'était envolé.

— Amber, siffla Mère en guise d'avertissement.

Je rabattis brusquement ma capuche et abaissai la dentelle sur mes yeux une fois de plus.

Elex ne m'avait-il pas reconnue ? M'étais-je trompée sur cette étincelle dans ses yeux ?

Je levai la main vers mon épaule, exhibant la bague en rubis d'Elex sur mon doigt pour qu'il la voie. Mais il ne regarda plus dans ma direction.

Mes épaules s'affaissèrent, alourdies par l'amère déception et... la douleur. Je ne savais pas à quelle réaction je m'étais attendue en le voyant. Bonheur ? Excitation ? Joie ? Je ne savais pas. Mais je ne m'étais certainement pas attendue à cette indifférence totale et absolue.

À travers la brume dorée de la dentelle, je l'étudiai furtivement.

Il leva son gobelet de vin pour porter un toast au roi. Les gemmes des bagues à ses doigts scintillaient, reflétant la lumière de la cheminée. Dans ses beaux vêtements, aux côtés du roi, Elex avait tout l'air du prince qu'il était né pour être.

Je lissai mes mains sur ma robe, son tissu usé, la couleur rouge fanée du fait qu'elle ait été frottée dans l'eau du puits maudit au Sanctuaire beaucoup trop de fois.

J'avais été aveugle, ne voyant pas la distance entre Elex et moi auparavant. Elle était bien, bien plus grande que les quelques mètres séparant nos tables. La distance entre nous n'avait peut-être pas été aussi apparente dans le monde humain. Mais ici à Dakath, elle devenait flagrante.

Elex était un prince, né dans la royauté et élevé dans un château. Il semblait si naturel à la table du roi, comme s'il y avait toujours dîné. Malgré son absence précédente, il s'était parfaitement réintégré à son retour.

Il devait m'avoir reconnue. Il ne *voulait* simplement pas me connaître.

Je n'appartenais à aucun château. Je n'appartenais même pas à ce monde. Mais j'y étais coincée maintenant, et personne ne pourrait m'aider.

Elex était peut-être un prince, mais il n'était pas mon Prince Charmant. Il n'était pas apparu ici pour me secourir. Au contraire, j'étais piégée dans ce monde à cause de lui. C'est lui qui m'avait amenée ici. Je ne devais jamais l'oublier.

Après avoir rempli chaque centimètre de la table du roi avec des plats, les serviteurs nous apportèrent finalement de la nourriture aussi.

Des odeurs alléchantes s'échappaient des plateaux de légumes grillés, des sauces crémeuses et de la viande rôtie. Mon estomac avait beau se tordre d'angoisse et de déception, ma bouche salivait.

J'aurais été maudite si j'avais laissé ce magnifique prince fae prétentieux me priver de mon appétit, maintenant que j'avais enfin plus de nourriture devant moi que je ne pouvais en manger.

Saisissant un gobelet de vin, je le vidai en trois grandes gorgées. La chaleur effervescente de l'ivresse monta rapidement de mon estomac vide à mon cerveau. Pour le moment, elle étouffa même la douleur du rejet.

Ne prêtant plus attention aux hommes à la "table cool", je remplis mon assiette de toutes les choses délicieuses qui nous étaient servies. Les betteraves rôties à l'huile et à l'ail. Les faisans à la chair si tendre qu'elle glissait comme du beurre de leurs os délicats. Le riz cuit avec de la viande, des carottes et des oignons dans une sauce parfumée qui coulait sur mes doigts tandis que je me gavais.

Personne n'utilisait d'ustensiles. Les gens roulaient le riz en boules dodues délicieuses avant de les mettre dans leur bouche, utilisant leurs mains. Lorsque les serviteurs soulevèrent une broche de viande du feu et la placèrent sur la table devant nous, on nous donna des couteaux pour en trancher des morceaux directement de la broche.

Je mangeai et bus jusqu'à ce que mon estomac se contracte et que la respiration devienne difficile.

— Oh, essaie ceci, Zenada poussa une assiette avec un dessert vers moi. Des prunes rouges de la vallée avec de la crème anglaise et du miel de lys des Marais de Lorsan. C'est mon préféré.

J'avais à peine trouvé de la place dans mon estomac pour le dessert, mais cela en valait totalement la peine. Le miel de lys sentait les fleurs et goûtait l'été. Je fermai les yeux, savourant chaque bouchée.

Jusqu'à la fin du dîner, je ne regardai plus à la table du roi. Pas une seule fois. Cependant, de temps à autre, une vague de picotements chauds se dispersait dans ma poitrine alors que je sentais le regard de quelqu'un posé sur moi.

AMBER

Le roi se leva de table, signalant la fin du dîner. D'un seul coup, ses hommes cessèrent de manger ou de boire également.

— Le coucher du soleil approche, chuchota Mère aux *Salamandras* tandis que nous nous levions toutes de nos bancs.

Le roi Edkhar glissa un regard le long de la rangée de femmes.

— Rejoignez-nous pour la célébration demain à midi. Ce fut la seule reconnaissance de notre présence ici ce soir de la part du roi.

Aussitôt que le roi et ses courtisans furent partis, Mère nous pressa également de sortir.

— Le soleil se couche. Nous n'avons pas beaucoup de temps. Il ne serait pas convenable de passer notre première nuit ici dans la cage d'escalier ou dans un couloir quelconque.

N'étant pas pressée par l'approche du coucher du soleil, je les laissai toutes me devancer. Les membres lourds d'épuisement et l'estomac plein de nourriture, je me laissai distancer. Heureusement, je me souvenais du chemin que nous avions emprunté et me dirigeai le long du couloir, puis descendis les escaliers en colimaçon à l'intérieur de la tour.

Le bruit de pas précipités résonna derrière moi. Quelqu'un me suivait dans la tour. Mais qui cela pouvait-il être ? Avais-je manqué l'une des *Salamandras* d'une manière ou d'une autre ? Je pensais être la dernière.

Je m'arrêtai sur l'étroit palier près de la fenêtre et jetai un coup d'œil derrière moi, puis me détournai rapidement, reconnaissant les vêtements noirs brodés d'or et l'éclat de la cape rouge.

— Ma petite étincelle, murmura Elex, s'arrêtant juste derrière moi.

La voix profonde et familière m'enveloppa, me piégeant dans une toile à la fois douce et douloureuse. Son surnom pour moi n'était pas que des paroles en l'air, il portait une signification. Il avait dit que je l'avais ramené à la vie ; j'étais l'étincelle qui l'avait réveillé de l'état induit par le *womora*. Cela m'avait fait sentir qu'il y avait eu un temps, il y a un moment, où j'avais compté pour lui.

Mon cœur battit plus vite, menaçant ma résolution. J'utilisai toute ma volonté pour rester où j'étais au lieu de me jeter dans ses bras.

— Tu ne veux pas me regarder ? Sa voix semblait légère et enjouée, comme si nous volions encore ensemble au-dessus de l'Atlantique. Comme si les semaines passées n'avaient jamais existé et qu'il n'y avait aucune distance entre nous.

Je fermai les yeux, inspirant profondément l'air froid qui soufflait par la fenêtre ouverte. Me préparant à lui faire face, je redoutais ce que je pourrais trouver dans ses yeux cette fois.

— Amber. Elex posa une main sur mon épaule.

Mes genoux faillirent céder à son contact. Lentement, très lentement, je me retournai, puis soulevai la dentelle de ma capuche, rencontrant son regard directement. Une lueur chaleureuse scintillait au fond de leurs ténèbres. Un sourire taquinait les coins de sa bouche.

Mon Dieu, j'avais presque oublié à quel point il était d'une beauté à couper le souffle !

Sa poitrine se souleva et s'abaissa avec une profonde respiration, comme si me voir lui apportait du soulagement.

— C'est si bon de te revoir, Amber.

Bon. Comme si nous nous étions croisés au cinéma, dans mon monde.

Il fit un geste pour me serrer dans ses bras, mais je reculai, alors il se contenta de reposer ses mains sur mes épaules.

Je devais lui répondre. Par quelque chose comme : « *C'est bon de te voir aussi.* »

Mais cela semblait si superficiel. J'avalai difficilement, rassemblant ma résolution avant de finalement parler.

— Je suis contente... très contente de te voir vivant, Elex, dis-je sincèrement. J'ai craint que tu sois perdu ou... mort.

— Je ne suis pas si facile à tuer. Son sourire s'élargit. Mes genoux fléchirent, mes jambes tremblèrent. C'était une bonne chose qu'il agrippe fermement mes bras, me stabilisant.

Ses pouces frottaient légèrement le tissu de ma robe. Il touchait, sentait, explorait toujours après les années qu'il avait passées comme statue, privé du sens du toucher.

Il étudia tranquillement mon visage. Le silence entre nous devint gênant, du moins pour moi. Étais-je censée dire quelque chose de plus ?

— C'est vraiment bon de te voir aussi, Elex. Vivant et bien portant. Et prospère. Je fixai ostensiblement la riche broderie sur sa poitrine.

Il continuait à sourire, son regard collé à mon visage. Je me demandais s'il voyait les cernes sous mes yeux, mes joues creuses, s'il remarquait qu'aucun cheveu n'était visible sous le tissu qui couvrait ma tête.

— Tu as retiré ton anneau d'argent. Il tapota le côté de mon nez du bout de son doigt.

Les derniers de mes piercings avaient été enlevés depuis longtemps par les *Salamandras* sur les ordres de Mère. Je me raidis contre la vague d'obscurité qui m'envahit à la pensée de tout ce qui était arrivé depuis le moment où Elex m'avait arrachée à mon monde et amenée à Dakath.

Je portai ma main à mon nez, à l'endroit où ne subsistait qu'une minuscule fossette du trou.

— Je ne me souviens pas de grand-chose de ce qui s'est passé juste après avoir traversé la Rivière des Brumes, dis-je. D'une manière ou d'une autre, je me suis retrouvée sur la rive. Les femmes du Sanctuaire *Salamandra* m'ont trouvée. J'ai été avec elles depuis.

Il hocha la tête.

— Je sais. Je les ai vues te prendre.

Son aveu me submergea de choc, me glaçant comme une douche froide.

— Vraiment ? marmonnai-je, stupéfaite.

Tout ce temps, je m'étais demandé ce qui lui était arrivé. Il m'avait manqué et je l'avais pleuré, craignant de l'avoir perdu et de ne jamais le revoir.

Pourtant, il était là, passant ses journées dans le château du roi. Il savait parfaitement où j'étais tout ce temps. C'eût été une courte distance pour lui en vol, bien plus courte que celle que j'avais parcourue pour monter jusqu'ici. Pourtant, il ne s'était même pas donné la peine de me faire savoir qu'il était vivant.

Je ne comptais pas pour lui.

Et pourquoi en aurait-il été autrement ? Je n'étais personne pour lui. Une « étincelle », qui l'avait ramené à la vie et avait depuis longtemps rempli son rôle.

— J'étais là quand les femmes t'ont trouvée, dit-il avec excitation, se précipitant pour faire sortir les mots comme s'il rattrapait le temps perdu avec une bonne amie. Je savais qu'elles prendraient bien soin de toi...

— Elles l'ont certainement fait. L'amertume monta en moi, recouvrant tout du goudron noir et collant du ressentiment. Veux-tu voir à quel point elles ont bien fait ça, Elex ? Veux-tu savoir ce que j'ai perdu d'autre alors que je ne pensais même pas avoir encore quelque chose à perdre dans cette vie ? J'arrachai la capuche de ma tête avec le linge. Voilà ce qu'elles ont fait avec chaque cheveu sur mon corps. Contre ma volonté.

Ses yeux passèrent sur ma tête chauve un instant, puis de nouveau sur mon visage. Son sourire disparut.

— Oh, Amber... Il glissa ses mains sur mes épaules puis remonta vers mon cou. Je suis tellement, tellement désolé. Il prit mon visage en coupe, ses pouces effleurant la peau au-dessus de mes oreilles.

Mes yeux brûlaient de larmes. Un voile les obscurcissait son beau visage. Ma gorge se serra douloureusement.

— Tu aurais dû me laisser près du ruisseau, Elex. Tu n'aurais jamais dû m'emmener...

Il déplaça ses mains à l'arrière de ma tête, ses doigts étalés sur ma peau. Mon crâne picota, la chaleur se précipitant de ses mains, réchauffant ma tête. Quelque chose bougea contre ma peau, une caresse chaude contre le vent glacial venant de la fenêtre. Un chatouillement effleura les deux côtés de mon visage.

— Que se passe-t-il ? demandai-je à Elex, qui me fixait intensément. La lueur dans ses yeux grandit, étincelant à travers l'obscurité de ses iris. Elex ?

Je tendis la main pour toucher sa main étalée sur ma tête. Mes doigts s'enfoncèrent dans des cheveux épais et soyeux... mes cheveux. Je tirai sur les mèches pour sentir la piqûre aux racines poussant de *ma* tête.

— Qu'est-ce que c'est ? Je passai mes doigts dans les longues tresses qui s'étendaient jusqu'à ma taille. Comment...

Lâchant ma tête, il chancela, puis s'accrocha au mur près de la fenêtre pour se stabiliser.

— La magie de Dakath, expliqua-t-il d'une voix rauque. Elle prélève son tribut quand on l'utilise. Mais elle est puissante. Il ferma étroitement les yeux puis les rouvrit. Ça m'a étourdi cette fois. Il se concentra sur moi, les coins de sa bouche se relevant à nouveau en un sourire.

— Dieux, tu es si belle, Amber. Avec et sans cheveux.

Son regard se posa sur ma bouche. La lueur dans ses yeux s'intensifia dangereusement. Il se pencha, entrouvrant ses lèvres pour un baiser.

— Tu m'as manqué.

Mais il ne m'avait même pas accordé un sourire de reconnaissance en compagnie du roi et de ses nobles seigneurs. Au lieu de cela, il me rencontrait ici, dans cette cage d'escalier froide et déserte où il n'y avait aucun risque pour le beau prince d'être aperçu avec quelqu'un comme moi.

Ma peau picotait, soit à cause de la magie qu'il avait utilisée sur moi, soit à cause de quelque nouveau sort qu'il tissait. Je tremblais de la tête aux pieds. Comme de sa propre volonté, mon corps oscillait vers lui, prêt à ce qu'il me rattrape.

— Je ne pouvais pas attendre de te revoir, petite étincelle, chuchota-t-il contre mes lèvres.

Pourtant, il *avait* attendu.

Pendant plus de deux semaines, il avait été ici dans le luxe du château, protégé par le roi. Tandis que je me cachais dans le Sanctuaire, regardant impuissante mes amies souffrir et mourir.

Elex et moi nous retrouvions enfin, mais pas parce qu'il avait volé vers moi. J'avais pataugé dans la boue, la neige et la glace, escaladant cette maudite montagne pour arriver jusqu'à lui.

Je tirai sur les cheveux de ma tête. Pensait-il que c'était tout ce qu'il fallait pour « réparer » les choses ?

Si seulement c'était aussi simple.

Le soleil couchant teintait le ciel de rouge sang par la fenêtre derrière Elex. Si je me jetais dans ses bras et l'embrassais, le soleil se coucherait, et je serais piégée dans l'étreinte d'Elex, ses lèvres pressées contre les miennes.

La perspective de passer la nuit dans ses bras ne m'effrayait pas autant que le désir brûlant de laisser cela se produire. Je voulais sentir ses mains sur moi, sentir ses lèvres sur mon corps. Je le voulais, contre toute logique et malgré toute prudence. Et j'avais si peu de force pour lutter contre cela.

— J'ai dit non, mais tu n'as pas écouté, Elex. C'était un rappel amer pour moi autant que pour lui. Tu m'as arrachée à la seule vie que je connaissais et m'as amenée ici, juste pour me laisser à des étrangers.

Au lieu de me jeter dans ses bras, j'appuyai mes mains contre sa poitrine et le poussai de toutes mes forces.

Il vacilla, plus de choc que de l'impact, étant donné sa force. Ses bras battant l'air, il perdit l'équilibre, et je ne lui donnai aucune chance de le retrouver. Je poussai une fois de plus contre sa large poitrine. L'arrière de ses genoux heurta le rebord de la fenêtre, et il bascula en arrière, tombant par la fenêtre dans la lueur écarlate du coucher de soleil.

Sa cape s'envola et ses ailes se déployèrent, comme je savais qu'elles le feraient. Les ailes le portèrent jusqu'au mur du château en contrebas. Il atterrit accroupi, au moment où la dernière tranche de soleil fondait à l'horizon.

Ses ailes se dressèrent, prêtes à le faire s'envoler à nouveau. Mais elles se figèrent, comme deux voiles dans le vent mordant. Le soleil s'était couché, faisant se confondre sa pierre noire avec la nuit.

Il regardait vers le haut, face à la fenêtre où je me tenais. Je ne pouvais pas voir son expression d'ici, mais je sentais son choc et sa déception. Et j'espérais cruellement qu'il ressentait au moins une fraction de la douleur qu'il m'avait causée.

— Bonne nuit, Elex, dis-je, bien qu'il ne puisse probablement pas m'entendre par-dessus le hurlement du vent. Si tu ne pouvais pas me laisser tranquille dans mon ancien monde, tu devrais très certainement me laisser en paix maintenant.

Attrapant mon voile de tête sur le sol, je descendis les escaliers pour rejoindre les femmes auxquelles j'appartenais.

Quatre

AMBER

Au lieu d'aller me coucher, je visitai la cuisine du château. Ce n'était pas difficile à trouver. Mère nous avait prévenues, sur le chemin menant au château du roi, que nous étions censées faire des corvées et aider les domestiques à cuisiner. Nous n'étions pas de simples invitées ici. La chambre dans laquelle on avait installé les *Salamandras* se trouvait à l'un des niveaux les plus bas, alors je supposai que la cuisine devait être quelque part à proximité.

Je passai à pas feutrés devant la porte fermée de la chambre des *Salamandras*. Après m'être assurée qu'aucune gargouille ne dormait dans l'étroit corridor derrière, je le suivis jusqu'à un couloir court et large qui menait à une entrée voûtée ouvrant sur un espace avec plusieurs foyers, des cuisinières et de longues tables en bois au milieu.

Il n'y avait personne ici non plus. Le feu dans les âtres et les cuisinières avait été éteint, bien que les odeurs de cuisine flottent encore dans l'air.

D'énormes tonneaux d'eau se dressaient à côté des tables. Les tonneaux étaient remplis de vaisselle sale. Comme le roi avait fait servir le dîner si près du coucher du soleil, les serviteurs n'avaient pas eu le temps de nettoyer la vaisselle, la laissant tremper dans l'eau pour la nuit afin de s'en occuper le matin.

C'était la nature de ce monde. Le soleil était le grand égalisateur. Tout le monde bénéficiait de la même quantité de repos, du roi jusqu'au plus humble serviteur. Cela ne signifiait pas, bien sûr, que les serviteurs ne travaillaient pas deux fois plus dur pendant la journée pour répondre aux exigences du roi et de ses courtisans.

Comme la plupart des fenêtres du château, celles d'ici étaient fermées par des volets en bois, ne laissant passer que de minuscules filets de clair de lune.

Il y avait d'autres portes dans les murs entre les cheminées. Mais je n'étais pas allée voir ce qu'il y avait derrière, craignant de tomber sur les chambres du personnel de cuisine. Au lieu de cela, je contournai les tables et les tonneaux remplis de vaisselle et je trouvai un bloc à couteaux, puis j'en sortis une longue lame dentelée.

Enroulant l'épaisse masse de ma nouvelle chevelure autour de mon poignet, je plaçai le couteau en dessous, aussi près des racines que j'osais.

Les cheveux longs étaient une nuisance. Dans mon cas, c'était plus que cela. Mère avait dit que le rouge était la couleur royale. Elle craignait clairement que cela ne soit découvert, et je n'avais aucune envie d'attirer l'attention du roi sur moi pour quelque raison que ce soit.

Elex pensait qu'il « réglait » un problème. Ou peut-être croyait-il me rendre service en me redonnant mes cheveux et même plus. Mais il n'avait fait qu'empirer les choses.

Je serrai les cheveux plus fort. Avec cette lame qui était probablement utilisée pour scier les os des chèvres de montagne, il ne me faudrait pas longtemps pour couper une bonne quantité de cheveux, peu importe leur épaisseur. Ou leur douceur soyeuse... Je glissai ma main vers le bas, savourant la souplesse de mes nouvelles boucles.

En levant les yeux, je croisai mon reflet dans le verre sombre du buffet à vaisselle contre le mur. Je n'avais jamais eu les cheveux aussi longs. Je n'avais jamais eu la patience de les laisser pousser. J'aimais aussi me couper les cheveux dans des styles amusants et audacieux, soit par moi-même, soit avec l'aide d'une amie.

C'était nouveau pour moi. Je n'avais jamais pensé pouvoir posséder quelque chose d'aussi beau. Je relâchai ma prise, laissant la corde de cheveux se dérouler autour de mon poignet. Elle se libéra, dénouée, et se drapa sur mes épaules, cascadant sur ma poitrine en riches vagues cuivrées. L'éclat de mes nouvelles boucles au clair de lune rivaliserait avec celui des fae. Ou peut-être que la magie d'Elex brillait encore à travers elles ?

Ma main tremblait, et je reposai le couteau. Des cheveux aussi longs signifiaient des problèmes. Ce serait difficile à dissimuler. Mais je n'avais jamais possédé quelque chose d'aussi joli dans ma vie, et maintenant je souhaitais les garder aussi longtemps que possible.

Les séparant en trois parties, je tressai mes cheveux en une longue natte, puis je la nouai en chignon à l'arrière de ma tête. Utilisant le tissu, je couvris ma tête, dissimulant chaque mèche, puis j'attachai les extrémités autour de la tresse à l'arrière, faisant en sorte que le chignon semble être entièrement fait de tissu.

Satisfaite du résultat, je remis soigneusement le couteau dans le bloc à couteaux, puis je retournai dans la chambre des *Salamandras*.

Les femmes étaient assises sur leurs perchoirs, immobiles dans leurs formes de pierre. La vue des statues, pas mortes mais pas tout à fait vivantes non plus, me troublait autrefois. Maintenant, cependant, je m'étais habituée à dormir parmi elles. Cela m'apportait même du réconfort de savoir que je n'étais pas seule.

J'espérais qu'elles étaient toutes endormies. Il n'y avait toutefois aucun moyen de le savoir avec certitude.

Après avoir enlevé mes bottes en cuir usé d'un coup de pied, je me glissai sous les couvertures sur mon perchoir. Malgré la journée épuisante, le sommeil ne venait pas. Je me souvenais avoir souhaité qu'Elex soit dans ce monde, pensant que sa présence rendrait la vie ici plus supportable.

Maintenant qu'il était réellement là, je n'en étais plus si sûre. Aucune des émotions qu'il provoquait en moi n'était simple. Et ce qui nous attendait était troublant dans son incertitude.

La couverture fut arrachée de sur moi d'un coup sec.

— Où étais-tu ? exigea la voix sévère de Mère. Où étais-tu hier soir au coucher du soleil ?

Je clignai des yeux, les événements de la veille se précipitant dans mes souvenirs. Montagnes couvertes de neige. Vent hurlant entre les rochers du passage. Fatigue engourdissante. Dîner avec le roi. Elex...

Je tâtai rapidement ma tête pour m'assurer que le tissu était toujours en place et que mes cheveux restaient cachés.

— Je t'ai demandé... Mère se tenait au-dessus de mon perchoir, tenant ma couverture à la main. Les autres femmes faisaient semblant de vaquer à leurs occupations matinales, se lavant le visage, se brossant les cheveux et les dents tout en jetant des regards furtifs dans notre direction. Où étais-tu hier soir au coucher du soleil ?

— Ici, marmonnai-je, en me frottant les yeux pour en chasser le sommeil. Je suis ici maintenant.

Malgré les nuits d'hiver plus longues, j'avais eu du mal à m'endormir la veille et j'aurais aimé rester au lit un peu plus longtemps. Il n'y avait aucune chance pour cela, bien sûr. À en juger par le visage furieux de Mère, je devais fournir une explication. Et elle avait intérêt à être bonne.

— Tu n'es pas venue avec tout le monde hier soir. Tu as mis du temps à apparaître, fulminait Mère de colère.

Apparemment, elle avait eu du mal à s'endormir aussi. Solide et immobile dans sa forme de pierre, Mère avait été assise sur son perchoir, observant et écoutant. Elle était éveillée quand je m'étais couchée.

— Je... grimaçai-je, essayant de faire fonctionner mon cerveau. Je suis allée à la cuisine chercher de l'eau. J'avais soif après tout ce repas. Je levai les yeux, directement dans les yeux bleus de Mère, bordés par le fin réseau de fissures. Son visage était déformé par la colère, mais il y avait aussi une peur désespérée dans ses yeux.

Il n'y avait aucun mal à lui parler d'Elex. Ou bien si ? Si je lui disais la vérité, je n'y gagnerais rien. Mais Elex ou moi pourrions peut-être y perdre quelque chose. Il valait mieux s'en tenir au mensonge.

— J'ai mis un moment à trouver la cuisine. Mais j'ai bu un peu d'eau et je suis revenue tout de suite, dis-je.

— Est-ce que quelqu'un t'a vue ?

Elex était celui qui m'avait vue. Mais il ne me dénoncerait pas, n'est-ce pas ?

— Non. Il n'y avait personne.

Elle laissa retomber ma couverture de lit sur mon perchoir.

— Eh bien, espérons que rien de mal n'en sortira. À partir de maintenant, tu dois être ici au coucher du soleil, comme tout le monde. Plus de vagabondage dans le château la nuit, ordonna-t-elle, puis ajouta en marmonnant : La dernière chose dont nous avons besoin, c'est d'être accusées d'avoir amené une espionne au château.

Ça ne devait pas être facile pour Mère de veiller à la sécurité et au bien-être des femmes dont elle avait la charge tout en essayant d'apaiser le roi en même temps. Les souhaits du roi n'étaient pas toujours en accord avec les intérêts des *Salamandras*, j'imaginais.

— Je serai ici au coucher du soleil, promis-je. Chaque soir.

Elle hocha la tête, semblant quelque peu soulagée.

— Préparez-vous, tout le monde, annonça-t-elle d'une voix plus calme. Il est temps d'aller aux grottes d'eau.

Ses paroles suscitèrent une vague d'excitation parmi les femmes. Elles enfilèrent leurs robes à la hâte, puis s'alignèrent près de la porte.

— Que sont les grottes d'eau ? demandai-je à Zenada, qui abaissa le lacet de sa capuche sans qu'on le lui demande.

— C'est exactement ça, idiote, dit-elle en riant. Des grottes avec des sources d'eau chaude qui les traversent. On va pouvoir se baigner, Amber. Tu vas adorer.

— Tiens. Zenada saisit quelques prunes d'une petite table près de l'entrée des grottes et en mit une dans ma main. Je te l'avais dit, la nourriture est partout dans le château du roi. Elle sourit, mordant dans sa prune.

Les tables garnies de fruits, de noix confites et de petites pâtisseries longeaient les murs de la large entrée voûtée. De longues chaises longues étaient sculptées dans la pierre entre elles et partout à l'intérieur des grottes. Cet endroit était clairement destiné au plaisir et à la détente.

L'air à l'intérieur était chaud et chargé d'humidité.

— Allez, Amber, enlève tes vêtements, me pressa Zenada près du bassin le plus proche. Elle avait déjà fini de manger sa prune et se déshabillait rapidement.

Je contemplai la beauté de cet endroit, bouche bée. Les grottes de différentes tailles cascadaient à l'intérieur de la montagne avec de l'eau qui dévalait en une série de larges chutes d'eau. Les murs bordeaux foncé, veinés de quartz rose, s'étendaient largement. Le plafond de la grotte principale où nous nous tenions s'élevait si haut au-dessus de nous que je pouvais à peine voir les stalactites scintillantes là-haut.

La vapeur s'élevait de l'eau, donnant à tout l'espace souterrain une apparence mystique. Cela ressemblait à un rêve. Et il faisait si chaud ici, ce devait être l'endroit le plus chaud de tout Dakath.

Complètement nue maintenant, Zenada s'approcha de l'eau sombre et fumante.

— Oh, c'est tellement bon, gémit-elle, trempant ses orteils dans le bassin. Viens, Amber. Tu vas adorer.

Je fourrai le reste de ma prune dans ma bouche, puis je crachai le noyau dans une petite assiette laissée à cet effet sur l'une des tables à proximité. Dénouant les lacets de ma robe, je l'enlevai et la pliai sur l'une des chaises longues en pierre à proximité. Ensuite, je soulevai la jupe de ma robe. Tout en l'enlevant par la tête, je levai les yeux.

Des chemins sculptés couraient entre les bassins et les cascades des grottes. Certains avaient d'étroits balcons avec des rampes métalliques courbées ou des parapets en pierre. Il y avait des gens sur les chemins, des hommes. Vêtus de robes amples en tissu léger et fluide, ils se promenaient entre les grottes ou s'appuyaient nonchalamment contre les rampes, regardant les femmes nues se baigner dans les ruisseaux et les bassins en contrebas.

Je pressai ma robe contre ma poitrine, gardant ma longue chemise.

— Zenada, il y a des hommes là-haut.

Elle regarda en l'air un instant, pas du tout inquiète.

— Ils peuvent regarder tant qu'ils veulent. Elle haussa les épaules. Mais personne ne peut nous toucher sans la permission du roi.

Cela ne me rassurait pas. Croisant les bras sur ma poitrine, je me tenais debout près du bassin. J'aurais tout donné pour prendre un bain. Mais l'idée d'être observée par des étrangers pendant que je le faisais me crispait de malaise. Ce ne serait pas aussi relaxant que je l'avais espéré.

Sortant de l'eau, Zenada vint vers moi.

— Tu as raison. Il vaut mieux qu'ils ne te voient pas. Elle me prit la main, puis me conduisit le long d'un chemin latéral. S'ils te voient nue, ils sauront que tu n'es pas une fae.

La peau brune de Zenada scintillait dans la lueur des grottes. Ses cheveux noir de jais brillaient avec des reflets bordeaux provenant de la lumière réfléchie par les murs de quartz. Son corps était parfait, parfaitement proportionné, avec une taille fine, un léger évasement des hanches et des seins de la taille idéale.

Avec mes épaules osseuses, mes membres maigres et mes seins

à peine assez gros pour remplir un bonnet A, je n'avais pas besoin de me tenir nue à côté d'elle pour savoir que les différences physiques entre nous seraient frappantes. Plus important encore, cependant, ma peau humaine semblait terne comparée à la sienne qui brillait de magie fae. Quiconque nous aurait vues nues ensemble saurait que nous n'étions pas de la même espèce.

— Viens par ici. Zenada m'entraîna dans une petite grotte à l'écart du chemin. Un ruisseau secondaire en remplissait le fond, formant une petite mare ronde au milieu.

Le plafond de cette grotte était bas, à peine assez haut pour que nous nous tenions debout.

— Personne ne nous verra ici. Zenada prit ma robe, puis souleva ma chemise, me l'enlevant.

Elle tendit la main vers le tissu sur ma tête, mais je l'arrêtai, ne lui faisant même pas confiance pour voir mes nouveaux cheveux.

— Je vais garder ça. J'appuyai ma main sur ma tête.

Elle recula, n'insistant pas pour que je l'enlève.

— Tu n'as pas à être timide ou gênée, Amber. Chaque homme de ce château te désirera. Et s'ils savaient que tu es une humaine, ils se battraient pour toi.

Elle cherchait clairement à me faire sentir mieux, mais ses paroles eurent l'effet inverse. L'inquiétude me traversa.

— Pourquoi me voudraient-ils ?

Je préférais de loin rester dans l'obscurité, hors de la vue des hommes et loin de leur attention.

Elle haussa les épaules.

— Tu es une humaine. La seule à Dakath. Rare, exotique et différente.

Tout ce qui était *différent* attirait l'intérêt à Dakath. Mais pas le genre d'intérêt que je souhaitais. Être différent pouvait tuer, comme je l'avais appris.

— Raisons de plus pour moi de rester loin des hommes du roi, marmonnai-je, marchant vers l'eau.

Zenada me suivit jusqu'au bassin.

— Pas nécessairement. Avoir un seigneur pour amant a ses avantages.

Je n'en voyais aucun. Zenada avait le roi pour amant, et il la gardait au Sanctuaire. Même maintenant, avec nous toutes au château, il ne l'avait pas amenée dans ses appartements pour y rester ou ne lui avait pas donné une chambre à elle. Elle dormait et mangeait toujours avec nous, volant des prunes comme friandise.

Mais elle avait été si souriante et si heureuse depuis notre arrivée au château que je n'avais pas le cœur de discuter avec elle.

L'eau chaude caressa mes pieds quand j'entrai dans le bassin, et tout le reste passa au second plan.

— Mmmm, gémis-je, en m'enfonçant davantage.

L'eau clapotait autour de mes jambes. Les aiguilles de givre qui semblaient s'être logées de façon permanente dans mon corps depuis mon arrivée à Dakath avaient finalement fondu tandis que j'entrais dans le bassin jusqu'aux épaules.

— Oh, c'est le paradis. Je m'allongeai sur le dos, laissant l'eau me porter.

Les stalactites de cette grotte étaient courtes et trapues. Leur lueur se reflétait dans les ondulations de l'eau en dessous, rebondissant vers le plafond. Le résultat était hypnotisant, car la lueur remplissait toute la grotte, donnant l'impression qu'une boule disco rose brillante était suspendue au milieu.

— C'est maintenant mon endroit préféré dans le château, déclarai-je. Dans tout Dakath, en fait. Le reste est surtout froid, austère et inhospitalier, de toute façon.

Zenada rit doucement, flottant à côté de moi.

— Dakath est très beau une fois qu'on apprend à le connaître. La vallée et les contreforts deviendront verts bientôt. Le printemps est magnifique dans les montagnes aussi. Quand les coquelicots des neiges fleurissent, c'est le plus beau spectacle que tu verras jamais.

— Dans combien de temps sera-ce le printemps ? demandai-je.

— Bientôt maintenant. Nous avons déjà eu quelques jours ensoleillés. C'est ainsi que ça commence. D'abord, la lumière chasse les nuages. Puis l'air se réchauffe. La neige fond et les coquelicots fleurissent.

J'essayai d'imaginer le joli tableau qu'elle décrivait.

— La chaleur, c'est agréable. Il fait toujours trop froid ici. Même dans le château.

— Tu as besoin d'un dragon avec du feu dans le sang, gloussa-t-elle. Il t'emmènerait voler et te réchaufferait.

Zenada ne le savait pas, mais j'y étais déjà. J'avais volé avec un dragon. C'était magique. Mais ça avait fait mal quand ça s'était terminé. Je fermai les yeux, attendant que la douleur des souvenirs passe.

— J'ai vu l'un des hommes du roi te regarder pendant le dîner hier soir, murmura Zenada.

— Vraiment ? Je devinai de qui elle parlait. Les regards d'Elex avaient été si brefs et désintéressés, cependant, que j'étais surprise que quelqu'un les ait remarqués à part moi.

— Le nouveau seigneur à la cour semblait te remarquer. Je l'ai surpris à te regarder. Et si c'est le cas, ce peut être bon. Le roi semble le favoriser. Tu serais intelligente d'accepter ses avances. Certains disent qu'il est de sang royal.

— Qui dit cela ? Elex avait dû révéler qui il était, au moins au roi. Cela expliquerait qu'il ait gagné la faveur royale si rapidement. Les deux étaient de la même famille, après tout.

— Ce ne sont peut-être que des rumeurs. Mais il y a souvent une part de vérité dans les commérages de la cour. Le nouveau seigneur pourrait être le frère perdu du roi, ou son neveu. Ou peut-être même son fils bâtard. Dans tous les cas... Elle fit des éclaboussures en se levant. C'est bien que tu aies attiré son regard. Sa magie est puissante. S'il te revendique, il pourrait te protéger de tous les autres. Elle nagea vers le rivage. Je vais nous chercher des savons et des huiles. Ils ajouteront de l'éclat à ta peau.

— Zenada. Je me levai aussi, lui faisant face. Pourquoi es-tu si bonne avec moi ? Pourquoi te soucies-tu de moi ?

Dès le premier jour, elle m'avait nourrie, soignée et gardée au chaud. Et dernièrement, elle semblait rechercher ma compagnie encore plus, passant tout le temps libre dont nous disposions avec moi.

Elle cligna des yeux, me regardant fixement, comme si elle y pensait pour la première fois elle-même.

— Eh bien... Elle enroula le bout de ses cheveux mouillés autour de son doigt. Tu étais blessée et semblais si faible quand nous t'avons trouvée.

— Tu avais pitié de moi ? Je n'étais pas offensée si c'était le cas. J'étais dans un état pitoyable quand elles m'avaient trouvée.

Elle haussa les épaules, sans le nier.

— Je te soutiens, Amber. Je veux que tu trouves ta place dans ce monde et que tu sois heureuse. D'ailleurs, dit-elle en me lançant un sourire, tout le monde a besoin d'une amie, pas vrai ? Son sourire s'effaça rapidement. Je n'en ai plus beaucoup.

Zenada avait été proche d'Ertee et Isar. Je comprenais la perte qu'elle ressentait. Mais je ne faisais pas confiance aux amitiés, tout comme j'avais perdu foi en l'amour depuis longtemps.

Était-il possible, cependant, de traverser la vie complètement seule ? Ce monde était déjà si froid, rester loin des gens ne le rendrait-il pas encore plus misérable et rude ?

Je souris à Zenada. Elle hocha brièvement la tête avant de quitter la grotte pour chercher les savons. Je la suivis du regard jusqu'à la grotte principale visible par l'entrée. Des femmes s'éclaboussaient et nageaient dans l'eau sous les regards des hommes sur les chemins au-dessus.

Certaines des *Salamandras* se lavaient rapidement et partaient. D'autres flottaient sur le dos, exhibant leur corps aux hommes. Elles se lavaient tranquillement, caressant leurs hanches et frottant des huiles parfumées sur leurs seins.

Peut-être que comme Zenada, elles appréciaient l'importance d'avoir un seigneur pour amant et souhaitaient en attirer un. Peut-être qu'elles appréciaient simplement l'attention des hommes après avoir été privées de compagnie masculine au Sanctuaire.

Je n'allais pas juger ces femmes qui essayaient d'apporter un peu de plaisir dans leur vie de travail acharné et de solitude. Mais je craignais que dans le château du roi, l'attention masculine n'ait un prix.

AMBER

De nouveaux vêtements nous attendaient à notre retour dans notre chambre. Il y avait des chemises longues, légères comme des plumes, avec de larges manches resserrées aux poignets par des manchettes brodées. Les robes à porter par-dessus n'avaient pas de manches, similaires aux vêtements que nous portions auparavant. Mais contrairement à nos anciennes robes amples en laine rugueuse avec une corde autour de la taille, ces tuniques étaient faites de jacquard brillant et ajustées avec des pinces sur les côtés. Ouvertes sur le devant, elles étaient maintenues par deux fermoirs métalliques sous la poitrine.

Les femmes s'extasiaient et s'exclamaient en essayant ces beaux vêtements. Zenada saisit une robe orange vif et me fourra une robe rose pâle dans les mains.

— Essaie celle-ci, dit-elle avec excitation. Ça donnera une jolie couleur à tes joues.

Personne ne semblait se soucier de la pudeur, se changeant à découvert. Je me débarrassai aussi de mes vieux vêtements usés, puis enfilai la chemise par-dessus ma tête, faisant attention à ne pas déloger le tissu humide qui cachait mes cheveux.

Le tissu léger de la chemise glissa sur mon corps nu en murmurant, et les manches volumineuses caressaient mes bras comme des nuages soyeux. L'ourlet brodé descendait jusqu'à mes chevilles, mais le tissu était plutôt transparent. Le rose de mes aréoles était clairement visible à travers le blanc laiteux de la chemise.

Heureusement, la robe couvrait complètement mes mamelons. Mais le dernier fermoir sur le devant se trouvait juste au-dessus de mon nombril, permettant à la jupe de la robe de s'ouvrir à chaque pas que je faisais. La chemise presque transparente était la seule chose qui m'empêchait de m'exposer complètement quand je marchais.

J'étais soulagée de voir les femmes remettre leurs robes par-dessus leurs vêtements plutôt révélateurs, et je pris également la mienne.

Peu de temps après, nous étions toutes habillées des nouveaux vêtements avec les anciennes robes par-dessus. Au lieu des bottes usées, nous portions maintenant de légères pantoufles.

— Baissez vos capuches, mes sœurs, ordonna Mère.

J'ajustai la dentelle dorée sur mon visage. Aussi ennuyeux que ce soit de regarder le monde à travers ce maillage jaune, j'étais reconnaissante pour la protection qu'il offrait contre les regards indiscrets tandis que nous sortions de notre chambre et pénétrions dans l'agitation des serviteurs et des courtisans dans les couloirs.

En montant l'escalier en colimaçon, je jetai un coup d'œil vers le mur à l'extérieur de la fenêtre de la tour – l'endroit où j'avais vu Elex pour la dernière fois.

Bien sûr, il n'était plus assis sur le mur, mais la pensée de lui fit naître dans mon estomac une sensation chaude et nerveuse, comme si un essaim de lucioles s'y agitait. Je me demandais s'il serait à la célébration aujourd'hui. Il y serait probablement puisque c'était l'événement du roi, et qu'Elex était le favori du roi, selon Zenada.

Nous sortîmes de la tour un étage plus haut que la veille, puis entrâmes dans une pièce beaucoup plus grande que celle où nous avions dîné auparavant.

Celle-ci était parfaitement ronde, avec un haut dôme au-dessus. Des fenêtres et des cheminées étaient espacées de façon égale le long des murs circulaires. Le feu brûlait vivement dans les foyers. Mais les volets de certaines des hautes fenêtres étaient ouverts, laissant entrer la lumière du jour et le vent d'hiver.

La musique emplissait l'air. Les musiciens étaient assis sur une étroite plateforme près de l'entrée. Haut sous le dôme, une myriade de cristaux colorés étaient suspendus à de fines chaînes d'or. Des prismes, des diamants et des pyramides oscillaient et tournaient dans le vent, peignant les murs et le sol d'un kaléido-scope d'étincelles.

Malgré ce spectacle de lumière hypnotisant, l'endroit parais-sait rude et négligé. Des marques de brûlure et de la cendre souillaient l'intérieur. De profondes rainures abîmaient le sol et les murs. Parallèles en ensembles de quatre ou cinq, elles ressem-blaient aux griffures laissées par les griffes des dragons.

Le roi était assis sur son large trône au milieu, appuyé contre l'un des accoudoirs couverts de fourrure. Des perchoirs en pierre étaient disposés de chaque côté du trône, formant un large demi-cercle. Chaque plateforme ressemblait à une méridienne double taillée dans la pierre, puis recouverte de lits de plumes et de peaux d'animaux. Placées entre les perchoirs, de basses tables en bois avaient été garnies de toutes sortes d'aliments.

Les hommes du roi occupaient les méridiennes. Certains étaient assis. D'autres étaient allongés sur les coussins ou appuyés contre les épais accoudoirs sculptés de chaque côté des perchoirs.

Comme de lui-même, mon regard se porta à la place à la gauche du roi.

Elex était assis dans la position qui me rappelait la nuit où je l'avais vu pour la première fois en tant que statue. Un pied posé sur le perchoir, il appuyait son avant-bras sur son genou plié.

Sans le long manteau cette fois, il ne portait qu'une chemise rouge à larges manches avec ses liens ouverts à la gorge. Une écharpe rouge assortie était nouée autour de sa taille fine, les extrémités à glands pendant sur une hanche. Les bottes courtes en daim s'accordaient avec son pantalon noir, cousu d'écailles de dragon le long des coutures latérales.

Sa pose était détendue et désinvolte, mais son regard scrutait intensément la rangée de *Salamandras*. J'enfonçai ma tête plus profondément dans mes épaules, reconnaissante pour les robes et les capuches qui nous faisaient toutes paraître identiques.

Les femmes restaient près de la porte. Seule Mère fit un pas en avant.

— C'est un honneur d'être ici, Votre Majesté, dit-elle en inclinant la tête en signe de salut et de supplication.

Les femmes firent de même, pliant les genoux pour se faire plus petites. Ne souhaitant pas me démarquer de quelque façon que ce soit, je fis comme les autres, baissant la tête et m'inclinant en révérence.

Le roi saisit un énorme os garni de viande qui dégoulinait de sauce et leva son gobelet pour que le serviteur près de son trône le remplisse à nouveau.

— L'un des rebelles, le seigneur Orirel, a été empoisonné hier. Au ton joyeux de sa voix, je devinai qu'il devait parler de l'un de ses pires ennemis. Une note de vantardise dans son ton laissait également entendre que le roi avait quelque chose à voir avec le malheur du seigneur Orirel.

— Aujourd'hui, nous célébrons.

Prenant une énorme bouchée baveuse de la viande, il claqua des doigts vers Zenada, qui avait repoussé sa capuche pour montrer son visage. Elle inspira avec excitation avant de se précipiter vers lui. Le roi tapota sa cuisse en guise d'invitation, et elle s'assit sur ses genoux.

Mère quitta discrètement la pièce, nous laissant, nous autres, à la merci du roi et de ses hommes.

Certaines des femmes relevèrent la dentelle de leurs visages. Un par un, les hommes levèrent les mains, claquant des doigts vers la *Salamandra* de leur choix. Avec un degré variable d'empressement, les femmes les rejoignirent ensuite sur leurs méri-diennes.

Elex plissa les yeux vers celles d'entre nous qui restions contre le mur, non réclamées. Je baissai brusquement la tête, gardant ma capuche basse. Mais ses traits se détendirent avec reconnaissance. Levant la main, il claqua des doigts, faisant scintiller la lumière dans les pierres de ses bagues. Il en portait maintenant à chaque doigt, ayant remplacé maintes fois la bague de rubis qu'il m'avait donnée.

La femme à côté de moi me donna un coup de coude dans les côtes.

— Celui-là te veut, siffla-t-elle sous sa capuche.

D'une manière ou d'une autre, il m'avait reconnue, même avec ma capuche et la dentelle baissée. Comme je ne bougeais pas, il claqua des doigts à nouveau, agitant son poignet avec impatience.

Visiblement, on s'attendait à ce que je coure vers lui, littérale-ment, au claquement de ses doigts.

— Eh bien, ricana-t-il, avec un regard vers le roi. Celle-là est soit aveugle, soit têtue.

Le roi éclata d'un rire bruyant.

— De toute façon, elle a besoin d'aide pour obéir.

Zenada me jeta un regard, ses sourcils froncés d'inquiétude. J'attirais beaucoup trop l'attention à mon goût, mais je ne pouvais tout simplement pas bouger le moindre muscle. Je ne pouvais pas aller vers lui. Je ne pouvais pas m'asseoir à côté de lui. Je ne pouvais pas...

— Ça va être amusant. Elex descendit de son perchoir et se dirigea nonchalamment vers moi.

Je relevai mes épaules jusqu'à mes oreilles, plantai mes pieds dans le sol et retins mon souffle tandis qu'il s'approchait.

Cela ne servit à rien. Son parfum chaud m'atteignit. Il était à la fois nouveau et familier. Il sentait comme du chocolat chaud épicé et une nuit chaude au coin du feu. Magique et si désarmant de confort.

Il passa un bras autour de moi, me pressant contre son flanc.

— Si ce n'est pas moi, ce sera quelqu'un d'autre, chuchota-t-il à mon oreille. Est-ce ce que tu veux ?

Je jetai un regard entre les hommes disponibles. L'œil bleu-argenté du Haut Général me scrutait avec une froide curiosité. Le reste des hommes se concentrait sur les *Salamandras* restantes contre le mur.

Non, je ne voulais aucun de ces hommes. Je souhaitais être de retour dans la chambre des *Salamandras*, seule sur mon perchoir dur et froid. Mais ce n'était clairement pas une option, alors je restai silencieuse.

Prenant mon silence pour de l'acceptation, Elex retourna vers sa méridienne, me guidant à moitié, me portant à moitié.

Il s'allongea dans les fourrures, m'entraînant avec lui. J'appuyai mes mains sur sa poitrine pour maintenir au moins une certaine distance entre nous. Ce n'était pas facile, et je me retrouvai assise sur ses genoux.

— La fenêtre est juste là, dit-il en désignant du menton la fenêtre ouverte derrière nous.

— Pourquoi est-ce que je me soucierais de la fenêtre ? marmonnai-je, confuse. Lui étant si proche, son parfum envahissait mes sens, me donnant le vertige.

Il passa nonchalamment un bras autour de ma taille.

— Juste au cas où tu voudrais m'y jeter à nouveau.

Un sourire taquin apparut sur son visage, et je dus détourner le regard avant de perdre la tête et de faire quelque chose de stupide, comme l'embrasser.

Je souhaitais pouvoir le jeter par la fenêtre à nouveau. La nuit dernière, cela s'était avéré être un excellent moyen de gérer le trouble qu'il provoquait en moi.

Je savais que je devrais au moins le repousser maintenant. Mais l'air glacial de la fenêtre s'enroulait dans la pièce comme de longs doigts glacés, s'insinuant sous ma robe et à travers le mince tissu de mes vêtements.

Et Elex était si incroyablement chaud.

La chaleur irradiait de son corps comme d'un four chargé de charbon. Au lieu de le repousser, je me penchai davantage vers cette chaleur. J'essayai de ne pas le rendre trop évident, pressant mon côté contre son torse mais tournant la tête loin de lui. La position était plutôt inconfortable, mais elle m'empêchait de m'allonger carrément sur lui.

— Alors... glissai-je furtivement mes doigts engourdis et froids sous mon flanc, les pressant contre son ventre chaud. Maintenant que je suis plantée ici sur tes genoux, est-ce que ça signifie que tu m'as revendiquée ? Je veux dire, est-ce que ça tiendra les autres hommes éloignés de moi ?

— Je l'espère vraiment. Il haussa les épaules avec désinvolture, bien que son regard se fasse plus perçant en se promenant le long des perchoirs occupés par les hommes du roi.

— Je suis nouveau dans tout ça.

— Nouveau ? Mais n'es-tu pas né et n'as-tu pas été élevé dans ce monde ? Dans ce château même ?

Il souleva la large bande de dentelle au-dessus de mon visage et la replia. Plus rien ne s'interposait maintenant entre mes yeux et les siens.

— Je suis né et j'ai été élevé dans ce monde, c'est vrai. Mais c'était pendant une époque très différente. Cet endroit n'a rien à voir avec ce qu'était le château de mon père. J'ai à peine reconnu le Pic de Bozyr quand je suis arrivé ici.

D'une certaine façon, j'avais supposé que, puisque ce monde était le sien, Elex s'y intégrerait parfaitement. Et il semblait que c'était le cas. N'était-il pas assis ici dans la salle royale, portant de beaux vêtements, célébrant le meurtre de l'un des ennemis du roi ?

Mais il y avait aussi eu des ajustements à faire pour Elex.

— À quelle distance de ton époque sommes-nous ? Qui est le roi pour toi ?

Il approcha ses lèvres de mon oreille, baissant la voix et faisant comme s'il me murmurait des mots doux.

— Le roi Edkhar est mon arrière-arrière-grand-père.

— Wow... laissai-je échapper un souffle avec un petit sifflement. Jusqu'où dans le passé sommes-nous, alors ?

— Environ mille ans.

— C'est long. Mille ans signifieraient un grand changement dans la vie sur Terre. Ce serait comme passer des vols en avion à la fin du Moyen Âge.

— Mais tu savais que cela pourrait arriver, n'est-ce pas ?

Il acquiesça.

— Oui. J'ai eu largement le temps d'y réfléchir pendant que j'étais assis comme une statue dans la ménagerie de Ghata. J'ai eu le temps de pleurer la vie que j'ai laissée derrière moi quand les *bracks* m'ont pris et d'accepter que je ne reverrais peut-être jamais aucune personne que je connaissais. Et j'ai décidé de retourner à Dakath, quel qu'en soit le prix.

C'était la différence entre Elex et moi. Je n'avais jamais eu la chance d'absorber ce qui se passait quand il m'avait arrachée à mon monde, pas de temps pour y réfléchir ou pour prendre une décision quelconque.

— Eh bien... je cherchai quelque chose de positif à lui dire, une lueur d'espoir dans tout ce gâchis. Au moins, tu es de retour au château. Le roi t'apprécie. Peut-être qu'il s'attachera suffisamment à toi pour te transmettre la couronne un jour. Tu seras le roi, comme tu étais né pour l'être. Apparemment, il y a des rumeurs selon lesquelles tu es le fils illégitime du roi Edkhar. Ce ne serait pas trop tiré par les cheveux pour lui de t'adopter officiellement.

Il me regarda avec amusement tandis que je babillais.

— Est-ce ce que tu penses que je veux, Amber ?

— Pourquoi pas ? Je haussai une épaule.

— Le roi Edkhar n'aime personne. Il utilise certaines personnes et en tolère d'autres. Il sait que j'appartiens à la lignée royale parce que j'ai accès à la magie des Montagnes de Dakath. Il glissa une main sous ma capuche et tira une mèche de cheveux de sous le tissu sur ma tête. La même magie qui m'a permis de faire ceci. Son expression devint rêveuse tandis qu'il enroulait la mèche autour de son doigt.

Je plaquai ma main sur la capuche, piégeant son doigt à l'intérieur.

— Personne ne doit savoir ça.

Il me regarda dans les yeux.

— Pourquoi ?

— Ils se sont débarrassés de mes cheveux avant. Ils le feront encore, Elex. Voilà pourquoi.

Un profond sillon se forma entre ses sourcils.

— Pourquoi les *Salamandras* te l'ont-elles fait ? Est-ce Mère qui l'a ordonné ? Était-ce un ordre du roi ? Sa voix descendit en un grondement. Il semblait prêt à déchirer quiconque je désignerais du doigt.

Mais je n'avais jamais gardé rancune contre les trois femmes qui avaient épilé mes cheveux. Ce n'était pas leur faute si les circonstances étaient contre nous tous. Des trois, Zenada était la seule encore en vie maintenant. Et je n'allais certainement pas lancer Elex sur elle.

Baissant le regard, je retirai sa main de ma capuche, puis remis la mèche lâche sous le tissu.

— Peu importe qui l'a fait. C'était pour ma sécurité et la leur. Il continuait à me fixer avec ce froncement dangereux et le meurtre dans les yeux, alors j'essayai d'expliquer.

— Voici ce qu'on m'a dit, Elex. Dans ce monde, rien de bon n'arrive à ceux qui sont différents. Je suis la seule humaine à Dakath, ce qui me rend *très* différente. En plus de cela, apparemment, la couleur de mes cheveux est aussi importante d'une certaine manière.

— Le roi Edkhar aime le rouge, murmura-t-il entre ses dents.

— Pourquoi ? Je ne me sens pas si spéciale d'être rousse. Souvent, j'ai l'impression que c'est une nuisance car ça s'accompagne de toutes ces taches de rousseur et du risque de coup de soleil à la moindre exposition au soleil.

Il remonta ma manche, puis traça les taches de rousseur sur

mon avant-bras du bout de son doigt, comme s'il reliait les étoiles en une constellation.

— Le rouge est la couleur du feu, dit-il. Et le feu est le symbole du pouvoir. Il y a longtemps, on croyait aussi que chez les gargouilles aux cheveux rouges, la magie se manifestait plus fortement... il s'interrompit, comme s'il pensait à quelque chose. Eh bien, puisque "il y a longtemps" est maintenant, ce n'est pas "on croyait" mais "on croit". On *croit* que les cheveux rouges signifient plus de magie et plus de pouvoir.

— Mais je n'ai pas de magie. Aucune. Je suis humaine, tu te souviens ?

Il caressa le côté de mon visage avec son doigt, son expression s'adoucissant.

— Comment pourrais-je jamais l'oublier ? Ma plus chère, ma plus aimée humaine.

Lentement, délibérément, le coussinet chaud de son doigt traça la forme de mon visage, de ma pommette jusqu'à ma mâchoire. Ses yeux restaient fixés sur les miens. L'étincelle rouge au fond d'eux vacillait et tourbillonnait.

Je n'avais plus froid. Mon corps se réchauffa, me faisant souhaiter pouvoir enlever la robe de laine. Je me recroquevillai, tournant la tête pour échapper à son toucher.

Il ne me laissa pas m'échapper, cependant. Prenant mon menton dans sa main, il ramena mon visage vers le sien.

Ses paupières s'abaissèrent légèrement, tout comme sa voix.

— Suis-je si hideux à regarder que tu continues à l'éviter, mon étincelle ?

Arrachant mon menton de sa main, je me tournai vers sa gauche. L'homme sur la méridienne à quelques mètres de nous avait une *Salamandra* sur ses genoux. Sa capuche était baissée, et je reconnus la femme. Elle s'appelait Delsandra. C'était une personne calme qui passait beaucoup de temps à l'intérieur. Je l'avais rarement vue dans la cour du Sanctuaire.

Une des mains de l'homme était enfouie dans les cheveux à l'arrière de sa tête tandis qu'il l'embrassait. Les liens de sa robe étaient défaits, l'autre main de l'homme était dans l'encolure de sa chemise, caressant son sein.

Delsandra faisait onduler ses hanches. Ses gémissements se mêlaient aux siens dans le baiser. Avec ses jupes s'étalant sur ses genoux, il n'était pas clair s'il était en elle ou si elle se frottait simplement contre lui à travers leurs vêtements. Quoi qu'il en soit, c'était une scène privée, pas faite pour être regardée par moi.

Je me détournai, rencontrant à nouveau le regard ardent d'Elex.

— Cette "célébration" se transforme en véritable orgie, marmonnai-je, mes joues brûlant après ce dont j'avais été témoin.

Même sans les regarder, je ne pouvais pas échapper aux sons des personnes qui s'embrassaient et gémissaient à côté de nous. Sur la droite, des sons similaires venaient du trône du roi.

Elex ne semblait pas dérangé par ce qui se passait autour de nous. Son attention était entièrement sur moi.

— Est-ce quelque chose que font toutes les gargouilles ? lâchai-je, juste pour dire quelque chose alors que son regard commençait à faire un trou dans mon self-control. Les orgies ? En aviez-vous à ton époque aussi ?

— Des orgies ? Il balaya la salle du regard comme s'il remarquait son environnement pour la première fois seulement maintenant. Nous avions souvent des célébrations, mais pas comme celles-ci.

— Les vôtres étaient sans sexe ?

— Pourquoi sans ? Il sourit.

— Pas nos célébrations familiales, bien sûr, mais j'ai organisé des fêtes avec mes amis, d'autres seigneurs et dames, où tout était permis.

— Tout ?

Il hocha la tête.

— Tant que tout le monde s'amusait.

C'était la chose la plus troublante dans la situation actuelle — je ne croyais pas que tout le monde s'amusait de manière égale. L'équilibre du pouvoir ici penchait fortement en faveur des hommes. Je me demandais combien de femmes ne seraient pas du tout ici si on leur donnait le choix.

Peu de temps auparavant, j'aurais préféré quitter cette pièce aussi. Maintenant... Maintenant, je n'avais plus hâte d'échanger les genoux chauds d'Elex contre mon perchoir froid dans la chambre que je partageais avec trois douzaines d'autres femmes.

À part son bras autour de ma taille, il ne me touchait pas. Après avoir soulevé la dentelle de mon visage, il n'avait retiré aucun de mes vêtements. Je ne me sentais pas obligée de faire ce que les autres couples faisaient. Il semblait se contenter de simplement me parler. Et moi... j'avais toujours aimé parler avec Elex.

Je touchai la soie douce de sa chemise. Le tissu était si fin que je pouvais facilement tracer le paysage de ses muscles en-dessous.

— Alors, que faisais-tu avec tous ces seigneurs et ces dames à tes fêtes ?

Il sourit.

— Eh bien, personnellement, j'ai toujours préféré les dames.

— Des dames qui aimaient faire *tout* aux fêtes avec toi ?

Il fit une pause, étudiant mon visage avec une intensité troublante.

J'étais à l'aise avec notre légère conversation. J'étais même d'accord pour flirter. Je pouvais peut-être gérer même plus, tant que ça restait léger et facile.

Mais je n'avais aucune idée de quoi faire avec ce regard sérieux. Je perdais le contrôle de la situation.

— Ce n'est pas ce que je recherche, Amber, dit-il doucement tandis que son regard caressait mon visage. Je n'ai aucun intérêt pour les fêtes du roi Edkhar ou les dames de sa cour. Depuis un certain temps, mon esprit et mon cœur sont solidement occupés par une seule femme.

Le souffle se bloqua dans ma gorge. Je n'étais pas prête pour ce tournant de la conversation. Je ne voulais pas savoir de quelle femme il parlait. Et je ne souhaitais certainement pas discuter de tout cela par-dessus le bruit du sexe qui se déroulait dans cette pièce.

Il glissa sa main sous ma capuche, enveloppant ma nuque.

— Amber... Il m'attira plus près, si près que ma poitrine se pressa contre la sienne.

J'enroulai un bras autour de son cou, étalant l'autre main à plat sur sa poitrine. La soie cramoisie de sa chemise jetait un éclat rouge sur ma peau, comme un soupçon de sang. Ou la lumière du lever du soleil.

— Je rêve de toi. Il caressa ma joue de son pouce. Même pendant la journée. Quand je suis blessé ou seul, je ferme les yeux et pense à toi. Je me souviens de tes baisers, et comment tu me faisais rire. Les souvenirs de toi me remplissent de lumière même quand il fait noir.

Sa voix était sincère, son expression ouverte et chaleureuse. Stupéfaite, je n'avais aucune idée de comment réagir à sa confession. Mes barrières intérieures se fissurèrent, et je me contentai de fixer ses yeux, la tête qui tournait tandis que je me perdais dans leur profondeur.

— Tu es l'étincelle qui m'a ramené à la vie, Amber. Et tu continues à éclairer mon chemin pendant les moments les plus sombres.

Mon cœur s'accéléra. Tant d'émotions me remplissaient que je craignais qu'elles ne débordent. Alors, je pourrais dire ou faire quelque chose d'irrévocable. Quelque chose qui me ferait souffrir. Encore.

Elex n'était pas mon Prince Charmant. Il n'était rien pour moi.

Je devais arrêter cela. Le changer. Mais je ne savais pas comment.

Je glissai ma main sous sa chemise et insérai mes doigts dans l'ouverture sur sa poitrine. Il inspira brusquement au moment où je touchai sa peau. Une chaleur brilla dans ses yeux sombres.

Distraction. C'était ce dont j'avais besoin. Et ça marcha, il arrêta de parler.

Encouragée, je tendis l'autre main vers le bas et pressai ma paume contre sa longueur dure à travers son pantalon. Avec un doux gémissement, il rejeta sa tête en arrière, poussant ses hanches contre mon toucher. Sa réponse s'avéra stimulante.

— Tu aimes ça, n'est-ce pas ? chuchotai-je, pressant le côté de mon visage contre le sien, ma bouche près de son oreille. Tu aimes mes mains sur toi.

Il se contenta de gémir en réponse tandis que je serrais ma main plus fort. Il avait passé tant de temps comme un morceau de pierre sans sensation, chaque sensation devait lui paraître tellement plus intense maintenant.

Je souhaitais lui en donner plus.

Me penchant un peu en arrière, je tirai sur l'écharpe de soie autour de sa taille, la desserrant. Il ne m'arrêta pas, et je défis ensuite le laçage de son pantalon, glissant finalement ma main à l'intérieur.

Il était encore plus chaud ici, sa longueur dure et pulsante.

— Amber... Amber, répétait-il mon nom comme un mantra tandis que j'enroulais mes doigts autour de lui. Dieux... oui.

Il fléchit sa main sur ma nuque, rapprochant mon visage du sien, mais je tournai la tête, esquivant ses lèvres.

— Embrasse-moi, supplia-t-il. S'il te plaît.

Je ne le fis pas. J'enfouis mon visage dans son épaule à la place, le caressant plus fort avec ma main. Il se tortillait sous mon toucher, complètement en mon pouvoir. J'avais le contrôle, mais seulement tant que c'était *moi* qui le touchais *lui*. Si je l'embrassais, si je le laissais me toucher en retour, je me perdrais en lui, et je tomberais pour lui entièrement et complètement.

Je ne pouvais pas laisser cela arriver.

— Jouis pour moi, Elex, murmurai-je à la place.

Un grondement vibra profondément à l'intérieur de sa poitrine. Sa main trouva son chemin sous ma robe. Il ouvrit habilement les deux fermoirs de ma robe. Puis ses deux mains étaient sur mon corps, me touchant à travers le tissu à peine présent de ma chemise.

La chaleur de ses paumes s'infiltrait à travers le tissu jusqu'à ma peau. Il glissa ses mains le long de mes côtés jusqu'à mes seins.

Un grondement satisfait résonna au fond de sa gorge tandis qu'il les prenait en coupe. Mes mamelons durcirent, poussant contre le tissu, et il les trouva au toucher avec ses pouces.

— Je veux entendre ces petits gémissements que tu fais quand je joue avec eux, mon étincelle. Il pinça les pointes à travers ma chemise, envoyant un frisson de plaisir à travers mon corps.

Le souffle s'échappa de moi tandis que j'arquais mon dos, pressant mon bassin contre le sien.

— Exactement comme ça, murmura-t-il avec approbation face à mes gémissements de besoin. Oh, comme ces sons m'ont manqué.

Je sentais mon contrôle glisser après tout. Mon corps s'enflamma de désir. L'envie de lui parcourut mon être en étincelles chaudes. Je ne me souciais plus d'où nous étions ni de ce qui se passait autour de nous. C'était juste Elex et moi. Nous envolant, comme si nous étions de nouveau haut dans le ciel, où rien d'autre n'importait.

— Embrasse-moi, supplia-t-il, cherchant ma bouche avec la sienne.

Je détournai brusquement la tête, revenant à mes sens. Serrant mes doigts plus fort, je bougeai ma main plus rapidement le long de sa longueur.

— Viens, Elex, suppliai-je. Viens, maintenant.

Je craignais que s'il prenait un peu plus de temps, j'abandonnerais. Je lui donnerais mon corps et mon âme. Et je perdrais chaque parcelle de moi-même pour lui, sans qu'il n'ait jamais rien demandé de tout cela.

Il saisit mes flancs, son corps se tendant sous moi. Ses lèvres s'entrouvrirent. L'air le quitta en respirations saccadées tandis qu'il venait dans ma main. Je tremblai, comme si j'avais joui avec lui, ce qui bien sûr n'était pas le cas. Ma main tremblait quand je la retirai de lui, la sortant de son pantalon.

Son corps se détendit. Mais le regard dans ses yeux restait aussi intense que jamais. Il chercha dans mes yeux avec les siens, et je cherchai une distraction à nouveau.

— Eh bien... je tins ma main entre nous. Sa semence brillait sur mes doigts. Je suppose que je vais devoir aller me laver les mains maintenant. C'était une aussi bonne excuse que n'importe quelle autre pour quitter la pièce.

Je fis un mouvement pour descendre de ses genoux, mais il attrapa mon poignet.

— Attends. Il arracha l'écharpe de sa taille. Laisse-moi la nettoyer. Avec la soie rouge de son écharpe, il essuya mes doigts soigneusement, un par un.

— Voilà. Il plaça un baiser au milieu de ma paume. C'est fait.

— Mais ça sent encore comme toi, marmonnai-je.

Le léger parfum épicé était agréable.

Pourquoi ? Pourquoi devait-il sentir si bon ?

Il arqua un sourcil.

— Et est-ce une mauvaise chose ?

Je le fixai fermement.

— Je ne veux pas sentir comme toi.

Silencieusement, il tendit la main vers son gobelet sur la table à côté de nous et trempa le bout de son écharpe dans le vin.

— Voilà, dit-il, essuyant ma main avec la soie humide. Maintenant, tu sens comme du vin de grenade. Mieux ?

L'odeur du vin était agréable, mais pas aussi plaisante que la sienne. Pas que j'allais le lui dire.

Il porta ma main à sa bouche et embrassa mes doigts, attrapant une goutte de vin errante avec sa langue. La caresse de ses lèvres taquinait mon désir inassouvi. Je devais partir. Je devais descendre de ses genoux et quitter cette pièce, que ce soit permis ou non. Mais Elex m'avait privée de mon excuse pour partir, et j'étais trop distraite par la caresse de ses lèvres sur mes doigts pour en trouver une autre.

Il glissa sa main de haut en bas le long de mon dos. Le geste était apaisant, simple mais intime. Et je cédai. Je me blottis contre sa poitrine, posant ma tête sur son épaule.

— Amber, commença-t-il.

Il y avait une urgence dans sa voix, et j'appuyai mon doigt sur ses lèvres.

— Chut, murmurai-je, me détendant dans ses bras. Pas maintenant. S'il te plaît.

En cet instant même, je me trouvais dans un endroit heureux, même si c'était contre ma volonté. Maintenant, je voulais juste rester comme ça encore un peu, me réchauffant à la chaleur de son corps et profitant des quelques moments de paix volés qu'elle m'apportait.

Six

AMBER

—Danse pour nous, tonna la voix du roi depuis son trône royal.

La bulle de confort qui entourait Elex et moi éclata à ce son. La réalité nous rattrapa brusquement.

La musique jouait toujours. Les musiciens possédaient manifestement une endurance surhumaine. Zenada quitta les genoux du roi avec une certaine réticence. Elle aussi devait souhaiter rester dans sa propre bulle.

— Bonne fille. Le roi lui donna une claque sur les fesses, la faisant glousser. Avec une révérence, Zenada quitta la pièce pour se préparer à sa danse.

Le roi se redressa sur son trône, puis arracha un autre os charnu du plat posé sur la table à proximité.

Elex baissa la tête pour voir mon visage sous la capuche.

— As-tu faim, Amber ?

Quand n'avais-je pas faim ? Les quelques fruits que j'avais mangés dans les grottes ce matin-là n'avaient pas fait long feu.

Je ne dis rien, mais il connaissait déjà la réponse.

— Tiens. Se penchant sur sa gauche, il tira une table entière vers moi. Essaie ça. C'étaient mes préférés quand j'étais enfant.

D'un grand plateau en laiton, il prit une brochette garnie de ce qui ressemblait à de la viande hachée, formant comme une boulette de viande allongée. Il la trempa dans un plat de sauce rouge cerise, puis me l'offrit. J'encerclai son poignet et pris une bouchée tandis qu'il tenait toujours l'extrémité de la brochette.

J'aurais aimé pouvoir m'arrêter pour savourer la complexité des saveurs de la sauce ou apprécier le mélange d'épices dans la viande, mais j'avalai la première bouchée à peine mâchée, puis enfournai le reste de la boulette, la faisant glisser de la brochette avec mes dents.

— C'est bon, acquiesçai-je en tendant rapidement la main vers une autre.

Elex rinça et remplit à nouveau sa coupe pour moi, et je fis passer la viande avec du vin, puis continuai à manger. Il y avait des tranches de légumes qui ressemblaient à de l'aubergine grillée et des pommes de terre violettes arrosées d'huile et rôties à l'ail. Les pancakes verdâtres avaient le goût des galettes de courgettes les plus tendres que j'aie jamais essayées. Elles étaient servies avec une sauce crémeuse à l'aneth absolument divine.

Je goûtai tous les plats salés avant de passer au dessert composé de cerises trempées dans du sirop et de noix grillées.

Grignotant une poignée de canneberges confites, Elex m'observait en silence. De temps en temps, il remplissait ma coupe ou rapprochait un plat, mais son expression s'assombrissait à mesure que je mangeais.

— Est-ce que la Mère du Sanctuaire sait que les humains ont besoin de manger plus souvent que les faes ? Sa voix semblait grave.

J'acquiesçai. Ma bouche était trop pleine et collante de dessert pour répondre avec des mots. Il inspira, probablement pour poser d'autres questions, mais les portes de la salle s'ouvrirent à nouveau, et Zenada entra.

Elle portait sa robe avec la capuche relevée et la dentelle baissée sur son visage. Dans une main, elle tenait un grand sac en cuir avec des tiges métalliques qui en dépassaient.

Laissant tomber le sac à ses pieds, elle s'arrêta au milieu de la pièce et fit face au roi.

— N'est-elle pas ravissante ? Le roi se frotta les mains, son visage s'illuminant d'une anticipation excitée.

Je n'étais pas sûre de ce qu'il ressentait pour la femme, mais il attendait certainement avec impatience le divertissement qu'elle s'apprêtait à offrir.

Portant les mains à sa capuche, Zenada souleva la dentelle, lançant au roi un regard brûlant. Elle fit ensuite glisser la capuche, révélant ses cheveux tressés en deux longues nattes avec des rubans dorés entrelacés.

Lentement, elle tira sur les liens de sa robe à son cou, puis s'en dégagea, laissant la robe tomber au sol. La façon délibérée et artistique dont elle se déshabillait me fit comprendre que cela faisait également partie du spectacle.

Le roi l'appréciait visiblement, se déplaçant jusqu'au bord de son trône. Ses yeux pétillaient d'excitation tandis qu'il suivait chacun de ses mouvements.

Zenada ouvrit les fermoirs de sa robe, puis la laissa tomber par terre sur sa robe déjà abandonnée. Il n'y avait pas de chemise en dessous. À la place, elle portait un court bustier en cuir, avec un pantalon assorti. Le pantalon était bas sur ses hanches, soulignant la courbe de sa taille fine. Chaque jambe était fendue du genou jusqu'en bas, leur donnant une forme évasée. Le cuir brun foncé de sa tenue était brodé de fil d'or et de perles de rubis qui scintillaient à la lumière quand elle bougeait.

Elle sortit deux torches métalliques de son sac, puis poussa du pied le sac et ses vêtements abandonnés, se donnant de l'espace.

Soudain, le roi se leva de son trône, puis passa derrière, disparaissant de notre vue. L'instant d'après, il grandit, sa tête s'élevant au-dessus du haut dossier de son trône, ses épaules s'élargissant. Son cou s'allongea, sa peau se transformant en écailles rouge vif qui miroitaient d'or.

La poitrine de Zenada se souleva d'une profonde inspiration. Elle se prépara avant de lever ses torches au-dessus de sa tête. Elles n'étaient pas allumées. Et je ne voyais nulle part de seaux de goudron inflammable.

Le roi s'était maintenant complètement transformé en dragon. Il se tenait derrière le trône, son long cou enroulé autour du dossier, sa tête posée sur l'accoudoir.

— Es-tu prête, ma danseuse de feu ? tonna la voix du dragon, faisant trembler et tinter les cristaux sous le dôme.

Zenada acquiesça, sa posture tendue. Le dragon ouvrit la gueule. Un nuage de fumée tourbillonnait au-dessus de sa longue langue, parsemé d'étincelles. Il forma un cercle avec ses lèvres et souffla. Un long ruban de feu brillant et étincelant jaillit de sa gueule, claquant au-dessus de la tête de Zenada comme un fouet. Elle attrapa le feu avec ses torches, enflammant leurs extrémités.

La musique s'intensifia tandis que Zenada se lançait dans sa danse. Se déplaçant avec fluidité, elle lançait et faisait tournoyer les torches. Leur feu léchait le cuir de sa tenue et effleurait la peau nue de ses bras et de son ventre.

— Oh, elle est si belle... murmurai-je, hypnotisée.

Avec une nouvelle vague de musique, Zenada fit un mouvement de poignet. Les torches s'ouvrirent comme deux grands éventails - ou des ailes de dragon - chaque pointe brûlant d'un feu à son extrémité.

Les musiciens jouèrent plus vite tandis que Zenada accélérait son tempo. Au lieu de deux torches, elle avait maintenant douze boules de feu étincelantes à chaque extrémité d'une pointe. Elles se fondaient en deux rubans continus de lumière tandis qu'elle dansait, tournoyant de plus en plus vite.

J'agrippai la cuisse d'Elex, les yeux rivés sur cette femme souple qui dansait à l'intérieur de ce qui ressemblait maintenant à un ouragan de feu. Il étincelait et se tordait autour d'elle, changeant continuellement de forme avec chacun de ses mouvements.

Les yeux du roi-dragon luisaient sauvagement, sa tête

bougeant légèrement tandis qu'il suivait ses déplacements sur le sol.

Sans avertissement, il souffla une autre flamme de sa gueule. Mais Zenada devait s'y attendre. Elle passa à travers la flamme avec l'un de ses éventails métalliques, déplaçant gracieusement son corps hors de danger.

Le dragon souffla un autre jet de feu et d'étincelles. Zenada l'évita à nouveau. Passant les extrémités de ses éventails à travers la flamme, elle la découpa en rubans plus petits, chacun s'enroulant et se tordant à sa manière. Ils créèrent des motifs inoubliables dans l'air avant de disparaître en volutes de fumée.

Le dragon ne la laissait pas se reposer, soufflant plus de feu, de plus en plus vite. Cela ne ressemblait plus à un travail d'équipe, mais à une compétition. Le roi ne travaillait plus avec elle, mais contre elle. Il essayait clairement de la piéger, de la forcer à commettre une erreur, de la blesser. L'éclat froid dans ses yeux disait qu'il *souhaitait* la blesser.

Il souffla du feu à sa droite, puis presque immédiatement à sa gauche. Zenada ne fut pas assez rapide. Le second souffle la frappa au ventre, brûlant sa peau exposée et roussissant le cuir de son bustier.

Elle cria de douleur, trébuchant et ratant la prochaine étape de la danse. J'eus un mouvement instinctif pour aller vers elle. Mais Elex resserra son bras autour de ma taille, me maintenant en place.

Le roi-dragon ricana.

— Toujours pas assez rapide, ma petite *Salamandra*.

Je réalisai que le roi n'appelait jamais Zenada par son nom. Je me demandais s'il le connaissait même ou s'il se souciait de le connaître.

Zenada pressa son bras contre son côté, puis le retira avec un sifflement. Sa peau formait des cloques et se plissait, devenant rouge là où le feu du roi l'avait touchée. Cela ajouterait une autre cicatrice aux nombreuses qu'elle avait déjà.

— Zenada ! Je luttai contre l'emprise d'Elex, ayant besoin d'aller vers elle.

Elle me lança un regard d'avertissement. Ses yeux sombres se remplirent de larmes, mais elle se mordit la lèvre inférieure, ne laissant pas échapper un autre cri de douleur. Se penchant, elle ramassa le sac avec son équipement et ses vêtements, puis sortit de la pièce en boitant.

Le dragon me fixa du regard.

— Toujours pas domptée ? grogna-t-il, mécontent. Vas-tu lui apprendre à tenir sa bouche fermée, Seigneur Elex ? Ou devrais-je le faire pour toi ?

Je me raidis, n'osant plus respirer. Qu'avais-je fait de mal ? Avoir prononcé le nom de mon amie à voix haute ? Cela n'avait aucun sens. Pourtant, la punition imminente semblait plus réelle que jamais.

Elex se leva, me soulevant avec lui.

— Mes excuses, Votre Majesté. Je m'en occuperai à l'extérieur, afin de ne pas perturber votre célébration. Avec son bras autour de ma taille, il me jeta par-dessus son épaule.

Je serrai les poings. L'indignation me brûlait comme de l'acide. Pourtant, je savais que protester ne ferait qu'empirer les choses.

Le roi-dragon grimaça, manifestement agacé par mon comportement, mais il n'empêcha pas Elex de me porter hors de la pièce.

Une fois les lourdes portes refermées derrière nous, Elex me porta dans le couloir, puis autour d'un coin, hors de vue des gardes postés à l'entrée de la salle. Dès que nous fûmes seuls, je frappai ses fesses dures de mes poings.

— Pose-moi par terre ! Maintenant.

Il me déposa, les pieds au sol.

— C'était nécessaire, expliqua-t-il en passant ses mains dans ses cheveux. Je ne pouvais pas laisser le roi s'approcher de toi.

— Je sais. Je respirai profondément, essayant de calmer mes nerfs, ma peur et mon indignation. Je dois trouver Zenada.

— Attends. Il prit ma main. Dis-moi comment est la vie dans le Sanctuaire des *Salamandras* ?

Je ricanai.

— Qu'en penses-tu ?

Il écarta les bras en un geste désarmant.

— Honnêtement, je ne sais pas quoi penser, Amber. Dans mon époque, ma mère s'occupait du Sanctuaire. Elle le dirigeait avec deux *Salamandras* qui y vivaient. Autant que je m'en souvienne, c'était toujours un endroit sûr pour les hommes comme pour les femmes. Ceux qui traversaient des moments difficiles, qui n'avaient nulle part où aller et personne pour s'occuper d'eux, y trouvaient un véritable sanctuaire. Selon les légendes, Mère *Salamandra* a créé notre peuple en enseignant l'amour et la compassion à ses fils. Elle a uni les dragons et les sauriens, créant la race des gargouilles. Le Sanctuaire porte son nom comme symbole d'unité, d'amour et de compassion.

Je croisai les bras.

— De belles paroles, Elex. Et peut-être que c'était ce qu'était le Sanctuaire à ton époque. Mais ce n'est certainement pas ce qu'il est maintenant.

— Dis-moi, exigea-t-il.

J'avais l'habitude de penser qu'Elex avait grandi protégé et ignorant. Mais ce n'était manifestement pas le cas. Elex était intelligent et curieux. Il ne fuyait pas la vérité et ne la craignait pas. Il n'aurait pas passé cent ans de sa vie volontairement aveugle à la vie en dehors du château. Le Royaume de Dakath devait être très différent à son époque, bien meilleur, d'après ce qu'il disait.

Maintenant, je devais lui dire la vérité sur son propre monde. Je soupirai profondément, me demandant par où commencer.

— Les femmes de Dakath n'ont pas le droit d'exister de façon indépendante. Leur valeur dépend uniquement de ce qu'elles représentent pour un homme. Le Sanctuaire *Salamandra* est rempli de veuves et de femmes non mariées qui n'ont pas d'homme à qui appartenir. Les hommes n'y sont pas autorisés, à moins d'être envoyés par le roi. Auquel cas, ils peuvent leur ordonner de faire ce qu'ils veulent. Oh, et comme je l'ai récemment appris... J'inclinai la tête en direction de la salle de fête du roi. L'amertume m'envahit, et je ne fis aucun effort pour la dissimuler dans ma voix. Les femmes sont censées courir au château au claquement de doigts royal, pour divertir le roi et ses hommes, et fournir des faveurs sexuelles ainsi que tout ce qui peut satisfaire sa fantaisie. Elles ne reçoivent rien en retour, juste le mépris des villageois "respectables" et des brûlures.

Elex serra les dents, contractant sa mâchoire. Il semblait pouvoir à peine contenir sa rage, ce qui me donna de l'espoir.

— Tu peux changer cela, Elex. Tu es le Prince de Dakath. Tu as ce qu'il faut pour faire la différence.

Ses traits se crispèrent en une expression douloureuse.

— En changeant le présent, Amber, je risquerais de changer l'avenir. Peu importe à quel point la vie est hideuse maintenant, dans quelques centaines d'années, ce monde sera tellement meilleur.

— Quelques centaines d'années ? Je me sentis dégonflée, l'espoir m'abandonnant.

Il continua à parler avec passion.

— Avant la fin du printemps, le Roi Edkhar gagnera la guerre. Il vaincra les Seigneurs Rebelles dans la bataille finale au pied du Pic de Bozyr.

— Il le fera ?

C'était décevant. Je ne prenais parti pour aucun camp dans cette guerre, mais d'après ce que je savais, la cause des Seigneurs Rebelles me semblait plus sympathique, ils s'étaient dressés pour venger l'enlèvement d'une femme. Le Roi Edkhar ne se battait que pour affirmer et conserver son pouvoir.

— Cet été, poursuivit Elex, le roi épousera sa future reine, Dame Amree. Et dans moins de deux ans, son fils Elex naîtra.

— Elex ?

— Oui. J'ai été nommé d'après le Grand Roi Elex. Il ne ressemblera en rien à son père. Sous son règne, les Montagnes de Dakath prospéreront. La justice et les libertés dont jouissaient les gens à mon époque commenceront pendant le règne du Roi Elex et de son épouse, la Reine de Feu.

— La Reine de Feu ? C'est son nom ?

— C'est le nom conservé dans les chroniques à son sujet. Mon arrière-grand-mère était la seule et unique *Salamandra* manipulatrice de feu de l'histoire des gargouilles. Sa magie rivalisait même avec celle de son mari.

— Quel couple puissant ils formaient, marmonnai-je, plutôt impressionnée.

— C'étaient des âmes sœurs liées, inséparables et pratiquement invincibles. Il prit ma main gauche dans les siennes et caressa la salamandre de rubis enroulée autour de mon annulaire. Cette bague lui appartenait.

Je me demandai brièvement s'il était de ma responsabilité de m'assurer que la bague parvienne à la future reine pour que son histoire continue. Ou étais-je censée la perdre à un moment donné, pour qu'elle soit créée plus tard pour elle dans le futur ? Le temps avançait-il en ligne droite ou en boucle ? Je n'en avais aucune idée, et malheureusement, le voyage dans le temps ne venait pas avec un manuel expliquant toutes les règles.

Peut-être fallait-il simplement se laisser porter par le courant et laisser les choses se dérouler comme elles le devaient ?

Elex gardait ma main dans la sienne, réchauffant mes doigts froids de sa douce caresse.

— Le fils de la Reine de Feu, le Roi Ahrit, sera mon grand-père. Il continuera à bâtir sur l'héritage de son père. Tu vois, Amber, le présent doit continuer pour que l'avenir se déroule comme il le fera.

Logiquement, ses paroles avaient du sens. Mais mon cœur refusait d'accepter les injustices actuelles, même si c'était pour le bien d'un avenir meilleur.

Je lui lançai un regard dur.

— Eh bien, maintenant je sais exactement où tu te situes.

Je tournai les talons, prête à partir, mais il attrapa mes épaules, me faisant pivoter pour lui faire face.

— Je veux que tu comprennes, Amber, ma vie est liée à celle du roi. Je dois le protéger, lui et sa couronne.

— Alors, qu'attends-tu ? Va protéger ton roi, Elex. Je fis un geste en direction de la salle. Et moi, j'irai là où est ma place, auprès des femmes.

— Non. La force et la passion qu'il mit dans ce seul mot me firent hésiter. Reste avec moi. S'il te plaît. Ma chambre est à l'un des étages supérieurs du château. Tu y seras au chaud et en sécurité.

Au chaud. Il savait exactement comment me tenter. Mais l'autre partie de ce qu'il avait dit me fit ricaner.

— *En sécurité ?* Une telle chose existe-t-elle, Elex ? Nulle part à Dakath n'est sûr pour un humain. Et comment peux-tu me protéger du roi que tu sers ? Je secouai la tête avec regret. Désolée, mais je fais plus confiance aux *Salamandras* pour me protéger qu'à toi.

— Amber. Il tressaillit comme si je l'avais giflé.

Je ressentais sa douleur. Vraiment. Au fond de moi, je croyais qu'Elex était une bonne personne qui voulait faire ce qui était juste. Mais à quoi cela servait-il ?

J'avalai ma salive, la gorge serrée.

— Je n'aurais pas dû venir à Dakath, Elex. Cela aurait été plus facile pour nous deux si tu m'avais simplement laissée dans mon propre monde. Je levai les yeux vers les siens. Tu ne t'es même jamais excusé pour ça, pour m'avoir emmenée.

J'aperçus de la compassion dans ses yeux sombres, mais pas une trace de regret.

— Si je ne t'avais pas prise, tu serais morte.

— Tu n'en es pas certain. Peut-être que j'aurais pu m'en sortir. J'ai déjà été dans des situations difficiles avant.

Il secoua la tête résolument.

— "*Peut-être*" n'était pas suffisant pour moi. Ça me semblait être une situation de vie ou de mort. *Ta* vie ou ta mort, Amber. Je ne pouvais pas laisser cela au hasard.

— Alors tu m'as amenée ici et tu m'as quittée juste après. En quoi était-ce mieux ?

Ses joues s'empourprèrent. Ses yeux s'allumèrent. Il ouvrit la bouche pour argumenter, mais je parlai en premier.

— Tu étais tellement désolé que je perde mes cheveux, Elex. Comme si c'était le plus gros problème. Tu ne t'es jamais excusé pour ce qui comptait vraiment.

Il s'avança vers moi, saisissant mes épaules. Ses yeux parcoururent mon visage. Son expression était sauvage. Mais je n'avais pas peur de lui, pas une seconde.

Elex était clairement profondément affecté par cette conversation. Il se sentait probablement frustré, peut-être même en colère contre la situation. Il pouvait même être en colère contre moi. Évidemment, nous voyions certaines choses différemment. Mais je savais sans l'ombre d'un doute qu'Elex ne lèverait jamais la main sur moi. Il n'avait rien à voir avec son arrière-arrière-grand-père qui se délectait de la violence.

— Amber, je t'en prie, crois-moi.

Les portes claquèrent au bout du couloir. Puis des pas lourds se précipitèrent dans notre direction. Je tirai ma capuche vers le bas et m'éloignai d'Elex un instant avant que l'un des gardes du roi ne tourne au coin pour nous trouver.

— Le Roi Edkhar souhaite savoir si le Seigneur Elex et sa *Salamandra* sont prêts à retourner à la fête ? annonça le garde.

Elex tendit la main vers la mienne, mais je l'écartai d'un geste brusque.

— Dis au roi que j'ai trop mangé et que j'ai des crampes d'estomac, lui chuchotai-je rapidement. Non, attends. Il me vint à l'esprit que le Roi Edkhar se moquerait de comment je me sentais. Je serais obligée d'y assister même avec des crampes d'estomac si telle était sa volonté royale. Dis-lui que la courgette ne m'a pas réussi.

— Que veux-tu dire ? Elex semblait déconcerté.

— Oh, pour l'amour de Pete, marmonnai-je. Dis-lui que j'ai la diarrhée. Un cas vraiment grave. Et que je ne veux pas... euh, *souiller* sa belle assemblée de quelque manière que ce soit.

Sans attendre sa réaction, je courus vers la tour avec l'escalier à l'autre bout du couloir.

— C'est quoi la *diarrhée* ? demanda le garde à Elex, l'air confus.

Je supposai que les faes n'avaient pas ce problème particulier - quelle chance pour eux. Je ne revins cependant pas pour expliquer, les laissant comprendre par eux-mêmes, ou pas. De toute façon, je faisais confiance à Elex pour trouver une excuse convenable pour le roi si nécessaire. Il était tellement plus doué que moi pour la vie de cour. Et j'avais une autre priorité maintenant.

Descendant les escaliers en courant, j'arrivai à l'étage de la cuisine, puis au couloir qui menait à la chambre des *Salamandras*.

Zenada était allongée sur le côté non blessé sur son perchoir. Son haut en cuir avait été enlevé. Son pantalon avait été baissé. Mère était assise à côté d'elle, appliquant un cataplasme brun sur la brûlure la plus récente de Zenada.

— Comment vas-tu ? Je m'approchai doucement, immédiatement attristée à la vue de mon amie souffrant de douleur.

Elle serra les dents tandis que Mère étalait une autre noisette de pâte sur sa peau rouge et cloquée.

— Elle ira bien, trancha Mère. Il faudra quelques jours pour que la nouvelle peau repousse.

— Tu veux dire pour que la *cicatrice* se forme ? Je serrai les poings, souhaitant pouvoir frapper quelque chose... Non, quelqu'un... Je souhaitais pouvoir frapper le roi pour avoir brûlé Zenada sans autre but que pour une sorte de plaisir pervers.

Maudit sois-tu, Roi Edkhar.

Mère haussa les épaules.

— Y a-t-il une différence ?

La colère monta en moi, brûlant mes entrailles comme du feu.

— Tu sais bien qu'il y en a une. Le roi aurait pu se divertir en laissant Zenada danser avec du feu normal. Si elle s'était brûlée avec, au moins elle aurait pu guérir sans cicatrice. Mais non, il a voulu la brûler lui-même, avec son feu de dragon. Parce qu'il savait que ça lui ferait vraiment mal, laissant une marque sur elle.

— Silence ! Mère bondit sur ses pieds. Le couvercle d'argile du pot de cataplasme roula de ses genoux et se brisa en morceaux contre le sol de pierre. N'ose pas critiquer le roi. Elle claqua le pot sur le perchoir voisin.

Fulminante, je me laissai tomber sur mon lit à côté de celui de Zenada. Mère s'agenouilla à mes pieds de façon inattendue, me laissant sans voix un instant. Puis je réalisai ce qu'elle faisait lorsqu'elle referma une menotte métallique autour de ma cheville droite.

— Pourquoi ? Je tirai sur mon pied, faisant cliqueter la chaîne attachée à la menotte. Elle s'étendait jusqu'à un anneau fixé dans le mur.

— C'est pour m'assurer que tu restes en place pendant la nuit, siffla Mère, verrouillant mes entraves puis glissant la clé dans sa poche.

La douleur et l'indignité s'agitèrent en moi. Je lui avais promis que je ne quitterais plus la chambre la nuit. Ne me faisait-elle pas confiance ?

Son expression hantée contenait cependant tant de peur que je ne protestai même pas. Les actions de Mère avaient peu à voir avec sa confiance ou avec ses propres sentiments. Elle essayait simplement de plaire aux hommes au pouvoir, car c'était la seule façon qu'elle connaissait pour survivre.

Eh bien, qu'elle dorme mieux en pensant m'avoir attachée. Je n'avais de toute façon pas besoin d'errer la nuit. Mais si ce besoin se présentait, je devrais simplement mettre la main sur quelque chose de long, pointu et flexible, comme l'épingle à cheveux de Zenada, par exemple, pour me libérer.

J'étais une voleuse, après tout. Et crocheter des serrures était une compétence que j'avais perfectionnée pendant des années.

Sept

ELEX

Il déploya ses ailes et s'élança d'une fenêtre de sa chambre. Silencieusement, il plana autour de la montagne, s'appuyant lourdement sur son aile droite nouvellement guérie pour tester sa solidité. La guérisseuse royale connaissait bien son métier. L'aile avait si bien guéri qu'on n'aurait même pas dit qu'elle avait été cassée.

Une spirale d'air plus chaude l'amena autour du Pic Bozyr et sur le mur nord du château.

Le soleil de midi était haut. Il brillait plus intensément à l'approche du printemps. La glace sur les toits noirs et pointus des tourelles fondait, s'écoulant en glaçons tout le long du mur. Du côté sud, elle s'évaporait, montant dans l'air sous forme de vapeur. Ici, à l'ombre, il faisait un peu plus frais, mais les ombres l'aidaient à se cacher.

Repliant ses ailes à travers les fentes au dos de sa chemise, il atterrit sur le mur intérieur du château, non loin de l'endroit où il avait passé une nuit deux semaines auparavant, quand Amber l'avait poussé par la fenêtre.

Accroupi derrière une tourelle, il attendit.

Il n'y avait pas de gardes dans cette partie du mur. Le ciel au-dessus du château était surveillé depuis des points d'observation beaucoup plus élevés. Le mur extérieur de ce côté était construit directement au-dessus d'une falaise abrupte, inaccessible par voie terrestre, ce qui rendait sa surveillance inutile en termes de temps et de ressources.

Amber l'avait également compris, car elle venait ici quotidiennement pendant que le roi et ses courtisans prenaient leur repas de midi.

Elle avait refusé d'emménager dans sa chambre. Et après tout ce qu'elle lui avait raconté sur la vie au Sanctuaire, il était malade d'inquiétude à l'idée que quelque chose de terrible puisse lui arriver pendant qu'elle était avec les *Salamandras*, fragile et sans défense.

Avoir Amber près de lui aurait rendu plus facile sa protection. Mais comme elle refusait même de le regarder ces derniers temps, il faisait de son mieux pour la surveiller à distance. Il avait passé ses nuits sur le mur du château, avec une vue sur la fenêtre de la chambre où elle dormait. Plus d'une semaine auparavant, il l'avait repérée en exerçant son aile guérie en vol. Depuis, il s'assurait d'être ici chaque jour juste avant midi, attendant qu'elle apparaisse.

Le bruit de pas légers parvint à ses oreilles, envoyant un frisson d'anticipation à travers son corps.

Amber marchait entre les murs intérieur et extérieur du château. Comme chaque jour auparavant, elle portait un arc et un carquois avec des flèches. Elle n'en avait que six, mais c'étaient de vraies flèches, à pointe de fer, destinées à tuer.

Après un rapide coup d'œil autour d'elle, elle sortit un morceau de bois carré qu'elle gardait caché près du mur intérieur, puis le posa sur la base d'une tourelle. Au milieu du carré, elle avait peint un cercle rouge, un seul cercle, à peu près de la taille d'une grosse pomme.

Tournant le dos à sa cible, elle s'en éloigna. Ses lèvres bougeaient tandis qu'elle comptait ses pas. Après avoir compté jusqu'à trente, elle se retourna et plissa les yeux vers le bois avec le cercle. Sortant une prune rouge de la poche de sa robe, elle y mordit, fixant sa cible tout en mangeant.

Elex aimait voir les cernes sous ses yeux disparaître au cours de la semaine passée. Ses joues s'étaient aussi un peu remplies. En détournant les règles et en utilisant le nom du roi, il avait fait en sorte que des plateaux de nourriture soient envoyés dans la chambre des *Salamandras* chaque matin. Les humains avaient besoin d'un petit déjeuner, et il s'assurait qu'Amber en recevait un quotidiennement.

Il avait découvert qu'elle aimait les prunes rouges de la vallée, alors il avait demandé à ce qu'elles soient ajoutées aux plateaux, ainsi que les pâtisseries feuilletées qui ressemblaient à celles qu'elle lui avait données dans le monde humain. Et du café bien sûr, le meilleur café que Dakath pouvait offrir.

Après avoir fini la prune, elle jeta le noyau par-dessus le mur puis encocha une flèche dans son arc. Le premier tir atterrit un peu à côté, mais les cinq suivants touchèrent dans le cercle rouge.

Elle s'améliorait. Même pendant les jours où il l'avait observée, sa précision s'était améliorée, tout comme sa confiance et sa force.

Elle retira les flèches de la planche, puis dénoua sa robe. Regardant autour d'elle pour s'assurer que personne ne l'observait, elle se défit de sa robe et ajusta le tissu sur sa tête.

Elex faillit gémir de désapprobation. Elle n'avait toujours pas appris qu'à Dakath, il fallait surveiller le ciel autant que le sol. Cependant, il était heureux que sa négligence lui permette de rester non détecté.

Sa robe simple et sa chemise en lin rigide dissimulaient la majeure partie de sa silhouette. Mais la voir sans sa robe envoyait un chaud frisson d'excitation à travers son corps. Son sang chauffait. Son feu montait chaque fois qu'Amber était près de lui.

Elle avait attiré son intérêt dès la première fois qu'il l'avait vue. Mais depuis le tout début, il avait essayé de maintenir leurs interactions équitables, traitant avec elle de manière presque professionnelle. Elle avait accepté de l'emmener au portail, il l'avait payée avec la bague en rubis de son arrière-grand-mère. Elle l'avait laissé la toucher, et il s'était assuré qu'elle y prenne plaisir.

Malgré tous ses efforts, cependant, les choses étaient devenues plutôt compliquées après cela. Ils n'avaient plus d'accords clairs, et elle avait pris de lui, sans même qu'il se rende compte quand et comment elle le faisait.

D'abord, elle avait pris son sommeil. Avant même qu'elle ne vienne au Pic Bozyr, il s'asseyait sur le perchoir à l'extérieur de sa chambre, regardait le ciel nocturne, souvent jusqu'au lever du soleil, ses pensées pour elle le tenant éveillé.

Il n'avait passé que deux nuits avec Amber dans le monde humain, mais il était en quelque sorte devenu accro à sa présence. Il avait maintenant du mal à s'endormir sans le son de sa respiration mêlé à ses mignons et doux ronflements. Les gargouilles ne respiraient pas la nuit, restant complètement immobiles dans leur forme de pierre. Et il lui manquait les bruits qu'elle faisait dans son sommeil, détestant le silence complet de ses nuits solitaires.

Dans ces rares occasions où il parvenait à s'endormir, il se réveillait paniqué dans un silence de mort. Ne pas entendre ses respirations douces et mesurées lui donnait l'impression qu'elle était partie, qu'il l'avait perdue.

Ensuite, elle avait pris sa raison en même temps que son sommeil. L'inquiétude à son sujet ne le laissait pas se reposer même pendant la journée.

Était-elle en sécurité ? Avait-elle mangé ? Avait-elle assez chaud dans cet endroit sans vitres aux fenêtres pour retenir la chaleur ? Les gargouilles pouvaient se tenir au chaud même dans les courants d'air constants du château du roi Edkhar. Mais Amber était humaine. Elle n'avait pas de feu dans les veines et avait besoin d'être réchauffée par des sources externes.

En la regardant se frotter les mains et souffler dessus pour réchauffer ses doigts avant d'encocher une autre flèche, il aurait aimé pouvoir simplement la saisir et l'amener dans sa chambre malgré ses protestations obstinées. Il pourrait la garder au chaud dans ses bras.

La seule raison pour laquelle il ne l'avait pas encore fait était qu'il sentait qu'elle serait à jamais perdue pour lui s'il le faisait. Elle avait construit d'épais murs autour de son cœur pour se protéger, et il ne pouvait pas les traverser sans endommager l'être fragile à l'intérieur.

Il voulait qu'elle lui fasse confiance, pleinement et complètement. Et pour cela, il devait être patient.

La confiance ne pouvait pas être volée, elle devait être gagnée.

Alors il était là, caché et observant, apprenant ce qu'il pouvait sur cette femme, espérant comprendre comment gagner sa confiance, son cœur et, finalement, son amour. En ce moment, cependant, il aurait simplement tout donné pour qu'elle le regarde sans froncer les sourcils.

Elle se mordit la lèvre, les yeux fixés sur sa cible, la corde de son arc tendue. Retenant son souffle, elle relâcha la flèche. Celle-ci siffla dans l'air et se planta dans le bois, au centre même du cercle rouge.

— Oui ! siffla-t-elle triomphalement, les joues rougissantes de plaisir.

Il aurait aimé pouvoir l'embrasser. Il aurait aimé pouvoir lui faire bien d'autres choses. Le souvenir de ses doigts fins autour de son sexe l'avait maintenu à moitié dur depuis la célébration du roi. Cela envoyait maintenant une vague de chaleur à son entrejambe, le faisant changer de position pour avoir plus d'espace dans son pantalon.

Par les dieux, il aurait fait n'importe quoi juste pour une autre chance d'avoir une conversation avec elle.

Une par une, elle envoya ses flèches restantes dans le morceau de bois avec le cercle, chaque tir exécuté avec fluidité et méthode. Cette fois, les six flèches atterrirent à l'intérieur de la cible peinte.

— Oui ! Elle leva les deux poings en l'air, sautant de joie. Quelqu'un a-t-il vu ça ? Quelqu'un ? Elle gloussa, n'attendant manifestement pas de réponse à sa question.

Mais il ne pouvait plus rester à l'écart, souhaitant partager sa joie. Déployant ses ailes d'un coup sec, il sauta du mur et atterrit juste devant elle.

— Je l'ai vu. J'ai tout vu. Beau travail, Amber !

Avec un halètement étranglé de surprise, elle frappa des deux poings contre sa poitrine.

— Bon sang ! Tu m'as presque donné une crise cardiaque.

Il rit, la saisissant par la taille et la faisant tournoyer, juste une fois.

— En plein dans le mille, Amber ! Il la reposa, puis jeta un coup d'œil à sa cible par-dessus son épaule. Ou devrais-je dire dans l'œil du *dragon* ? Le cercle rouge, l'unique cible qu'elle avait peinte sur sa planche, avait exactement la taille de l'iris d'un dragon. C'est ce que tu préparais ? T'entraîner à tuer un dragon ?

Elle passa devant lui pour arracher les flèches du bois et les remettre dans son vieux carquois en cuir.

— Ça ne te regarde pas. Comment savais-tu où j'étais, d'ailleurs ? N'es-tu pas censé être avec le roi ?

Ces deux dernières semaines, le roi s'était concentré sur l'élaboration de stratégies pour la bataille finale de la guerre. Chaque matin, Elex le rencontrait en privé. Pendant ces réunions, il racontait au roi Edkhar la bataille du Pic Bozyr dans tous les détails dont il pouvait se souvenir. Le roi savait qu'il gagnerait, mais il ne voulait rien laisser au hasard.

— Je vois le roi le matin, avant ses réunions avec les autres, dit-il.

— C'est vrai. Tu es son préféré, n'est-ce pas ?

Le mépris dans sa voix le fit grimacer.

— J'ai des informations qu'il trouve extrêmement utiles en ce moment. La bataille finale est dans moins de deux semaines.

Elle posa ses mains sur ses hanches.

— Mais est-ce que ça arriverait si tu ne le lui disais pas ?

Amber s'intéressait à la cause et à l'effet des événements. Il n'y avait pas de réponse à cette question car personne ne pouvait vivre deux lignes temporelles différentes pour les comparer. Mais il avait vu le résultat de *cette* ligne temporelle. Il avait vécu dans le futur. Il savait quel était le meilleur résultat pour sa famille et son royaume, et il n'avait aucune envie de le compromettre.

— Cela doit arriver, Amber. Le roi doit gagner. Mais la fin d'une longue guerre sanglante n'est-elle pas une bonne chose ?

Elle haussa les épaules.

— Je suppose.

— Tu n'as pas l'air convaincue.

Amber était depuis longtemps devenue plus que la fille qui l'avait sauvé de Ghata et qui faisait se dresser son sexe rien qu'en la regardant. Il avait essayé d'entrevoir plus profondément son âme et son cœur, mais elle avait des murs construits autour de son cœur, plus hauts que le Pic Bozyr. Elle enveloppait son âme dans tant de couches d'autoprotection que plus il en enlevait, plus il en trouvait derrière. Et... plus il souhaitait en savoir sur la belle créature cachée à l'intérieur.

Qu'est-ce qui la rendait heureuse exactement ? Pourquoi n'avait-il pas vu son sourire depuis ce qui semblait être une éternité ? Pourquoi au lieu du parfum enivrant de l'excitation qu'elle dégageait près de lui auparavant, ne pouvait-il sentir que les ténèbres du désespoir émanant d'elle maintenant ?

— La fin de la guerre ne t'excite pas ? demanda-t-il.

— Ce n'est pas ma guerre. Elle posa le carquois et tendit la main vers sa robe.

Il prit la robe et l'aida à la mettre. Elle enveloppait sa silhouette élancée, transformant son corps en une masse informe, mais elle devait au moins la tenir plus au chaud.

— La fin de la violence et du meurtre ne mérite-t-elle pas d'être célébrée ? insista-t-il. Même si ce ne sont pas tes semblables qui sont assassinés ?

Elle le fusilla du regard.

— Je ne suis pas sans cœur, Elex. Je me réjouirais de la fin du bain de sang. Seulement, je ne crois pas que la violence et l'oppression s'arrêteraient même après la fin de la guerre. Les gens... *Mon* peuple se cachera toujours derrière les murs du Sanctuaire. Ils seront toujours persécutés et assassinés pour être nés comme ils sont. Ils seront brûlés pour le divertissement du roi… Sa voix s'éteignit, et elle détourna le regard, clignant des yeux pour en chasser une larme.

Le sentiment lourd qu'il portait en lui pesait encore plus sur sa poitrine. Il savait quel camp choisir dès l'instant où il avait appris l'année exacte de son retour à Nerifir. Cela ne signifiait pas qu'il n'avait pas l'impression d'être dans le mauvais camp.

— Les choses s'amélioreront, Amber. Dans un peu plus d'un siècle, le roi Edkhar sera mort. Le roi Elex prendra sa place.

Elle exhala un rire sans humour.

— Un siècle, c'est plus long qu'une vie pour quelqu'un comme moi. Et comment peux-tu être si sûr que la vie suit simplement ce chemin prédéterminé, comme sur une voie ferrée, sans virages, détours ou quêtes secondaires ?

— Parce que je l'ai vécu.

Elle secoua la tête avec impatience, ne le laissant pas finir.

— Tu as vécu dans mille ans. Mais tu penses que les souffrances des autres sont justifiées pour les cent prochaines années comme sacrifice pour ton brillant lendemain. Nous n'avons tous qu'une seule vie à vivre, Elex, et les vies de tous ceux qui sont ici aujourd'hui seront terminées avant que ce brillant futur dont tu parles n'arrive. Alors pardonne-moi si je ne peux pas pleinement me *réjouir* de ce qui est sur le point de se produire.

Elle se pencha pour ramasser son arc, mais il l'arrêta en saisissant son épaule. Il ne pouvait pas la laisser s'éloigner à nouveau, remplie de colère et de ressentiment.

— Ne pars pas. Pas encore. Pas quand tu es en colère contre moi.

— Je ne suis pas… Je… Elle souffla, se frottant le front. Je ne devrais pas te blâmer pour tout ça. Il n'y a qu'une limite à ce qu'un homme peut faire, prince ou pas. Elle le regarda avec un peu moins de feu dans son regard. Réfléchis-y, Elex, s'il te plaît. Et si l'histoire que tu as apprise était fausse ? Comment le fils d'un tyran peut-il grandir pour devenir le roi bon, juste et bienveillant que ton homonyme deviendra ? Cela n'a pas de sens. Les pommes ne tombent pas loin de l'arbre, comme on dit. Il a fallu trois générations de dépravation croissante pour aboutir à l'état actuel des affaires à Dakath. Pourquoi penses-tu que tout se résoudra simplement avec l'arrivée du roi Elex ?

— J'ai confiance en l'avenir.

C'était la seule réponse qu'il pouvait lui donner.

Elle se détourna avec un soupir.

— Eh bien, pas moi. Je ne fais confiance à rien ni à personne. Oui, je m'entraîne à tuer un dragon, mais je ne veux pas faire partie de ta guerre. Je tuerai pour me défendre, mais pas pour autre chose. Elle saisit son carquois, prête à partir.

Chacun de ses mots lui semblait comme une flèche tirée droit dans son cœur. Son ressentiment brûlait, festonnant entre eux et les tenant séparés. Il ne pouvait pas le supporter. Il ne pouvait pas la laisser continuer à s'éloigner de lui.

Il croisa les bras sur sa poitrine, s'appuyant contre le mur du château.

— Alors tu as besoin de plus qu'une flèche.

— Que veux-tu dire ?

Elle s'arrêta.

Il se détacha du mur et s'approcha.

— Les dragons peuvent être plus dangereux quand ils ressemblent à des hommes.

Elle aurait pu reculer, mais elle ne le fit pas, tenant sa position.

Il sortit brusquement le poignard de son fourreau à sa hanche.

— Que ferais-tu si tu laissais un dragon s'approcher trop près pour utiliser un arc et une flèche ?

Sa gorge délicate se contracta en avalant.

— Je ne laisserai pas cela arriver...

— Mais tu l'as déjà fait. Je suis là. N'est-ce pas ?

Il se pencha plus près. Son front toucha le bord de sa capuche. Sa poitrine était à un souffle de la sienne. Pourtant, ce n'était toujours pas assez proche pour lui.

L'arc glissa de sa main, heurtant le sol avec un bruit sourd. Il le remplaça par le poignard, enroulant ses doigts autour de la poignée incrustée de pierres précieuses.

— Vise ici. Il souleva sa main, puis pressa la lame contre le côté de son cou. Là où le sang pulse, transportant le feu de la vie à travers le corps du dragon. Enfonce-la à travers la veine. Il serra sa main plus fermement autour de la poignée. Tourne la lame pour laisser sortir le sang. Mais ne la retire pas après. Choisis une arme avec du fer de Nerifir, celle qui peut tuer un fae. Laisse-la dans la blessure pour que le fer empoisonne son sang et le transporte à travers le reste de son corps. Il sentit son pouls battre contre la lame froide. Il sera mort en quelques secondes.

Elle le fixa, ses yeux vert d'été grands ouverts.

— T-tu veux que je te tue ? bégaya-t-elle.

Confuse et incertaine, elle semblait plus vulnérable que jamais. Mais elle l'avait tué de nombreuses fois déjà. Chaque fois qu'elle le regardait avec ressentiment, chaque fois qu'elle s'éloignait et l'évitait, c'était comme un coup de poignard dans son cœur.

— Non, ma très chère. Ses lèvres se crispèrent en un sourire. Je veux que tu m'*embrasses*. En fait, je pense que je mourrais pour un baiser à ce stade.

Elle relâcha un souffle, ses yeux allant et venant entre les siens. Quand son regard se posa sur ses lèvres, son cœur fit un bond. Était-elle vraiment sur le point de le faire ?

L'instant d'après, cependant, le regard dans ses yeux se durcit.

— Il ne devait plus y avoir de baisers, tu te souviens ? Celui près du ruisseau dans mon monde était notre baiser d'adieu.

Elle ne lui avait jamais pardonné de l'avoir emmenée ce jour-là. Mais elle l'avait touché depuis. Le souvenir de sa main enroulée autour de son membre le rendait dur en quelques secondes.

— Si c'est mon seul choix, murmura-t-il, je préférerais que tu caresses mon sexe.

Elle roula des yeux dans cette expression si humaine qui lui était propre.

— Puisque nous n'avons pas de spectateurs et aucune pression pour que je le fasse, lança-t-elle, je vais passer mon tour.

Elle mentait. Personne ne l'avait forcée à le toucher comme elle l'avait fait lors de la célébration du roi. Il s'était contenté de la tenir simplement sur ses genoux et de parler. C'était elle qui s'était dirigée vers son pantalon, à son plus grand plaisir, bien sûr. Il souhaitait simplement qu'elle le laisse faire de même pour elle aussi.

Elle recula, et il ne pouvait pas supporter que la distance revienne entre eux. Il avait l'impression que plus il essayait de se rapprocher d'elle, plus elle s'éloignait. Bientôt, craignait-il, la distance serait si grande que ni l'un ni l'autre ne pourrait la combler. Ils seraient dans le même monde, mais à des mondes d'écart.

— Ne pars pas. S'il te plaît... Avec sa main tenant la lame contre sa gorge, il passa son bras autour de sa taille, la tirant vers lui.

La lame glissa le long de sa peau. Il sentit un filet chaud de sang couler sur sa gorge.

— Oh non ! Elle laissa tomber le poignard avec un halètement. Je suis tellement désolée. Je ne voulais pas...

Il sourit.

— C'est bon de savoir que tu ne voulais pas me blesser, petite étincelle. Son sourire disparut, éteint par le sentiment lourd qui pesait sur son cœur. Je n'ai jamais voulu te blesser non plus. Mais je crains de l'avoir fait sans le vouloir. Il prit son visage en coupe, dirigeant son regard vers lui. Je suis désolé, mon étincelle, tellement désolé pour le mal que je t'ai fait. Je ne peux pas regretter de t'avoir emmenée avec moi, mais je suis désolé pour toute la douleur que cela a pu te causer. Je suis désolé de t'avoir arrachée à ta vie, la seule vie que tu connaissais. Je suis désolé de t'avoir imposé ce changement. J'aimerais savoir comment te rendre heureuse à nouveau. Dis-moi quoi faire, et je le ferai.

Il le pensait de tout son cœur. Tout ce qu'il avait jamais voulu était de lui offrir une vie de princesse. Pour cela, il espérait assurer sa position élevée à la cour du roi. Mais même cela pâlissait en comparaison de ce qui comptait vraiment - être simplement avec elle. Tant qu'ils seraient ensemble, il la *traiterait* comme sa princesse, peu importe où ils seraient ou ce qu'ils feraient.

Quelque chose changea dans ses yeux, comme si un bouclier avait été abaissé pour un instant.

— Tu ne comprends toujours pas, n'est-ce pas ? dit-elle doucement. Il devait admettre qu'il n'en avait aucune idée. Je ne suis pas en colère contre toi pour m'avoir emmenée à Dakath. C'était soudain et douloureux, mais je comprends pourquoi tu l'as fait. Et je suis d'accord, tu as probablement sauvé ma vie ce jour-là. Les choses n'allaient pas bien entre Chris et moi depuis un moment. Et plus j'y pense, plus je crois qu'il ne m'aurait pas laissée partir ce matin-là.

— Alors tu n'es pas fâchée contre moi ? Son cœur se souleva.

— Oh, je le suis, Elex. Pas pour m'avoir emmenée à Dakath, mais pour m'avoir abandonnée juste après. Pour m'avoir laissée seule sur cette rive. Tout ce que toi et moi avons traversé depuis aurait été tellement plus facile à supporter si nous étions restés ensemble, tu ne crois pas ? Tu as dit que tu m'avais vue. Tu savais où j'étais. Pourquoi es-tu parti ? Tu ne m'as même pas fait savoir que tu étais vivant. C'est quelque chose que je ne peux ni comprendre ni excuser. Et ça fait mal...

Elle se frotta la poitrine là où elle devait souffrir, et il ressentit sa douleur. Son propre cœur se serrait si fort qu'il pouvait à peine respirer.

— Amber, je ne t'ai pas abandonnée. Je ne le ferais jamais... Il aspira un souffle désespéré. Elle devait le croire. Il devait lui faire voir. Les hommes du roi étaient là, cherchant des *Salamandras*. À ce moment-là, il semblait plus sûr de les éloigner de toi. Je ne connaissais pas l'état actuel du Sanctuaire. Je croyais que tu serais mieux avec les femmes. Et je serais revenu vers toi, peu importe la distance, mais je ne pouvais pas. Notre traversée vers Dakath a été difficile. Les rapides de la rivière ont brisé mon aile.

Son front se plissa d'inquiétude.

— Elle était cassée ? À quel point étais-tu blessé ?

Elle n'avait pas besoin de connaître tous les détails sanglants. Il ne cherchait pas sa pitié, juste son pardon.

— Je ne pouvais pas voler. La guérisseuse royale a dû me soigner. Je devais te voir. Mais comme je ne pouvais pas venir à toi moi-même, j'ai manipulé le roi pour qu'il invite les *Salamandras* au Pic Bozyr à la place.

Ses sourcils se haussèrent presque jusqu'au bord du tissu sur sa tête.

— C'était toi ? Comment as-tu fait ?

— C'était la partie facile. Le roi aime se vanter. Il se vante de tout, y compris de ses fêtes et célébrations. Il prétendait qu'elles étaient les meilleures de tout Nerifir, avec même les pauvres du Sanctuaire invités à se joindre. J'ai dit que j'aimerais voir ça. Et il a saisi l'occasion de m'impressionner. Je ne savais rien de toutes ses méthodes cruelles de divertissement. Il poussa un soupir de regret. Je suis désolé.

— C'est tout ce que tu as à dire. Elle se leva sur la pointe des pieds et glissa ses mains à l'arrière de son cou, le rapprochant d'elle. Maintenant je comprends. Et je te pardonne.

Puis elle l'embrassa. Elle l'embrassa enfin.

Son cœur plongea dans le creux de son estomac, puis s'éleva à des hauteurs qu'il n'avait jamais atteintes auparavant.

La saisissant sous les bras, il la souleva, puis marcha vers le mur, tout en gardant sa bouche sur la sienne. Maintenant qu'il pouvait l'embrasser à nouveau, il n'allait pas s'arrêter. Jamais.

Son dos contre le mur, il enroula ses jambes autour de sa taille. Elle gémit, passant ses doigts dans ses cheveux. Ses vêtements étaient dans le chemin. Il tira sur les liens de sa robe puis de sa chemise, ayant besoin de toucher sa peau.

Arrachant sa bouche de la sienne pour un moment, elle haleta.

— Ce n'était pas censé être juste un baiser ?

Il grogna, reprenant possession de sa bouche. Un baiser ne

serait jamais suffisant. Un million de baisers non plus. Il avait besoin d'elle, toute entière, maintenant et toujours.

Toujours.

La réalisation le frappa comme la foudre. Il n'y avait pas d'autre avenir pour lui qu'avec elle. Peu importait où ou quand, tant qu'elle était avec lui. Ensemble.

— Amber... Il scruta ses yeux. Si retourner dans le monde humain est ce que tu veux, alors je t'y emmènerai.

— Quoi ? Elle le fixa, choquée.

Il était choqué aussi, croyant à peine les mots qui sortaient de sa bouche, mais il les assumait néanmoins.

— Je te porterai jusqu'au portail maintenant même. Je t'emmènerai dans le monde humain.

— Elex... De quoi parles-tu ?

Il se sentait ivre. Sa tête tournait. Peut-être n'allait-il pas bien. Peut-être avait-il perdu la raison. Mais il ferait n'importe quoi pour la voir heureuse à nouveau. N'importe quoi pour un seul de ses sourires. Même si cela signifiait quitter Dakath pour de bon.

— Je viendrai avec toi. Peu importe l'époque de ton monde où nous atterrirons. Je prendrai soin de toi. Nous serons ensemble.

— Oh, mon Dieu, Elex... Enroulant ses bras étroitement autour de son cou, elle enfouit son visage dans son épaule, tout comme quand ils avaient survolé l'océan dans son monde. À l'époque où elle souriait et le taquinait, et où la vie semblait plus facile en quelque sorte.

Peut-être pourrait-il l'emmener au-dessus de l'océan à nouveau. Peut-être pourrait-il la rendre heureuse, après tout ?

— Tu le penses vraiment, n'est-ce pas ? Elle secoua la tête, incrédule. Tu quitterais Nerifir pour moi ? Tu passerais le reste de ta vie dans le monde humain ?

La détermination grandit dans son cœur.

— Je vivrai plus longtemps que toi. Je te protégerai jusqu'au jour de ta mort.

— Mais ensuite quoi ? Que t'arriverait-il quand je ne serai plus là ? Tu seras seul.

— Comme je le serais ici. La tristesse serra son cœur à la pensée de sa mort. Même si elle vivait jusqu'à un âge avancé, ce serait encore trop tôt. L'espérance de vie humaine était juste si cruellement courte.

— Non, Elex. Ici, tu es avec les tiens. Dans ta maison familiale. Alors que dans mon monde... Sa poitrine monta et descendit avec un soupir. Les humains ne sont pas meilleurs que les fae, tu sais ? Ils peuvent être fascinés par l'extraordinaire, mais cela ne les empêcherait pas d'essayer de te détruire, d'une manière ou d'une autre. Il n'y a pas un moment dans l'histoire humaine où tu n'aurais pas à cacher ce que tu es.

Elle passa ses mains dans ses cheveux, et il resta immobile, appréciant cela beaucoup trop.

— J'apprécie que tu essaies de corriger ce qui est mal, Elex. Mais retourner dans mon monde ne va tout simplement pas fonctionner à ce stade. Ni pour toi, ni pour moi.

Les choses ne pouvaient cependant pas rester comme elles étaient.

— Si nous restons à Dakath, dit-il, tu ne peux pas continuer à vivre avec les *Salamandras*. Je te veux avec moi, vivant dans ma chambre, pas travaillant dur avec elles du lever au coucher du soleil.

— Le travail dur ne me fait pas peur. Je n'ai jamais eu la vie facile, dans aucun des deux mondes. Je me sens assez en sécurité avec les femmes. Elles m'ont trouvée, ont pris soin de moi, m'ont acceptée comme l'une des leurs. Elles ont gardé le secret sur qui je suis. Je ne veux pas risquer d'aggraver la situation en allant ailleurs.

— Tu ne veux pas vivre avec moi ?

Elle lui offrit un sourire triste, caressant tendrement le côté de son visage.

— Peut-être un jour. Quand ce sera plus sûr de le faire. Mais pas maintenant. Les *Salamandras* du Sanctuaire ne vivent pas avec des hommes. Même le roi n'amène pas Zenada dans ses appartements plus longtemps qu'il ne lui faut pour la mettre dans son lit. Elle n'a jamais passé une nuit loin de nous. Si je m'installe avec toi, il y aura des questions, Elex. Le roi ne le permettra pas.

Il renifla.

— Je n'ai pas peur du roi.

Il ne laisserait personne se dresser entre Amber et lui, qu'il s'agisse de la royauté ou des dieux eux-mêmes.

— Mais tu ne peux pas combattre le roi là-dessus. S'il découvre que j'existe, cela apportera des ennuis à nous tous. Elle tressaillit, ses sourcils se rapprochant. Je ne suis pas sûre de ce qu'il ferait, mais ce ne serait pas bon. Ils ont pris une femme du Sanctuaire peu après mon arrivée. C'était celle avec du venin dans les dents. Elle s'est battue férocement, mais ils l'ont maîtrisée, muselée et emmenée. Mère a dit qu'elle serait exécutée. Tu vois, Elex, le roi Edkhar éradique quiconque est différent et punit ceux qui leur sont proches. Et je suis plus différente que quiconque dans ce monde.

Il pressa son front contre le sien, l'étreignant étroitement.

— Mais comment puis-je te garder en sécurité quand tu n'es pas avec moi ?

— Pour l'instant, tu devras simplement me faire confiance pour ma propre sécurité, je suppose.

AMBER

Je me blottissais sous les couvertures. Il y en avait probablement une demi-douzaine sur moi maintenant, mais je n'arrivais toujours pas à me réchauffer, tremblant de façon incontrôlable. Le bracelet métallique à ma cheville tirait sur ma jambe. Je pliai mon genou, traînant la chaîne froide sous les couvertures avec moi.

Quand je fermais les yeux, le visage d'Elex apparaissait immédiatement derrière mes paupières. C'était soit l'image de son sourire effronté avec l'un de ses sourcils noirs relevé, soit celle avec cette supplication désespérée dans son regard.

—*Je te ramènerai dans le monde des humains.*

—*Je viendrai avec toi.*

Ma peau se couvrait de chair de poule au souvenir de ses mots. Ce n'étaient pas que des paroles non plus. Je savais qu'il pensait ce qu'il disait quand il m'avait proposé de me ramener dans le royaume humain.

Elex avait de l'honneur. Il taquinait, plaisantait et flirtait sans honte, mais quand il était sérieux, il ne jouait pas. Il pensait ce qu'il disait. Si je lui avais dit que je souhaitais partir, je n'avais aucun doute qu'il m'aurait emmenée à travers le portail. Il serait resté avec moi dans le monde humain, comme il l'avait dit. Et je savais qu'il aurait fait tous les efforts possibles pour construire une vie pour nous là-bas.

Cela ne signifiait pas qu'à un moment de sa longue vie, il n'aurait pas regretté d'avoir quitté Dakath. Je ne pouvais pas exiger cela de lui.

Mais je pensais aussi ce que j'avais dit. Je n'avais pas beaucoup confiance en l'humanité. Je ne pouvais pas remettre notre destin aux caprices de la Rivière des Brumes, en espérant qu'elle nous conduirait à une meilleure époque ou qu'elle ne finirait pas par nous tuer directement lors de la prochaine traversée.

Comme je l'avais dit à Elex, peu importe où nous vivrions dans mon monde, il devrait toujours cacher ce qu'il était. Et s'il était découvert, il risquait toutes sortes de choses horribles, des tortures de l'Inquisition médiévale à la dissection et l'étude par les scientifiques des temps plus modernes.

Je ne regrettais pas d'avoir refusé son offre. J'avais accepté que Dakath soit désormais ma maison la nuit où Ertee était morte. Mais ses excuses signifiaient énormément pour moi. Elles étaient sincères, et c'était tout ce qui comptait.

La chaleur pulsait en moi, faisant brûler mes joues, mais mon corps frissonnait. Je me frottais les mains, essayant de les réchauffer, et serrais les couvertures plus étroitement autour de moi, ramenant mes genoux contre mon ventre.

Si Elex se souvenait correctement de ses leçons d'histoire, ce qui semblait être le cas, la guerre serait terminée dans les prochains jours. Peut-être avait-il raison et les choses *s'amélioreraient* en temps de paix ?

Je n'arrivais pas à imaginer qu'un homme brutal comme le roi Edkhar puisse changer aussi radicalement, mais il devait se marier cet été. Peut-être que sa femme aurait une plus grande influence sur lui que l'histoire ne lui accordait ? Peut-être serait-elle celle qui aiderait leur fils à devenir le grand roi qu'Elex prétendait qu'il deviendrait ?

L'espoir fleurissait en moi. Je n'avais personne dans le monde humain, personne qui me manquait ou que je pleurais. À Dakath, j'avais Elex. J'avais aussi trouvé une bonne amie en Zenada. Les autres femmes me traitaient bien, et la plupart étaient amicales.

Peut-être y avait-il encore une chance pour une vie meilleure pour nous tous ici ?

ELEX

Elle ne s'était pas entraînée le lendemain. Il resta assis sur le mur pendant deux heures à l'attendre, mais elle ne vint pas. Il ne se cachait pas, restant là à la vue de tous. Peut-être que c'était ce qui l'avait effrayée ?

L'évitait-elle encore ?

Peut-être avait-elle besoin de temps pour comprendre qu'il n'irait nulle part. Si c'était le cas, il devait lui faire comprendre plus clairement qu'il était là pour rester. Il n'allait pas l'abandonner. Il ne l'avait jamais fait.

Il s'assit au même endroit le jour suivant. En attente. Sa planche avec « l'œil du dragon » peint dessus était restée à sa place, cachée par le mur, mais elle ne vint pas.

Avait-elle besoin de tout ce temps pour réfléchir à leur dernière conversation ? Il espérait sincèrement qu'elle ne regrettait pas leur baiser, car il avait pleinement l'intention que d'autres suivent.

Quand le roi décida d'organiser une autre « célébration » avec les *Salamandras*, Elex était certain qu'il y verrait enfin Amber. Cette fois, son anticipation n'était pas entachée par la peur. Il avait revendiqué Amber comme sienne lors de la précédente soirée. Il pouvait raisonnablement s'attendre à ce qu'elle soit assise sur ses genoux aujourd'hui et tous les jours à venir. Et il attendait cela avec impatience.

Sauf que lorsque les *Salamandras* étaient entrées silencieusement dans la Grande Salle, la tête baissée, le voile doré abaissé sur leurs visages, Amber n'était pas parmi elles.

Il le sut dès qu'il parcourut du regard la rangée de femmes. Malgré leurs vêtements et leurs poses identiques, il aurait reconnu Amber même s'il y en avait eu un million.

Son anticipation fut immédiatement remplacée par un malaise. Puis ce malaise se transforma en inquiétude, frôlant la panique. Il s'agitait inconfortablement sur son siège richement décoré comme s'il s'agissait d'un lit de couteaux et de pointes de flèches.

Amber n'était pas là. Et il ne savait pas pourquoi.

— Seigneur Elex, tonna le roi depuis son trône, repoussant la femme sur son genou pour mieux voir Elex. Vous devrez choisir un autre petit lézard aujourd'hui. La mienne dit que la vôtre est *indisposée.*

Un rire jaillit de la bouche du roi, accompagné des miettes du pain qu'il mâchait. Comme si l'idée qu'une femme puisse tomber malade était d'une certaine façon comique pour lui.

Elex serra ses mains en poings, se forçant à rester assis. Frapper le visage royal n'aurait aidé personne en ce moment.

— Qu'a-t-elle ? essaya-t-il de demander d'une voix neutre, s'adressant non pas au roi mais à la *Salamandra* sur ses genoux.

Bien dressée, elle baissa simplement davantage la tête et resta silencieuse.

Le roi trempa son pain dans un bol de sauce, parlant à sa place :

— Elle est malade. Elle a probablement mangé quelque chose qu'elle n'aurait pas dû. Prenez-en une autre. Il nous en reste plein. Il fit un geste avec son pain vers le petit groupe de femmes non réclamées qui se tenaient près de l'entrée.

— À bien y réfléchir... Elex s'étira délibérément lentement et bâilla particulièrement largement. Je crois que je me suis surmené lors de l'entraînement aux armes plus tôt aujourd'hui.

— Avez-vous cassé ou tiré quelque chose ? Le roi prit une bouchée du pain imbibé de sauce, la graisse et les miettes dégoulinant dans sa barbe. Avez-vous besoin d'un guérisseur, maintenant qu'ils sont commodément ici ? Il fit de nouveau un geste vers le groupe des *Salamandras*.

— Non. Ce n'est pas si grave, juste inconfortable. Mais un bain dans les grottes d'eau pourrait aider. Si Votre Majesté veut bien m'excuser, je vais m'y rendre tout de suite. Il se leva de son perchoir et fit une gracieuse révérence au roi.

Il était déterminé à partir, que le roi l'excuse ou non. Mais il fut soulagé quand le roi lui fit signe avec le pain dégoulinant dans sa main.

— Allez-y. J'ai besoin que vous soyez en forme pour votre voyage avec le Haut Général la semaine prochaine. Un dragon n'est pas d'une grande utilité, que ce soit à une fête ou à la guerre, s'il ne se sent pas au mieux.

Cela ne s'appliquait évidemment pas aux femmes, car le roi entoura de son bras la taille de la *Salamandra* sur ses genoux. Elle laissa échapper un souffle brusque, se pliant en deux. Son côté brûlé ne pouvait pas encore être complètement guéri.

— Oh, ça ira, dit le roi en lui frottant le dos.

La femme rit doucement, cherchant clairement à lui plaire.

Elex se retourna et quitta la salle en tempête, la mâchoire serrée au point d'en avoir mal.

Il n'était jamais allé dans la chambre des *Salamandras* auparavant, mais il connaissait sa position grâce à la fenêtre qu'il avait observée de l'extérieur. Il savait aussi qu'elle se trouvait au même niveau que la cuisine, qu'il avait visitée pour organiser les livraisons de petit déjeuner pour Amber et les *Salamandras*.

Il descendit l'escalier en colimaçon en courant, passant devant la fenêtre par laquelle Amber l'avait poussé. Il avait passé une nuit longue et solitaire sur le mur, bouillonnant de frustration. Maintenant, il aurait volontiers laissé Amber le pousser à nouveau, ne serait-ce que pour s'assurer qu'elle était en bonne santé et vivante.

Une fois arrivé à l'étage de la cuisine, il attrapa le premier serviteur qu'il vit.

— Où se trouve la chambre des *Salamandras* du Sanctuaire ?

— Par là, dans le couloir latéral, indiqua le serviteur avec une certaine réticence. Seulement, personne n'est autorisé à y entrer, monseigneur, pas sans la permission du roi.

— J'ai la permission, mentit-il.

Le couloir était sombre et étroit. La porte était fissurée et grinçante. Il dut baisser la tête en entrant pour éviter de se cogner contre le cadre bas de la porte.

— Seigneur Elex ? Une femme se leva du perchoir sur lequel elle était assise. Grâce au pendentif portant le symbole du Sanctuaire autour de son cou, il la reconnut comme étant la Mère du Sanctuaire des *Salamandras*.

Sa capuche était baissée, exposant son visage. Elle était vieille, se rendit-il compte, visiblement âgée, ce qui signifiait qu'il lui restait moins de quelques décennies à vivre dans ce monde, peut-être juste quelques années. Un motif de fines fissures, comme des craquelures dans le sol du désert, avait ridé la peau autour de ses yeux et marquait déjà son visage le long de la racine des cheveux. Tôt ou tard, cela envahirait complètement son corps, son propre feu le consumant et le déchirant de l'intérieur.

Baissant les yeux sous son regard scrutateur, elle releva promptement sa capuche sur sa tête, puis abaissa la dentelle devant son visage.

— Êtes-vous ici sur les ordres du roi, monseigneur ? demanda-t-elle.

— Où est Amber ?

— Elle ne se sent pas bien. J'en ai informé le roi. Elle a été excusée... La femme semblait nerveuse, parlant sans cesse.

Il se déplaça le long de l'étroite pièce, repérant les signes d'un mode de vie qu'il n'avait jamais connu auparavant et qu'il ne s'attendait pas à voir dans un château royal, lieu d'abondance et d'opulence.

Les perchoirs nus étaient à peine assez larges pour qu'une personne puisse s'y asseoir. Une paire de bottes était rangée sous chacun, la plupart avaient des trous béants dans le cuir usé. De petits paniers avec les affaires des femmes se trouvaient à proximité. Des chemises en lin à la broderie fanée et des robes en laine rugueuse aux couleurs délavées étaient soigneusement pliées sur chaque perchoir. La fine soie et le jacquard éclatant étaient manifestement réservés uniquement aux fêtes du roi.

— Monseigneur ? Mère le suivait. Puis-je vous demander ce que vous cherchez ?

Un tas de couvertures sur l'un des perchoirs attira son attention. Il l'avait d'abord pris pour de la literie de rechange, mais le son d'une respiration laborieuse en provenait. En regardant de plus près, il remarqua que le tas bougeait.

— Amber ? Il s'agenouilla, soulevant les couvertures d'un côté.

Ses yeux étaient fermés et elle respirait lourdement. Le tissu sur sa tête s'était déplacé, laissant visibles quelques mèches ondulées rousses. Trempés, ses cheveux étaient plaqués autour de son visage. Son voile de tête était aussi détrempé, tout comme la simple chemise en lin qu'elle portait.

— Pourquoi est-elle mouillée ? demanda-t-il à Mère.

— Ce n'est pas notre fait, monseigneur. La voix de la femme tremblait de peur. Elle excrète de l'humidité par sa peau, semble-t-il. Elle ajouta avec hésitation : Amber n'est pas... une gargouille.

— Je sais. Il se pencha plus près de la femme tremblante sous les couvertures. Amber, peux-tu m'entendre ? Dis quelque chose, mon étincelle ? Sa voix se brisa. Son cœur sembla se briser aussi quand elle ne répondit pas.

Elle ne bougeait pas. Ne le reconnut d'aucune façon. Mais son corps était secoué de violents frissons.

— Elle a froid, monseigneur. Mère reprit les couvertures de

ses mains et les borda toutes bien autour de la mince silhouette d'Amber. Elle a toujours froid.

Agenouillé près de son perchoir, il appuya ses mains sur son bord et laissa tomber sa tête entre ses épaules.

— Que s'est-il passé ? demanda-t-il à Mère sans tourner la tête. Depuis combien de temps est-elle dans cet état ?

— Environ deux jours, monseigneur. Nous ne sommes pas sûres de ce qui s'est passé. Hier, elle pouvait encore parler. Bien que tout ce qu'elle disait n'avait pas de sens. Mais aujourd'hui... Il semble qu'elle puisse à peine respirer.

— *Que* lui arrive-t-il ? grinça-t-il entre ses dents. Qu'a-t-elle mangé ? Pourrait-elle avoir été maudite ?

— Elle a une protection contre les malédictions.

C'était vrai. Amber n'avait jamais enlevé la bague qu'il lui avait donnée.

Mère exhala lourdement.

— Nous ne savons honnêtement pas ce qu'est cette maladie ni comment l'aider.

Les femmes étaient des guérisseuses. Si elles ne savaient pas ce qui n'allait pas chez Amber, si elles ne pouvaient pas l'aider, qui le pourrait ?

— Peut-être que si le roi était assez bon pour permettre à la sorcière royale de l'examiner... suggéra Mère timidement, laissant la fin de la phrase en suspens pour qu'il la termine, craintive d'imposer son opinion à un homme du roi.

La sorcière. Elle devrait savoir quoi faire.

— Bien. Je vais m'en occuper.

Il devait trouver un moyen de convaincre le roi d'autoriser l'utilisation des compétences de la sorcière sur une simple femme du Sanctuaire, dont l'espèce était clairement considérée comme jetable par le roi. Mais malgré toute sa force apparente, le roi Edkhar avait une faiblesse plutôt évidente. Son ego surdimensionné et sa vanité ouvraient une porte aux autres pour le manipuler. Elex avait déjà utilisé cette faiblesse royale pour amener les

Salamandras et Amber au château. Il pouvait le faire à nouveau pour qu'Amber guérisse.

Quelque chose le taraudait pourtant, alors qu'il glissait sa main sous les couvertures et touchait le bras d'Amber. Il était chaud mais moite avec la pellicule d'humidité qui recouvrait sa peau.

Les paroles de Mère quelques instants plus tôt résonnaient dans sa tête : « *Amber n'est pas une gargouille...* »

Puis quelque chose qu'Amber lui avait dit longtemps auparavant, dans son monde, lui revint en mémoire. « *Si j'avais aussi chaud que toi, je serais probablement dangereusement malade et aurais besoin de me rafraîchir par tous les moyens nécessaires.* »

Il bondit sur ses pieds, arrachant les couvertures d'elle.

— Il faut les enlever.

— Oh, dieux... Mère haleta. Avec tout le respect que je vous dois, elle en a besoin, monseigneur. Elles la gardent au chaud.

— Elle n'a pas besoin d'avoir chaud en ce moment.

— Mais si. Derrière la dentelle, les yeux de Mère s'écarquillèrent de choc face à sa propre audace de discuter avec un des hommes du roi, mais elle ne s'arrêterait pas. Elle ne peut pas se réchauffer toute seule. Monseigneur... Amber est une *humaine*.

La confession s'échappa des lèvres de Mère avec la finesse de la hache d'un bourreau. Elle savait que c'était une trahison, et cela lui faisait mal. Il n'enviait pas les choix de Mère : garder le secret d'Amber ou lui sauver la vie.

— Je sais qui elle est, la rassura-t-il. Mais ne le dites à personne d'autre. D'accord ? Il fit glisser la chemise trempée du corps inerte d'Amber. Et ne dites à personne que je l'ai emmenée.

Il essaya de soulever la femme malade dans ses bras, mais quelque chose l'en empêchait. Il jeta un coup d'œil le long de son corps pour trouver un bracelet de métal à sa cheville. Amber était enchaînée.

— Qu'est-ce que c'est que ça, par la Grande Mère *Salamandra* ? rugit-il. Pourquoi est-elle enchaînée ?

Le visage de Mère pâlit derrière la dentelle de sa capuche. Ses mains tremblaient.

— C'est... Il fallait le faire, monseigneur... Elle aurait été accusée d'espionnage si quelqu'un l'avait vue errer dans le château après le coucher du soleil la nuit.

— Enlevez-le. Maintenant !

Mère fouilla à travers le tissu de sa robe, cherchant dans ses poches de ses mains tremblantes. Il lui arracha la clé dès qu'elle la sortit, déverrouilla le bracelet autour de la jambe d'Amber, puis le jeta au loin avec tant de force qu'il ébrécha la roche du mur.

— Où l'emmenez-vous ? s'affola Mère, se précipitant après lui vers la fenêtre aux volets fermés.

La colère le consumait, plus chaude que son feu. Il ne voulait pas parler à cette femme. Mais il avait besoin de sa coopération.

— Je vais essayer de faire en sorte qu'Amber se sente mieux, mais personne ne doit savoir où elle est. Pas même le roi. Comprenez-vous ?

— Pas même le roi ? La main de Mère vola à sa gorge, comme si la simple notion de désobéissance au monarque l'étranglait physiquement.

— Personne, répéta-t-il fermement.

Appuyant sa jambe sur le rebord de la fenêtre, il déplaça le poids léger d'Amber dans ses bras pour libérer une main afin d'ouvrir les volets.

L'air frais s'engouffra dans la pièce lorsqu'il déploya ses ailes et s'élança dans le ciel de fin d'après-midi. Les nuages épais étaient déjà teintés d'orange à l'ouest. Le jour touchait à sa fin. Il n'avait pas beaucoup de temps.

Il battit des ailes, s'élevant plus haut, là où l'air était plus frais. La peau d'Amber se couvrit de minuscules bosses sur ses bras.

Quel froid devait-elle ressentir pour commencer à se sentir mieux ? Quel froid serait trop froid ? Et s'il finissait par la geler ici dans ses tentatives de la refroidir ?

— Amber, ma chérie, essayant de lui soutirer une once de conscience. Dis-moi si je fais bien ?

Mais il n'y eut pas de réponse de sa part. Sa tête pendait sur son épaule. Ce n'est que par un léger gémissement de ses lèvres qu'il sut qu'elle était encore en vie.

Il ralentit, les emmenant dans un lent vol plané à travers le ciel du soir.

— C'est la première fois que je t'emmène voler à Dakath, lui dit-il, souhaitant qu'elle puisse l'entendre. J'aurais dû le faire plus tôt, pour que tu puisses voir la beauté de ce monde.

Les angles aigus du palais du roi reflétaient les pics des montagnes environnantes. La pierre noire contrastait vivement avec le ciel orange vif. Les nuages fragmentaient le coucher de soleil en couleurs vives d'or, de bourgogne et de magenta.

Au loin, à l'horizon, la brillante bande verte de la vallée apparaissait. Le printemps y arrivait toujours plus tôt, prenant son temps pour grimper jusqu'aux sommets des montagnes. Les contreforts étaient déjà teintés de rouge par les bourgeons des coquelicots des neiges perçant le sol avant même que toute la neige n'ait fondu.

— C'est si beau, Amber, murmura-t-il, embrassant son front. J'aimerais que tu puisses le voir.

Sa tresse s'était détachée du nœud dans lequel elle l'avait portée. Il fut surpris qu'elle ait gardé ses cheveux longs. Elle semblait furieuse quand il les avait fait pousser, et il s'était à moitié attendu à ce qu'elle les coupe juste après.

Il avait commis tant d'erreurs. Tout ce qu'il souhaitait, c'était une chance de se racheter auprès d'elle, pour tout.

— S'il te plaît, guéris, mon étincelle. Et je ferai tout pour te rendre heureuse.

Quel que soit celui qui portait la couronne du roi, le bonheur était possible dans ce monde. Lui et Amber devraient simplement le trouver.

Un frisson parcourut son corps. Il pressa ses lèvres sur son front à nouveau. Il était nettement plus frais maintenant et n'était plus mouillé.

Le soleil couchant perçait les nuages avec de vifs rayons rouges, trop proche de l'horizon. Il devait retourner.

Planant dans le ciel dans un large virage, il mit le cap vers le château. Au lieu de retourner dans la chambre des *Salamandras*, cependant, il visa plus haut, vers l'une de ses propres fenêtres.

Les *Salamandras* étaient de grandes guérisseuses. Mais personne ne connaissait Amber mieux que lui. Pas même elles.

Il repoussa d'un coup de pied les épaisses fourrures du large perchoir dans sa chambre mais laissa l'édredon, puis déposa soigneusement Amber dessus. Il n'emporta pas ses vêtements avec eux. Elle n'en avait probablement pas beaucoup de toute façon.

À la place, il prit l'une de ses longues tuniques en coton doux de la vallée et la mit sur elle, tirant soigneusement le tissu confortable jusqu'à ses chevilles. Après une brève réflexion, il la couvrit également d'un drap en soie mais laissa la fenêtre ouverte pour que l'air frais puisse entrer.

Est-ce que les choses qu'il avait faites aideraient Amber ? Avait-il bien fait ? Le doute le bombardait de questions. L'urgence vibrait sous sa peau tandis que le soleil glissait de plus en plus bas derrière l'horizon.

Bientôt, Amber serait seule. Une fois le soleil couché, il ne pourrait plus l'aider, même si elle criait à l'aide. Même si elle était mourante...

AMBER

Oh, il faisait un froid glacial. Tellement froid que mes os semblaient cliqueter et mes dents claquer. Je tâtonnai autour de moi à la recherche d'une couverture. Mes pieds étaient emmêlés dans un drap, mais il était trop fin pour me tenir au chaud.

J'ouvris péniblement les yeux. Il faisait sombre, avec seulement la lueur bleue et fraîche de la lune et des étoiles qui entrait par une fenêtre ouverte.

Où étais-je ?

Ma gorge était sèche comme du papier de verre, me faisant tousser. Je me tournai sur le côté, attendant que la quinte de toux passe. Mon nez était bouché aussi, rendant ma respiration plus difficile. J'avais eu une méchante grippe quand j'étais enfant. Ça ressemblait beaucoup à ça.

J'arrêtai de tousser et laissai retomber ma tête dans l'oreiller moelleux. Il était doux comme un nuage. Ce n'était pas mon lit habituel, dur et étroit. Celui-ci était au moins cinq fois plus large et couvert de couvertures aussi légères et douces qu'une plume. Une pile d'entre elles gisait sur le sol près du lit, ainsi que

96

quelques fourrures épaisses et légères. J'en attrapai une et la tirai sur moi.

De toute évidence, je n'étais plus dans la chambre des *Salamandras*. Il n'y avait pas d'autres perchoirs ici que celui sur lequel j'étais allongée. La pièce avait aussi de vrais meubles, pas seulement des dalles de pierre. Il y avait un fauteuil inclinable près de la cheminée avec une petite table à côté. Un coffre se trouvait près du lit. Il servait aussi de table de chevet. Dans la lueur du clair de lune, j'aperçus une large cruche en métal et un grand bol sur le coffre.

Ma main tremblait quand je tendis le bras vers la cruche. En me redressant, je la soulevai à deux mains. Quelque chose clapotait à l'intérieur. De l'eau. J'amenai la cruche à ma bouche et bus jusqu'à ce que mon estomac soit si plein que je craignais qu'il n'éclate.

Me blottissant à nouveau sous les fourrures et les couvertures, je me tournai de l'autre côté et... me retrouvai face à face avec Elex.

Il était assis sur le sol, son avant-bras posé sur le lit. Ses ailes déployées me protégeaient de la brise venant de la fenêtre ouverte. Son visage de pierre figé dans une expression de préoccupation. Ses yeux étaient ouverts, son regard dirigé vers ma tête sur l'oreiller. Le coucher de soleil l'avait figé alors qu'il me regardait.

Il semblait si inquiet que je voulais le rassurer d'une manière ou d'une autre, qu'il m'entende ou non.

— Je me sens vraiment mal, avouai-je avec un faible sourire. Mais au moins je sens quelque chose, non ? Je suis réveillée et alerte maintenant. Ça ira, Elex.

Le froncement de sourcils sur son visage ne s'atténua pas, bien sûr. Le pli profond entre ses sourcils ne disparut pas. Mais si son inquiétude était pour moi, j'espérais qu'il me voyait éveillée, et j'espérais que cela le faisait se sentir un peu mieux.

Je me rapprochai de lui et pressai mon visage contre son avant-bras. Il était lisse et agréablement frais contre ma peau fiévreuse.

— Bonne nuit, Elex, murmurai-je, alors qu'un sommeil étourdissant commençait à me gagner. Et... merci. Pour tout ce que tu as fait.

La fois suivante où je me réveillai, il faisait jour. La lumière du soleil inondait la pièce par la fenêtre ouverte.

La neige avait fondu sur la plupart des montagnes. Seules les crevasses profondes où la lumière du soleil ne l'atteignait pas scintillaient encore de blanc.

— Tu es réveillée. Elex se laissa tomber sur le lit à côté de moi tandis que je plissais les yeux et clignais dans la lumière du soleil. Tu as froid ? Tu as chaud ? Comment te sens-tu ?

Il portait un pantalon ample et une longue tunique bordeaux avec des broderies dorées sur les manches et autour de l'encolure. Sans ceinture ni son poignard habituel, sa tenue semblait plutôt décontractée, mais son expression était loin d'être relaxée. C'était un mélange d'inquiétude et d'excitation.

Voir son visage était comme une bouffée d'air frais après avoir été enfermée dans un four brûlant. C'est l'impression que j'avais eue avant. Tout ce dont je me souvenais, c'était la chaleur torride qui m'avait fait trembler de la tête aux pieds.

— Comment te sens-tu ? demanda-t-il à nouveau, écartant une mèche de cheveux collante et transpirante de mon front.

— J'ai à la fois chaud et froid. Je remontai les couvertures jusqu'à mon visage. Mon nez était froid comme un glaçon.

Elex me fixa.

— *Les deux ?* Comment puis-je arranger ça ?

Il avait l'air si adorable avec ses cheveux ébouriffés et ses magnifiques yeux sombres grands ouverts de confusion, que je ne pus retenir un sourire, tendant la main vers la sienne.

— Il n'y a pas grand-chose que quiconque puisse faire, Elex. J'ai dû attraper quelque chose.

— Attraper *quoi* ? Il entrelaça ses doigts avec les miens, et je tirai promptement sa main sous les couvertures avec moi.

— Un rhume. Ou un virus. Je veux dire, un virus. Je haussai les épaules. Avec tous les vents constants et les courants d'air glacials dans le château, c'était un miracle que je ne sois pas tombée malade plus tôt. Tu savais que vous aviez des virus à Nerifir ? Ou peut-être que j'en ai apporté avec moi. Dans ce cas, c'est bien que vous n'y réagissiez pas, vous autres.

C'était beaucoup de mots d'un coup. Ma gorge était redevenue sèche.

— J'ai besoin d'eau, coassai-je, me tournant pour chercher la cruche.

Elex me devança. Il y avait un gobelet en argent à côté de la cruche cette fois, et il le remplit d'eau. Avec son bras autour de mes épaules, il me souleva en position assise, puis se déplaça derrière moi, soutenant mon corps avec le sien.

— Tiens. Il approcha le gobelet de mes lèvres. Je t'ai vue boire hier soir.

Je vidai rapidement le gobelet. Il m'en versa un autre, mais je déclinai, pensant que je devrais d'abord aller aux toilettes avant de prendre plus de liquide.

— Tu m'as vue ? Alors, tu ne dormais pas quand je me suis réveillée tout à l'heure ? Tu t'inquiétais pour moi ?

Il posa le gobelet sur le coffre près du lit, puis m'enlaça par derrière.

— Je n'ai pas bien dormi depuis... eh bien, depuis que nous sommes arrivés à Dakath. Et oui, j'étais inquiet. Il embrassa ma tempe, me tirant contre son torse.

— Merci pour... Je regardai autour de la pièce. Où sommes-nous exactement ?

— C'est ma chambre dans le château du Pic Bozyr.

— Tu vis ici ? C'était la plus grande chambre que j'aie jamais vue, sans conteste. Elle avait non pas une, mais deux énormes fenêtres. L'une était fermée par des volets, l'autre grande ouverte. Comment suis-je arrivée ici ?

— Je t'ai amenée ici hier soir. Tu n'allais pas bien. La Mère du Sanctuaire m'a dit que tu avais froid, mais tu étais si chaude au toucher... Et tu étais inconsciente. Avec ses bras croisés sur ma poitrine par derrière, il frottait mes bras avec ses mains. Ce n'était pas bon, Amber. Personne ne pouvait me dire ce qui se passait ni quoi faire.

— Alors, qu'as-tu *fait* ?

— Tu m'avais dit que les humains ne peuvent pas bien réguler leur température tout seuls. Je me suis souvenu que tu avais dit que si jamais tu avais trop chaud, tu aurais besoin de te refroidir. Alors je t'ai emmenée voler.

— C'est vrai ? Je tournai la tête par-dessus mon épaule pour voir son visage. Je crois me souvenir d'une partie de ça. Ou était-ce juste un rêve ?

— Ça dépend. Le coin de sa bouche se releva en un sourire taquin. Avons-nous fait l'amour dans tes souvenirs ?

— Euh...

— Si c'est le cas, alors c'était très certainement un rêve. Il n'y a pas eu de sexe hier. Son sourire s'estompa. Juste beaucoup de supplications et de prières à tous les dieux de Nerifir de ma part. Tu m'as fait peur, Amber.

Je caressai sa main sur mon épaule.

— Tu as eu peur ? Pour moi ?

— J'ai toujours peur. Es-tu sûre que tu te sens mieux ? Ai-je bien fait la nuit dernière ? Que puis-je faire pour que ça ne se reproduise plus ?

— Tout va bien, Elex. Tu n'as pas à t'inquiéter. Je ne suis pas médecin, mais je devrais aller bien maintenant. Une fois que la fièvre baisse et reste basse, ça va généralement mieux. J'ai juste besoin de me ménager pendant quelques jours. Les gargouilles ne tombent jamais malades ?

— Si. Si nous sommes blessés ou maudits. Ou si nous mangeons quelque chose que nous ne devrions pas, sans porter quelque chose avec des protections. Il tapota une bague sur l'index de sa main gauche. C'était un gros rubis dans un cadre d'or foncé élaboré.

— C'est le remplacement de celui que tu m'as donné ? Je

libérai ma main avec la bague en forme de lézard de sous les couvertures.

— Oui. Le roi Edkhar est généreux envers ceux qu'il trouve utiles. J'ai reçu la nouvelle bague peu après mon arrivée au Pic Bozyr.

— Tu la veux peut-être ? Je n'ai plus à me soucier de la vendre maintenant. Et c'était celle de ton arrière-grand-mère.

Il toucha le rubis sculpté sur mon doigt.

— C'était la sienne. Mais je veux que tu la gardes. Elle te va mieux qu'à moi, de toute façon.

J'étais prête à rendre la bague s'il la reprenait. Mais j'étais contente qu'il ne l'ait pas fait. Je n'avais jamais rien eu d'aussi beau dans ma vie. Et maintenant que je n'avais pas à la casser en morceaux, j'aimais vraiment la porter.

— Tu sais, d'où je viens, un homme qui offre une bague à une femme, ça a une signification. Pourquoi avais-je dit ça ? Il n'y avait absolument aucune raison pour qu'il le sache.

— Je sais. Il sourit.

— Vraiment ? Comment ?

— C'est arrivé dans la ménagerie de Ghata plusieurs fois pendant que j'y étais.

— Quelqu'un a fait sa demande à la ménagerie ?

Quel endroit inhabituel pour ça. Mais après tout, les gens aimaient et recherchaient même activement des endroits inhabituels pour faire leur demande.

Il hocha la tête.

— J'ai eu une très bonne vue à quelques reprises. Dans ton monde, un homme se met à genoux, ouvre la boîte avec la bague, et demande à la femme : « Veux-tu m'épouser ? » Ensuite, elle crie « Oui ! » Il poussa un petit cri aigu, me faisant rire. Puis il met une bague à son doigt et ils prennent ces choses qui clignotent, comment les appelles-tu ? Celles qui préservent des images du moment, un peu comme nos livres d'images ou nos boules de cristal ?

— Des appareils photo ? Des téléphones portables ?

— Quelque chose comme ça. Il hocha la tête. Ensuite, la femme appelle quelqu'un sur ce *téléphone portable*, pleure et crie : « Devine quoi ? On va se marier ! »

Le cri excité dans sa voix me fit éclater de rire à nouveau.

— C'est tout à fait comme ça que ça se passe, dis-je. Dans mon monde, les bagues ne portent ni sorts ni protection pour celui qui les porte. Elles n'ont que la valeur que les gens leur donnent. Une valeur sentimentale, rien d'autre. Comment les gens font-ils leur demande à Dakath ?

— Attends. Laisse-moi d'abord faire ceci. Il empila un tas d'oreillers derrière moi pour me soutenir en position assise, puis alla chercher un plateau en argent avec de la nourriture sur la petite table près de la cheminée éteinte.

Je me rendis compte qu'il allait me nourrir et je l'arrêtai en lui demandant d'abord où étaient les toilettes. Il me porta jusqu'à une pièce spacieuse près de la porte d'entrée de sa chambre. Une fois fini, je me lavai les mains et sortis, m'appuyant contre le mur. Mes jambes tremblaient et j'avais des vertiges. Ce fut un soulagement quand Elex me prit à nouveau dans ses bras et me ramena au lit.

Il posa le plateau avec la nourriture sur mes genoux.

— C'était censé être le petit déjeuner, mais c'est plus comme un repas de midi maintenant.

Le plateau contenait les plats habituels que les *Salamandras* se faisaient livrer chaque matin : un grand bol de prunes rouges, un panier de pâtisseries rondes et feuilletées, du café parfumé avec du lait de chèvre de montagne, une assiette de charcuterie et de fromages, et quelques petits plats en métal qui contenaient du miel, de la confiture de canneberge, de la crème fouettée et de la confiture de cerise. Plusieurs plateaux comme celui-ci étaient livrés dans la chambre des femmes chaque matin.

La nourriture avait l'air et sentait merveilleusement bon. Malheureusement, mon appétit n'était pas encore revenu. Mon corps semblait être passé dans un broyeur, et ma main tremblait quand je tendis le bras vers une prune.

— Combien de temps ai-je dormi ? Quelle heure est-il ?

Assis sur le lit, Elex me tendit la prune.

— Il est presque midi déjà. Tu as dormi aussi longtemps que tu en avais besoin. Je suis content de voir que tu vas mieux, Amber. Tu n'as pas idée à quel point je suis heureux de te voir éveillée et parlante.

Secouant la tête, il se détourna. Sa poitrine se soulevait et s'abaissait rapidement pendant quelques respirations. Quand il me fit finalement face à nouveau, ses yeux semblaient brillants.

Ça avait dû vraiment le bouleverser de me trouver évanouie, chaude et collante de sueur. C'était assez effrayant pour moi aussi de savoir que j'avais perdu conscience pendant un moment.

— Je ne veux plus jamais te voir malade, Amber. Il coupa une pâtisserie avec un petit couteau du plateau, la garnit de tranches de charcuterie et de fromage, puis me tendit le sandwich. Mange. Tes mains tremblent. Tu dois reprendre des forces.

Je pris le sandwich bien garni et en mordis un petit bout. C'était bon, mais le sandwich semblait énorme.

— Si je mange tout ça, je vais probablement vomir. Désolée, dis-je avec un petit rire. Nous les humains, on est des créatures ridiculement fragiles.

— C'est vrai, acquiesça-t-il, continuant à s'occuper de moi. Tu veux du café ? Il était brûlant, mais il est à peine tiède maintenant. Je vais devoir le rapporter à la cuisine pour faire une nouvelle cafetière.

— Tu ne peux pas simplement le réchauffer toi-même ? Zenada réchauffait régulièrement la pierre de mon perchoir pour me garder au chaud pendant la nuit.

À ma déception, il secoua la tête.

— Non. Seules les gargouilles femelles peuvent faire ça.

— Alors, c'est bon, dis-je, agitant la main vers la cafetière. Je ne le veux pas chaud, de toute façon. S'il te plaît, ne pars pas. Dis-moi en plus sur la magie des gargouilles. En quoi est-elle différente entre les hommes et les femmes ?

— Tu es sûre ? Il hésita. Personne ne boit du café froid.

— Les humains le font, l'assurai-je joyeusement. On y ajoute même de la glace parfois.

— De la glace ? Il fit la grimace.

Dakath avait un excellent café, le genre qui serait servi dans certains restaurants chics dans mon monde, dans de minuscules tasses à bordure dorée. Elex avait tout à fait le droit d'être snob à ce sujet. Faire un café glacé de cette délicatesse serait probablement considéré comme une insulte dans les deux mondes, le sien et le mien. Mais je ne me souciais pas vraiment de tout ça. Je voulais juste qu'il reste ici avec moi au lieu de partir à la cuisine.

— Oui, de la glace. J'acquiesçai rapidement. Mais tu n'as pas besoin de m'apporter de la glace non plus. Je vais le boire tel qu'il est. Continue juste à me parler.

— Tu veux parler ? Il sourit, versant du café d'une étroite cafetière à long manche dans une petite tasse en métal incrustée de minuscules grenats. De la magie des gargouilles ?

J'acquiesçai de nouveau. C'était un sujet aussi bon qu'un autre.

— Certains disent que la magie des femmes est plus faible que celle des hommes, dit-il. Parce que la chaleur douce est plus faible que la chaleur intense. Mais il y a plus d'une façon de voir les choses. Une *Salamandra* pourrait facilement réchauffer cette cafetière, par exemple. Le mieux que je pourrais faire serait de mettre tout ce plateau en feu. Un homme briserait aussi la plupart des meubles de cette pièce en se transformant en dragon pour faire le feu en premier lieu. Donc tu vois, la force n'est pas toujours la chose la plus utile.

Il me tendit la tasse, puis plaça ses mains autour des miennes, m'aidant à la tenir. Ses mains semblaient fortes et grandes comparées aux miennes, mais elles étaient aussi habiles et élégantes en même temps. Elles pouvaient broyer des pierres si nécessaire, mais aussi utiliser une petite cuillère pour remuer le lait dans mon café.

— Tu n'as jamais répondu à ma question. Je m'en souvenais. Comment les gargouilles font-elles leur demande en mariage ?

— Oh. Ce n'est rien d'aussi spécifique que dans ton monde.

Et si tu es un prince héritier, par exemple, tu ne fais pas du tout de demande. Au moment où tu rencontres ta future épouse, tout est décidé et lui demander de t'épouser est inutile et beaucoup trop tard.

Le concept n'était pas entièrement nouveau pour moi. Les mariages arrangés existaient aussi dans le monde humain. Je ne connaissais simplement personne qui s'était marié de cette façon.

— C'est différent.

Je pris une gorgée de mon café. Il était divin, chaud ou froid. Pas étonnant qu'Elex ait fait la grimace devant le café de la gare que je lui avais donné à Munich. Il pâlissait certainement en comparaison.

Je reposai la tasse sur le plateau et demandai un autre verre d'eau.

— Est-ce qu'un prince n'a absolument rien à dire sur qui sera sa future femme ?

— Pas à Dakath. Il m'aida à nouveau à boire l'eau du gobelet. Ce n'est pas une bonne idée pour un prince de rencontrer ses partenaires potentielles avant que l'arrangement ne soit finalisé.

— Pourquoi pas ?

— Pour ne pas développer de préférence pour une femme plutôt qu'une autre avant que la sélection ne soit complète. Un mariage royal n'est pas une affaire de cœur. Il est préférable d'éviter la déception.

— Je vois. Le repas, aussi peu que j'en avais mangé, m'avait épuisée. Je m'affalai dans la pile d'oreillers.

Il rangea le plateau du petit déjeuner et ajusta les couvertures pour me rendre plus confortable. J'attrapai sa main dès qu'il eut fini. Craignant qu'il ne parte si je m'endormais, je continuai à parler.

— Mais que se passe-t-il si tu n'aimes pas la personne choisie pour toi ? Si elle te déteste ? Si vous êtes extrêmement incompatibles et vous rendez fous l'un l'autre ? Alors quoi ?

Il s'assit au bord du lit à côté de moi.

— Alors le couple doit simplement faire de son mieux pour coexister dans le même château.

— Pendant des siècles ?

Il acquiesça.

Ça ne devait pas être amusant.

— J'ai lu quelque part, dis-je, qu'en épousant ton conjoint, tu obtiens un partenaire pour partager vingt mille repas ensemble. C'est beaucoup de repas misérables si tu n'aimes pas la personne.

Il rit doucement, se penchant pour déposer un baiser sur mon front.

— Telle est la vie de la royauté : de grands privilèges combinés à de lourdes obligations.

J'enroulai un bras autour de son cou.

— Ne pars pas. Je suis si fatiguée que je vais m'endormir à nouveau bientôt. Mais s'il te plaît, reste avec moi.

C'était peut-être la maladie qui me faisait me sentir si vulnérable. Ou le fait qu'il prenne soin de moi m'avait désarmée. Mais j'avais besoin de lui, même dans mon sommeil.

— Je ne vais nulle part. Il enleva ses chaussures et grimpa sur les couvertures derrière moi. Ajustant son corps long autour du mien, il me serra contre lui. Dors, Amber. Il embrassa mes cheveux. Je serai là quand tu te réveilleras. Je serai toujours là.

Je souhaitais tellement que ce soit vrai.

AMBER

Le printemps s'installait avec force dans les montagnes. Un matin tard, j'avais ouvert les volets des deux fenêtres de la chambre d'Elex. Elles étaient si hautes que les rebords n'étaient même pas à trente centimètres du sol. Je m'assis sur un tas de coussins devant une fenêtre, avec une couverture de fourrure sur les épaules. La fourrure jaune doré était courte mais chaude, douce et légère comme une plume. Elex m'avait dit que c'était la fourrure d'un griffon, un animal que je croyais autrefois n'exister que dans les mythes.

Mais n'étais-je pas moi-même en train de vivre dans un mythe, maintenant ?

J'étais dans la chambre d'Elex depuis cinq jours. Après qu'il eut fait tomber ma fièvre d'une manière plutôt peu conventionnelle mais efficace, je m'étais rétablie progressivement. Mon corps avait vaincu le virus, ou quoi que ce fût que j'avais attrapé. Et grâce aux soins et à l'attention d'Elex, j'appréciais réellement cette période de convalescence.

Le soleil était haut au-dessus des montagnes. Le ciel était clair. Je pouvais voir jusqu'à la vallée d'ici. Les coquelicots des neiges étaient en pleine floraison. Leurs champs s'étendaient jusqu'aux murs noirs du château, donnant l'impression que les montagnes avaient été éclaboussées de peinture rouge ou... de sang.

La porte de la chambre s'ouvrit et Elex entra. Vêtu d'un long caftan couleur ivoire avec des perles colorées autour des manches et de l'encolure, et de chaussures en tissu souple au lieu de ses bottes, il avait l'air aussi décontracté qu'un prince fae pouvait l'être dans un château royal.

Il portait un plateau avec un bol fumant.

— Soupe aux champignons pour votre repas de midi, dit-il rayonnant, en me rejoignant près de la fenêtre.

Je respirai l'air parfumé par la vapeur odorante du bol.

— Mmm, ça sent bon.

Il rapprocha d'un coup de pied un coussin de sol vers la fenêtre, puis s'assit à côté de moi et posa le plateau sur mes genoux.

— Et ça a un goût incroyable aussi.

La fierté avec laquelle il disait cela m'incita à préciser :

— Tu ne l'as pas cuisinée toi-même, n'est-ce pas ?

— Non. Mais j'ai supervisé. Et donné beaucoup d'instructions.

— Je suis sûre que le cuisinier t'a adoré pour ça, plaisantai-je.

— Tant que le résultat en vaut la peine. Il plongea une cuillère en bois peinte dans le bol, puis tenta de me nourrir.

Je ris, lui prenant la cuillère.

— Merci, mais je vais me débrouiller.

À mesure que mon corps se rétablissait, mes forces revenaient aussi. Je pouvais marcher sans me tenir au mur maintenant. Et je pouvais certainement tenir une cuillère sans que ma main tremble sous l'effort.

— Oh. Il fit la moue. J'aimais bien quand tu avais besoin que je te nourrisse.

Je secouai la tête, me concentrant pour manger ma soupe sans en renverser.

Je n'avais pas manqué de remarquer qu'Elex s'assurait que j'aie de la soupe tous les jours. Les gargouilles préféraient généralement les aliments solides. Le pain, les céréales, les viandes richement assaisonnées, les fruits confits et les légumes rôtis étaient courants au château. Mais comme j'avais du mal à manger et à garder la plupart de ces aliments pendant ma convalescence, Elex avait remarqué que je me débrouillais mieux avec des repas liquides légèrement aromatisés. Il terrorisait le personnel de cuisine avec ses demandes quotidiennes de soupe depuis.

— Oh, Elex, tu t'es surpassé avec celle-ci. Je me léchais les lèvres, savourant les saveurs copieuses des champignons sauvages et des céréales.

— Vraiment ? Il saisit mon poignet, me volant une cuillerée de soupe. Pas mal. Il hocha la tête avec approbation.

La brise venant de la fenêtre jouait dans ses cheveux épais et ondulés. Le tissu ivoire de son caftan complétait si bien sa peau plus foncée. Le soleil dansait dans ses yeux d'onyx. Il était d'une beauté à couper le souffle, qui me faisait mal au cœur.

Comme il tenait toujours mon poignet, je le tirai vers moi, le rapprochant.

— Merci. J'embrassai le bout de son nez. Merci pour tout.

Il déplaça ma tresse derrière mon dos par-dessus mon épaule, l'air un peu gêné.

— Guéris vite, Amber. Et reste en bonne santé. Je ne supporte pas de te voir malade.

Il libéra mon bras, me laissant finir ma soupe. Ma tresse retomba sur mon épaule, drapant ma poitrine. Je n'étais toujours pas complètement habituée à avoir les cheveux longs. C'était bizarre, mais d'une bonne façon. J'adorais la couleur, la brillance, la longueur... Sauf que la brillance s'était ternie dernièrement. Après toute cette transpiration et ces agitations pendant ma fièvre, j'avais l'impression que la maladie s'accrochait à moi, peu importe à quel point j'essayais de la laver en utilisant un chiffon et le point d'eau dans la salle de bains.

— J'aimerais pouvoir prendre une douche.

Elex se leva d'un bond.

— Je t'emmènerai aux grottes d'eau.

Je secouai la tête.

— Les gens me verront traverser le château.

Nous ne pouvions laisser personne me voir. Tout ce temps, je m'étais cachée dans la chambre d'Elex. Il avait demandé à Mère de ne parler de moi à personne. Les femmes gardaient gentiment mon secret. Le roi n'avait pas encore posé de questions à mon sujet, et j'espérais qu'il ne le ferait jamais. Pour lui, je n'étais qu'une robe rouge sans visage, et je voulais que ça reste ainsi. Mais si les gens me voyaient me promener dans le château, accompagnée du favori du roi, il y aurait des questions.

Je soupirai avec regret.

— Je ne peux pas y aller.

— Je t'emmènerai par là. Il fit un geste vers la fenêtre.

— On va voler ?

Il sourit, enlevant son caftan.

— Bien sûr qu'on va voler.

Maintenant, il ne portait qu'un pantalon en coton fin qui laissait peu de place à l'imagination. C'était encore plus scandaleux que le jogging que je lui avais fait porter dans mon monde.

J'essayai de détourner le regard, mais je n'y arrivais pas. Habillé ou non, cet homme attirait toute mon attention chaque fois qu'il était dans la même pièce que moi.

— Mais à l'intérieur des grottes ? demandai-je, m'éclaircissant la gorge. N'y a-t-il pas toujours des gens dans les bassins et les cascades ?

— Je t'emmènerai à une cascade extérieure. Elle est en dehors des grottes, plus haut dans la montagne. Les gens n'y vont généralement pas.

Cela semblait tentant.

— D'accord. J'enlevai ma couverture en fourrure, me levant. Allons-y alors.

Déployant ses ailes, il me souleva, un bras sous mon dos, l'autre sous mes genoux. J'eus un petit hoquet quand il sauta du rebord de la fenêtre dans le ciel ouvert, mais je ne ressentais plus le besoin de m'accrocher à lui de toutes mes forces. Je lui faisais confiance pour ne pas me laisser tomber.

Enroulant un bras autour de son cou, je m'appuyai contre son épaule. Je ne portais qu'une fine chemise en coton d'Elex. Cependant, pressée contre lui, je me sentais au chaud alors que nous volions dans les airs en une large spirale vers un sommet montagneux derrière le château.

Elex survola la crête, puis descendit vers un petit bassin caché entre les rochers.

— L'eau ici fait partie du système de ruisseaux dans les grottes, expliqua-t-il. Elle est chaude aussi, mais coule à l'extérieur de la montagne.

De la vapeur s'élevait de la surface du bassin, enveloppant l'eau et les rochers environnants dans une brume laiteuse.

Elex me déposa doucement au sol.

— Personne ne nous verra ici.

Il retira ses chaussures du bout des orteils, puis abaissa rapidement son pantalon le long de ses hanches. Croisant les bras autour de moi, j'admirai le tableau qu'il présentait. Dans les volutes de brume qui s'enroulaient autour de lui, il ressemblait en tous points à la créature mythique qu'il était – une véritable vision.

La tête baissée, il jeta un coup d'œil à travers les boucles sombres qui tombaient sur ses yeux et me surprit en train de le regarder fixement. Un coin de sa bouche se souleva en un sourire arrogant.

— J'aime ce regard dans tes yeux, Amber. Est-ce que tu apprécies la vue ?

Je regardai rapidement sur le côté, mais c'était difficile, si difficile de détourner les yeux. Mon regard dériva vers sa silhouette élancée qui semblait taillée dans la plus belle des pierres précieuses.

— Viens ici. Sa voix s'adoucit tandis qu'il s'approchait. Tu dois avoir froid, debout là. Tu dois entrer dans l'eau.

Soulevant ma chemise, il me l'enleva, puis me prit dans ses bras et entra dans le bassin avec moi. L'eau chaude enveloppa mon corps nu, m'arrachant un frisson de plaisir.

— Ahhh, c'est tellement bon. J'étirai mes membres, flottant hors des bras d'Elex.

Il sourit, debout à côté de moi.

— Les sources chaudes sont définitivement la meilleure partie de Dakath que j'ai vue jusqu'à présent, m'extasiai-je.

— Il y a beaucoup d'endroits merveilleux dans les Montagnes de Dakath, argua-t-il. Seulement, tu ne les verras pas depuis la fenêtre à côté de la cuisine du palais.

— Mais c'est le seul endroit où j'ai le droit d'être.

— Pas pour longtemps. Il avait l'air résolu.

Je tournai brusquement mon regard vers lui.

— Qu'est-ce que tu veux dire ?

— Tu ne retournes pas chez les *Salamandras*, Amber. Je ne peux pas te laisser vivre comme ça...

— Oh, mais c'est normal pour *elles* de vivre dans une pauvreté totale. Flotter ne semblait soudain plus si amusant. Je posai mes pieds sur le fond rocheux et me tins debout, face à Elex. Tu sais que les femmes ont tout le temps faim ? Il n'y a jamais assez de nourriture au Sanctuaire. Les villageois jettent des malédictions sur leur puits. Donc, même avoir assez d'eau potable est souvent un problème. Tu les vois porter de beaux vêtements dans la salle du roi, mais elles raccommodent constamment leurs chemises et leurs bas de tous les jours parce qu'elles n'ont pas les moyens d'en acheter des nouveaux.

Ses traits se transformèrent en un froncement de sourcils sévère.

— Le Sanctuaire est sous la protection du roi. C'est la responsabilité de la couronne de pourvoir aux besoins des femmes.

— Bien sûr que ça l'est. Je ricanai. Seulement, la « protection » du roi se limite à prostituer les femmes à ses copains. Il ne se soucie d'elles d'aucune autre façon.

— Ce n'est pas juste, acquiesça-t-il avec une expression sombre. Mais leur bien-être n'est pas ta responsabilité.

— De qui est-ce la responsabilité alors ? Dis-moi, qui va arranger les choses ? Les *Salamandras* m'ont accueillie. Elles m'ont habillée et nourrie. Beaucoup d'entre elles sont mes amies.

— Tu ne dois aucune loyauté aux *Salamandras*. Il resta ferme. Elles ne t'ont pas bien traitée. Tu as dit toi-même qu'elles ont coupé tes cheveux contre ta volonté. Pour l'amour des dieux, Amber, Mère t'avait enchaînée au perchoir...

J'essayai d'ignorer la douleur dans ma poitrine au rappel de sa méfiance.

— Elle a utilisé la plus simple des serrures, dis-je en riant et en tirant une épingle à cheveux de ma chevelure. J'aurais pu la déverrouiller à tout moment si je l'avais souhaité. Je ne m'étais pas embêtée parce que je n'avais pas besoin de me promener librement la nuit.

Les muscles de sa mâchoire se contractèrent.

— Cela ne change pas le fait qu'elle t'a enchaînée comme un animal.

Je retins ma réponse un moment, attendant qu'un accès d'irritation se dissipe. D'une certaine façon, il avait raison. Mais il ne voyait pas l'ensemble du tableau.

— Mère a peur, Elex. Aussi longtemps que je l'ai connue, elle a été soit inquiète, soit terrifiée. Souvent les deux. Elle a traversé la vie en marchant sur une corde raide, essayant de plaire au roi et à ceux qui détiennent le pouvoir tout en faisant de son mieux pour maintenir en vie les femmes dont elle a la charge.

Elle avait échoué sur ce point. Je fermai les yeux étroitement, pensant à nouveau à Ertee et Isar. Les pensées pour elles ne cessaient jamais de faire mal.

Ne voulant plus argumenter, je me tus. M'écartant, je commençai à défaire ma tresse détrempée.

— Je dois laver mes cheveux, marmonnai-je, changeant de sujet. Ça peut prendre un certain temps, puisque je n'ai jamais eu les cheveux longs avant.

— Donne-moi juste une minute. Elex battit des ailes, s'élevant hors du bassin. L'eau ruissela le long de son corps et retomba dans le bassin.

— Où vas-tu ?

— Je reviens tout de suite.

En attendant son retour, je me tins dans le bassin chaud, passant mes doigts à travers l'eau sombre et fumante.

Loin à l'horizon, le vert brillant de la vallée se fondait dans le rouge des coquelicots des neiges qui dégringolaient le flanc de la montagne. Les pics noirs des montagnes encadraient la vallée comme de longues dents acérées. L'un d'eux se distinguait en étant plus haut et à l'écart des autres.

Avec un battement d'ailes, Elex revint. Il apportait quelques pots avec des savons et des huiles des grottes. Son regard suivit le mien jusqu'à la montagne solitaire alors qu'il atterrissait dans le bassin à côté de moi.

— C'est le Pic Désolé. Il déposa son butin de pots et de fioles le long du bord du bassin à l'extrémité la plus profonde.

— Pourquoi l'appellent-ils ainsi ?

— Probablement parce qu'il se dresse tout seul. Il haussa les épaules et prit deux des pots sur le rebord. Tiens. Je n'étais pas sûr si tu voulais sentir les fleurs ou les baies.

Je reniflai les deux.

— Mmm. Les deux sentent merveilleusement bon. Choisis. Que ce soient les fleurs ou les baies, ce serait bien mieux que l'odeur que je devais dégager, après des jours de fièvre et de transpiration, puis de convalescence.

J'avais défait ma tresse et maintenant elle flottait derrière moi, le poids des mèches mouillées tirant sur mes racines.

— Comment font les gens ? Je penchai la tête en arrière, puis sur le côté, essayant de trouver la meilleure façon de dompter toute cette masse lourde.

— Laisse-moi t'aider. Il se tenait dans l'eau derrière moi, puis prit un peu de la pâte brillante d'un des pots. Que penses-tu de celle-ci ? Il mit sa main sous mon nez.

La pâte rose sentait le miel et la canneberge, avec une touche d'agrumes.

— C'est agréable. Je hochai la tête.

Doucement mais fermement, il commença à la masser dans mon cuir chevelu.

— Mmm. Je penchai la tête en arrière, le laissant faire ce qu'il voulait de moi maintenant.

Il savonna et rinça mes cheveux, sur toute leur longueur.

— Maintenant, prends une respiration et retiens-la. Me soutenant d'un bras, il me pinça le nez avec les doigts de l'autre main et me plongea sous l'eau pour rincer mes cheveux.

Je fermai les yeux, serrant sa main, mais sans paniquer. Il me remonta, me tournant dans l'eau pour lui faire face.

— As-tu eu peur quand j'ai fait ça ? demanda-t-il.

— Non. Je souris, clignant des yeux pour en chasser les gouttelettes d'eau. Pas du tout. Pourquoi l'aurais-je été ?

Il me regardait avec un léger sourire jouant sur ses lèvres. Je ne savais pas à quoi il pensait, mais cela semblait signifier quelque chose pour lui.

— Aurais-je dû avoir peur ? demandai-je.

— Il y a quelque temps, si j'avais fait ça, tu te serais accrochée à moi, tu aurais crachoté et crié comme un chat sauvage. Bon sang, tu m'aurais giflé aussi, pouffa-t-il.

— C'était *il y a quelque temps*. Je haussai les épaules. Maintenant je sais que tu ne me laisserais pas me noyer. Tout comme je sais que tu ne me laisserais pas tomber quand nous volons.

— Tu me fais confiance. Ce n'était pas une question, mais il y avait un défi dans sa voix, comme s'il me mettait au défi de le contredire.

Je n'argumentai pas. Je le fixai juste, frappée par la réalisation à quel point il avait raison. Je mettais littéralement ma vie entre ses mains sans y penser à deux fois maintenant. Il n'y avait aucun doute dans mon esprit, aucun débat intérieur pour me convaincre. La confiance venait naturellement. Et c'était... étrange.

— En effet, murmurai-je, abasourdie.

— Il a fallu beaucoup de temps pour que ça arrive. Il sourit.

Ce n'était pas long du tout. Je ne connaissais Elex que depuis plusieurs semaines. Tellement de choses s'étaient produites pendant ce temps, cependant, que ça semblait une éternité.

— Hmm. Je touchai les mousses parfumées de mes cheveux qui flottaient à la surface du bassin. C'était nouveau, cette découverte de ma confiance inconditionnelle en cet homme. Je n'avais aucune idée de ce que je devais en penser. Je laissai échapper un soupir. La dernière fois que j'avais fait confiance à un homme, j'avais failli me faire tirer dessus.

— C'était au portail dans ton monde ?

Je levai les yeux vers lui.

— Comment le savais-tu ?

— L'homme en veste de cuir a crié ton nom. Il te connaissait. Ce qui ne l'a pas empêché d'envoyer des hommes armés après toi.

Je continuais à pourchasser les bulles de savon dans l'eau.

— Je... je n'avais pas beaucoup d'expérience avec les hommes quand j'ai rencontré Chris. J'étais trop jeune pour avoir beaucoup d'expérience en quoi que ce soit, vraiment. Il semblait tenir à moi. Et peut-être que c'était le cas, d'une certaine façon, à un moment de notre relation. Mais ce n'était jamais inconditionnel. J'avais toujours l'impression que je devais faire ce qu'il voulait et être ce qu'il souhaitait pour mériter son affection.

— Tu m'as volé à Ghata pour lui ?

J'acquiesçai, refusant de croiser son regard.

— Chris était celui qui m'a obtenu ce travail. Oui.

— Je vois, dit-il doucement.

Il n'y avait pas de jugement dans sa voix, pourtant je ressentais le besoin de clarifier :

— Nous n'étions plus ensemble.

— Mais il avait encore une emprise sur toi, n'est-ce pas ?

— Il le voulait, admis-je. D'une certaine façon, les choses étaient plus faciles à voir clairement d'un monde à l'autre. Chris ne m'a jamais vraiment laissée partir même après que je sois partie. Il m'a juste permis de jouer à l'indépendance pendant un petit moment. Genre comme donner du mou à la laisse tout en sachant qu'il pourrait toujours me ramener quand il le voudrait. Je me frottai le visage d'une main. Une chose est sûre, ça fait du bien de savoir que je n'aurai plus jamais à faire face à cet homme.

Je n'avais rien dans ce monde, pas un sou à mon nom, mais ici je me sentais plus libre que jamais.

— Il ne te trouvera jamais ici, m'assura Elex. Il est aussi bon que mort pour toi maintenant.

C'était si bon à entendre.

Elex fit glisser ses mains le long de mes bras, et je m'avançai dans son étreinte. Cela semblait aussi naturel que de rentrer à la maison. Il pressa ses lèvres contre ma tempe.

— Je dois partir demain, ma petite étincelle.

Je me penchai en arrière pour voir son visage.

— Partir ? Où ?

— Juste pour un petit moment. Il caressa mes cheveux mouillés d'un geste apaisant. Le roi veut que je vole jusqu'aux contreforts du Pic Bozyr, à l'endroit où la bataille aura lieu dans deux jours.

Je tressaillis au rappel de la guerre.

— Pourquoi dois-tu y aller ?

— Il veut que j'inspecte la zone et que j'explique au Général en chef toute la bataille, étape par étape.

— Parce que tu sais comment elle va se dérouler ?

Il poussa un lourd soupir.

— Pas avec autant de détails que le roi l'exige. J'ai appris la guerre, bien sûr, mais je me rends compte maintenant à quel point ma connaissance est superficielle.

— Eh bien, ce doit être différent de *lire* sur quelque chose comparé à réellement *vivre* cela.

— Exactement. Donc le roi veut tester ma mémoire. Le Général en chef va s'assurer que les manœuvres dont je me souviens correspondent à l'emplacement et au paysage. Il espère aussi que se rendre sur les lieux de l'action pourrait raviver mes souvenirs, pour lui donner plus de détails pour sa planification.

Je détestais encore plus le roi maintenant qu'il m'éloignait d'Elex.

— Quand pars-tu ?

— Demain matin. Cela prendra toute une journée. Nous devrons probablement passer la nuit là-bas aussi. Dans ce cas, je ne reviendrai qu'après la bataille, le jour d'après.

Mon cœur frappait d'inquiétude, et j'essayais de respirer à travers en petites respirations mesurées.

Il irait bien. Il devait aller bien.

Il glissa sa main le long de mon dos.

— Tu seras en sécurité au château. Le roi et ses hommes partiront aussi le jour de la bataille. Reste simplement dans ma chambre. Je ferai livrer des repas pour toi. Ce ne sera que pour un jour ou deux.

— Je vais bien aller. Je hochai la tête.

Ce n'était pas de moi que je m'inquiétais.

« *Promets-moi de rester en sécurité* » voulais-je dire. Mais ce serait exiger de lui une promesse qu'il n'était pas en son pouvoir de tenir. Une guerre se déroulait à Dakath. Il se mettait au milieu. Cela comportait un risque. Un risque qu'aucune promesse ne minimiserait.

— C'est bon. J'avalai autour d'une grosse boule logée dans ma gorge et me détournai, cachant mon visage. La dévastation qui faisait rage en moi se refléterait sûrement dans mon expression, et il n'était pas nécessaire de le bouleverser avec ce que je ressentais.

— Hé. Il prit ma joue en coupe, ramenant mon visage vers lui. Tu as l'air de te préparer à me manquer, murmura-t-il, son pouce caressant ma peau.

— Peut-être que oui. Je me concentrai sur sa poitrine, traçant le bord de son pectoral du bout de mon doigt.

C'était à la fois exaltant et terrifiant de l'admettre, mais Elex n'avait pas seulement gagné ma confiance. Petit à petit, il avait pris possession de tout mon être.

J'avais déjà ressenti quelque chose de similaire auparavant, comme si une partie de moi se dissolvait dans l'homme avec qui j'étais alors que nos vies se fondaient. La grande différence cette fois, c'est que je ne me sentais pas diminuée à cause de cela. Elex donnait autant qu'il prenait. Avec lui, ce n'était pas un abandon mais un don. Cela me rendait plus pleine, pas plus vide.

Je glissai mes bras autour de son cou, pressant mon corps contre le sien. Il embrassa ma tempe, puis ma joue, et finalement mes lèvres.

Ce baiser, tout comme celui d'avant, n'était pas censé se produire. Je n'étais pas censée venir à Dakath. Mais j'étais là maintenant, et je ne pouvais plus me résoudre à le regretter.

— Tu vas me manquer aussi, Amber, chuchota Elex contre mes lèvres. D'une certaine façon, mon bonheur dépend maintenant directement de ta présence à mes côtés.

Il fit glisser ses mains le long de mon dos. Prenant mes fesses en coupe, il me souleva hors de l'eau et me plaça sur la roche lisse au bord de l'eau.

Je frissonnai alors que l'air frais refroidissait ma peau mouillée.

— Je te garderai au chaud, mon étincelle, promit-il, déployant ses ailes autour de nous. Je te garderai toujours au chaud.

Ses ailes s'enroulèrent autour de nous. La chaleur émanait de son corps par vagues alors qu'il se penchait sur moi. Il m'embrassa entre les seins puis descendit sur mon ventre.

— Elex... Je... J'agrippai ses cheveux.

— Laisse-moi te goûter. Accrochant mes jambes sur ses épaules, il baissa sa tête entre mes cuisses.

Je haletai en gémissant alors que sa bouche se connectait avec ma chair sensible. Sa langue était chaude, presque trop chaude à supporter, me faisant me tortiller.

— Attends... donne-moi juste une minute. Je tirai ses cheveux, ne laissant pas sa tête s'approcher davantage.

Son corps était si chaud, je devais donner au mien un peu de temps pour s'adapter. Il sortit sa langue, atteignant mon point le plus sensible pour le caresser. Le contact chauffé envoya une vague de frissons à travers moi, une vague de pur plaisir.

— Si... bon, gémis-je, relâchant ma prise sur ses cheveux.

Libéré, Elex me lécha avec enthousiasme. La chaleur de sa langue était partout, à l'intérieur et à l'extérieur. Ses lèvres se refermèrent sur moi alors qu'il suçait, doucement au début, mais avec une intensité croissante.

Je lâchai complètement ses cheveux, abandonnant tout contrôle. Jetant mes bras au-dessus de ma tête, je laissai le plaisir m'emporter.

La chaleur déferlait en moi depuis l'endroit où sa bouche me faisait l'amour. Elle se répandait dans tout mon corps, du bout de mes doigts joints au-dessus de ma tête jusqu'à mes orteils appuyés sur ses épaules.

Il augmenta la pression, bougeant sa langue plus rapidement. Je soulevai mes hanches, pressant contre sa bouche.

— Plus... Oh... L'orgasme grimpa le long de mes cuisses. Le plaisir explosa à travers mon centre. Sans voix, je ne pouvais que haleter d'air alors que le plus intense des orgasmes secouait mon corps.

Elex massait doucement mes cuisses. M'embrassant entre les jambes, il me fit traverser les vagues de plaisir, une par une.

— Oh, wow. Tu... Je laissai mes bras retomber à mes côtés. Mes jambes pendaient mollement sur ses épaules comme deux nouilles cuites, sans os.

Il se hissa le long de mon corps. Ses lèvres pleines brillaient, étirées en un sourire heureux.

— Viens ici. Prenant son visage en coupe, je plaçai un baiser sur sa bouche chaude.

Je glissai une main entre nous et trouvai sa longueur dure. Elle était presque trop chaude à toucher tandis que j'enroulais soigneusement mes doigts autour. Il poussa vivement ses hanches contre ma main.

— Tu as l'impression que tu vas éclater en flammes, chéri, murmurai-je.

— Tu n'as pas idée, grogna-t-il avec un gémissement torturé.

— Peux-tu... euh, la refroidir un peu, s'il te plaît ? Je crains que cette chose ne me donne des ampoules... de l'intérieur. Je ris maladroitement, mais il n'y avait pas d'autre façon de le dire. Je m'inquiétais vraiment que son pénis de feu ne brûle tous mes endroits délicats.

Il se redressa au-dessus de moi sur ses coudes. Ses bras tremblaient de tension.

— Je vais essayer, grinça-t-il entre ses dents. Appuyant son front contre mon épaule, il s'immobilisa.

Les gargouilles régulaient leur température corporelle à volonté. En ce moment, cependant, Elex semblait trop tendu pour se refroidir tout seul.

Je réfléchis aux façons de l'aider.

— Pense à la neige. Froide, blanche la neige. La glace. La crème glacée. Un milkshake givré. Avez-vous quelque chose comme ça à Dakath ? Le boire trop vite peut te donner un choc au cerveau. Peut-être que ça pourrait te donner un gel du pénis aussi ? Je caressai ses épaules pour l'apaiser, le plaignant assez. Avec une femme gargouille, ce ne serait pas un problème. Mais le pauvre Elex devait faire face à une humaine délicate, très sensible aux températures extrêmes. Fabriquent-ils de la glace au château ? Peut-être que nous pourrions faire un pack de glace pour ton entrejambe. Est-ce que ça le refroidirait ? Ou ça ferait juste fondre la glace, créant de la vapeur partout ?

— Amber ! Il rejeta sa tête en arrière avec un rire étranglé. Peux-tu juste... te taire ? S'il te plaît. Ce n'est pas utile.

Je pompai ma main le long de sa longueur. Elle restait chaude mais beaucoup plus gérable maintenant.

— Mais je pense que c'est très utile. Je haussai les sourcils vers lui.

Il rit à nouveau, secouant la tête.

— Oh, je t'aime.

Il l'a dit si naturellement, comme s'il l'avait dit un million de fois auparavant.

Ou est-ce que ça lui avait simplement échappé involontairement ?

Je me figeai, retenant mon souffle. Il resta silencieux, et je risquai un regard à son visage.

— Je pensais ce que j'ai dit. Il soutint mon regard.

Au lieu d'une réponse, je le guidai en moi. La chaleur se répandit à travers moi depuis l'endroit où nos corps se connectaient, pas douloureuse mais vivifiante. Comme des flammes, mon désir se raviva. Il poussa plus profondément en moi, et j'enroulai mes jambes autour de ses hanches, nous rapprochant.

Une fois de plus, il me faisait l'amour alors que nous savions tous les deux qu'il partirait le matin. Seulement cette fois, ce ne serait pas pour de bon. Ce n'était pas pour toujours. Parce que notre pour toujours avait maintenant une chance d'être passé ensemble.

Il trouva mes lèvres alors qu'il poussait plus fort en moi. Je soulevai mes hanches, rencontrant ses coups. Il glissa une main entre nous.

— Avec moi. Il pressa un doigt là où j'en avais le plus besoin.

— Oh oui... Je frottai fort contre lui.

J'agrippai ses bras, tombant par-dessus bord. Et il tomba avec moi.

— Amber, mon étincelle... haleta-t-il, laissant retomber sa tête sur mon épaule. Sa poitrine montait et descendait rapidement. Tu brûles à l'intérieur.

Je me sentais vraiment en feu. Cela se répandait à travers mon corps, faisant miroiter l'air autour de moi comme au-dessus d'un sol désertique chaud. Mais je ne me sentais pas malade ou fiévreuse. Je me sentais puissante. La vie courait à travers moi, inextinguible.

Je ris, euphorique.

— Tu m'as mise en feu, mon dragon.

Il embrassa mon visage.

— Je ne sais pas comment je vais survivre toute une journée sans toi demain.

— Assure-toi de le faire. Je le regardai sévèrement. Tu *dois* survivre pour revenir vers moi.

Il sourit, embrassant le doigt que je brandissais vers lui. Me saisissant, il glissa à nouveau dans l'eau. Tandis que je flottais à la surface, ma tête reposant sur son épaule, il jouait avec mes cheveux.

— J'ai vécu pendant plus de cent ans, dit-il. Mais il n'y a qu'une poignée de souvenirs de moi qui existent en ce moment. Et tu as la plupart d'entre eux.

Les gens qui le connaîtraient dans le futur n'étaient pas encore nés. Et ceux qui me connaissaient dans mon monde dans le passé n'étaient pas ici.

Ici, dans le présent, il n'y avait que nous deux, lui et moi.

AMBER

— Amber ! La voix de Mère fut suivie de coups rapides à la porte de la chambre d'Elex. Ouvre, s'il te plaît.

Il y avait de l'urgence dans sa voix et de l'inquiétude. Toujours de l'inquiétude.

Elex était parti ce matin. J'étais seule dans sa chambre. Il m'avait apporté le petit déjeuner et dit qu'il s'était arrangé pour que mes repas soient livrés durant le reste de la journée. Je ne pensais pas que Mère était celle qui m'apportait mon repas de midi. Mais elle semblait certainement avoir quelque chose d'important à dire.

Après avoir noué un tissu sur ma tête pour cacher mes cheveux, je me dirigeai vers la porte et la déverrouillai.

— Je peux entrer, s'il te plaît ? Elle se faufila dans la chambre, sans attendre ma réponse.

— Que se passe-t-il ?

Une fois que j'eus refermé la porte à clé, ses épaules se détendirent quelque peu. Elle souleva la dentelle de sa capuche, la repoussant en arrière, puis marcha vers les fenêtres, contemplant l'ameublement somptueux de la pièce.

— C'est beau ici. Elle caressa le manteau sculpté au-dessus de la cheminée.

Les flammes y dansaient joyeusement, réchauffant la pièce même avec une des fenêtres ouvertes. Je ne voulais pas la fermer. Il faisait encore assez frais dehors mais ensoleillé. Les montagnes ruisselaient de fleurs, offrant la vue la plus merveilleuse.

Elex n'était pas censé revenir avant demain matin, mais j'avais un petit espoir qu'il puisse rentrer plus tôt. Au fond de moi, je pensais qu'il aimerait voir la fenêtre ouverte à son retour.

Mère examina ma tenue qui ne consistait qu'en un caftan blanc nacré brodé de perles multicolores et de fils d'or.

— Joli, répéta-t-elle.

— Tout va bien ? demandai-je, me demandant ce qui l'amenait ici.

Elex avait réussi à me garder dans sa chambre ces derniers jours. Selon lui, le roi n'avait plus jamais demandé après moi. Je doutais que le roi se souciât vraiment de l'endroit où se trouvait n'importe quelle *Salamandra* du Sanctuaire ou même qu'il en connût une seule par son nom. Il ne m'avait certainement jamais demandé le mien.

Mère savait où j'étais. Mais à moins qu'Elex ne l'ait informée de mon bien-être en allant chercher ma nourriture à la cuisine, elle n'avait aucun autre moyen de savoir que j'allais mieux. Elle n'avait jamais envoyé personne ici pour s'enquérir de ma santé et n'était jamais venue elle-même, jusqu'à maintenant.

Elle croisa les mains devant elle et redressa les épaules.

— Le roi Edkhar t'a invitée à partager le repas de midi dans la Grande Salle.

Mon cœur chuta, un frisson parcourant ma poitrine.

— Quoi ? Je m'affalai sur le perchoir, mes fesses s'enfonçant dans les fourrures et l'édredon. Mais pourquoi ? Comment sait-il même que j'existe ?

Sans croiser mon regard, Mère fixait l'extérieur par la fenêtre ouverte.

— Tu dois t'habiller maintenant et y assister avec le reste d'entre nous, dit-elle d'une voix étrangement mécanique.

— Non. Je secouai la tête. Je n'ai pas besoin d'être là. Le roi ne se soucie pas...

— Le roi a donné son ordre. Si tu ne viens pas, tu nous feras tous tuer pour désobéissance.

— Mais comment l'a-t-il ordonné ? Il ne me connaît pas. Pour lui, je ne suis qu'une silhouette sans visage dans une robe rouge.

Mère marcha vers la porte et l'ouvrit.

— Vêtements, ordonna-t-elle, tendant la main. Quelqu'un, probablement une autre *Salamandra* en robe à capuche, lui remit la chemise transparente et la robe rose que j'avais portées lors de la célébration du midi du roi auparavant, ainsi que mes chaussons et la robe rouge bien usée.

— Habille-toi, maintenant. Mère jeta les vêtements sur le lit pour moi. À moins que tu ne veuilles y aller comme tu es ? Elle inclina la tête avec la question.

Apparaître en public dans les vêtements d'Elex ne signifierait rien d'autre que des ennuis. Mère le savait, bien sûr. Croisant les bras sur sa poitrine, elle attendit patiemment.

— Pourquoi le roi me veut-il ? demandai-je.

— Il ne te veut pas nécessairement *toi*, expliqua lentement Mère. Il a demandé que toutes les *Salamandras* soient là aujourd'-hui. Une grande bataille approche. Le roi et ses hommes souhaitent avoir une dernière célébration avant cela.

— Toutes les *Salamandras* seront là ? précisai-je.

— Oui.

Cela avait du sens. Le roi souhaitait se détendre avant le grand combat. Et fidèle à son habitude, il avait choisi de le faire avec une orgie.

Je fis un rapide calcul mental. Il y avait plus de femmes que d'hommes du roi la dernière fois. Quelques *Salamandras* étaient restées sans partenaire. Avec Elex, le Haut Général et quelques autres absents, encore plus de femmes seraient laissées sans parte-naire. Si je restais à l'arrière de la foule, me tenais tranquille et n'attirais pas l'attention, personne ne me choisirait. Les hommes avaient déjà choisi leurs favorites. Sans Elex aujourd'hui, je me contenterais d'apparaître et de partir rapidement.

— Très bien, cédai-je comme si j'avais le choix en la matière. J'irai. Mais je ne m'assiérai sur les genoux de personne.

— Cela ne dépend ni de toi ni de moi, mon enfant.

— Non, protestai-je. Le seigneur Elex m'a revendiquée. Personne n'oserait me prendre pendant son absence. Il est le favori du roi.

Elle inclina de nouveau la tête, et je pris cela comme une confirmation de mes paroles. Glissant hors du caftan d'Elex, je me changeai rapidement pour les vêtements que Mère avait apportés.

Plus vite cela commencerait, plus vite cela finirait.

Avec un peu de chance, je serais de retour ici dans quelques minutes.

Alors que les femmes défilaient dans la Grande Salle, je me tins à l'arrière de la file. L'ambiance était un peu différente parmi les *Salamandras* cette fois-ci car elles savaient à quoi s'attendre. Certaines d'entre elles regardaient à travers la dentelle les hommes allongés sur les perchoirs. Une ou deux leur firent même un petit signe de la main et quelques gloussements.

Clairement, certains couples s'étaient formés, ce qui était parfait pour moi. Il y avait moins besoin d'en créer de nouveaux.

Alors que la rangée de femmes se formait le long du mur, je fis un demi-pas en arrière, ce qui, je l'espérais, me mettait hors de vue pour la plupart des hommes présents. Cependant, avant qu'un homme ne convoque son élue sur son perchoir, Mère marcha devant notre rangée. Elle s'arrêta juste à côté de moi.

— La voici, Votre Majesté. Elle posa une main sur mon épaule.

Je me figeai. Ma tête résonna comme si on m'avait frappée. Mon estomac se vida.

Venait-elle de me dénoncer ? Mais pourquoi ?

J'essayai de reculer davantage, mais Mère agrippa mon épaule, ne me laissant pas bouger.

Le roi se redressa sur son trône.

— Est-elle vraiment humaine ? Il agita son poignet, me faisant signe d'approcher.

Je ne bougeai pas. Je ne pouvais pas, même si j'essayais. Mes pieds semblaient s'être enracinés dans les rochers du sol et mes jambes étaient devenues si faibles que je craignais qu'elles ne me soutiennent plus.

Mère me poussa en avant.

— Vas-y, siffla-t-elle à voix basse. Ou tu nous feras tous tuer.

Je trébuchai, manquant de tomber. Mais je ne ferais pas un pas de mon plein gré vers l'homme à la couronne.

— Tu m'as dit qu'elle est avec vous depuis quelques semaines maintenant, s'enquit le roi.

Mère s'inclina si profondément que plus bas elle aurait été à genoux.

— Depuis plus d'un mois, Votre Majesté.

— Et malgré tout ce temps, tu n'as pas réussi à lui enseigner l'obéissance. Il claqua des doigts avec impatience.

L'un de ses hommes sauta de son perchoir, attrapa mon bras, puis me traîna vers le roi.

— Assieds-toi. Le roi tira sur ma main, et je tombai sur son genou.

— Une humaine. Le roi arracha la capuche de ma tête.

Je le fixai dans les yeux, sans le filet doré de la dentelle entre nous.

— Hmm. Il ne semblait pas être dérangé par le ressentiment qui transparaissait sûrement dans mon expression. Au lieu de cela, il examina mon visage de près, comme si j'étais une poupée. Il n'y a absolument aucun éclat dans sa peau. Il appuya un doigt sur ma joue qui brûlait d'indignité tandis que la peur secouait mon corps. Même sa rougeur n'a pas de lueur. Et ses yeux... Il pinça mon menton entre son pouce et son doigt. Ils sont plutôt ternes aussi. Comme c'est ennuyeux.

Mère s'éclaircit la gorge.

— Mon roi, elle est la seule humaine dans tout Dakath. Et possiblement, dans tout Nerifir.

— Oui, oui, c'est passionnant. Pourquoi porte-t-elle ceci ? Il arracha le tissu de ma tête, et ses yeux s'élargirent. Regardez-moi *ça...*

Le roi dénoua ma tresse de l'arrière de ma tête.

— Défais-la. Il fourra l'extrémité de la tresse dans mes mains.

Je la serrai entre mes doigts, incertaine de ce que je devais faire.

« Tu nous feras tous tuer », les mots que Mère avait prononcés plus d'une fois résonnèrent dans mon cerveau.

Que se passait-il ? Qu'est-ce qui était en jeu ici ? Et comment pouvais-je protéger qui que ce soit ?

— Peux-tu faire au moins *une* chose qu'on te demande ? se plaignit le roi avec impatience. Lâche tes cheveux. Je veux les voir.

Avec des doigts raides, je tirai sur le lien au bout de ma tresse, puis la défis complètement.

Le roi passa ses doigts dans mes mèches ondulées, les étalant sur ma poitrine.

— Brillants comme le feu. Il claqua la langue d'approbation. Un jour avant ma victoire finale, les dieux m'envoient une humaine aux cheveux de couleur royale. Il regarda autour avec un sourire suffisant. Les dieux veulent que je gagne.

Ses hommes acclamèrent, levant leurs gobelets de vin. Avec la permission du roi, ils commencèrent à choisir leurs femmes. Une fois que chacun d'eux eut une *Salamandra* perchée sur son genou, le roi renvoya le reste des femmes.

Même sans regarder les *Salamandras* qui sortaient, je sentis le regard de Zenada sur moi alors qu'elle quittait la pièce avec celles qui n'avaient pas été choisies.

AMBER

Le roi continuait d'inspecter son « cadeau des dieux ». Tenant mon menton, il tournait ma tête dans tous les sens. Ses doigts descendirent ensuite le long de ma gorge.

— Pas une once de scintillement fae, marmonna-t-il. Pourtant, techniquement, elle nous ressemble beaucoup.

Techniquement.

Je levai les yeux au ciel, un geste qui m'aurait probablement valu quelques paroles sévères ou pire de sa part, mais le roi ne regardait plus mon visage.

Il tira sur les lacets de ma robe, l'ouvrant. Faisant glisser la robe de mes épaules jusqu'à mes coudes, il emprisonna efficacement mes bras à ma taille. Ensuite, il plongea sa main dans l'encolure de ma chemise.

Je reculai brusquement les bras, me débarrassant complètement de ma robe pour me libérer, puis plaquai ma main sur la sienne, l'empêchant d'aller plus loin.

Il me lança un regard surpris.

Arquant un sourcil roussâtre, il grogna dans sa barbe.

— Tu veux jouer, petite humaine ? Cela pourrait être

amusant, un jour. Mais je ne suis pas d'humeur maintenant. Il repoussa ma main comme si elle n'était qu'un insecte gênant. Il défit ensuite les attaches de ma robe et la poussa le long de mes bras de la même manière qu'il l'avait fait avec le manteau, emprisonnant mes bras.

— Maintenant, reste tranquille et laisse-moi regarder.

Je me mordis la lèvre si fort qu'elle saigna tandis qu'il déchirait ma chemise. Puis ses mains rugueuses furent sur ma poitrine.

— Celles-ci sont jolies, murmura-t-il, pétrissant mes seins et frottant mes mamelons. Bien que je les préfère plus gros. Peut-être que la sorcière peut faire quelque chose à ce sujet.

La répulsion me submergea comme une vague nauséabonde, faisant se tordre mon estomac. Muette de choc et brûlante de honte, je tordis mon torse loin de lui, évitant ses mains.

— Reste immobile, j'ai dit. Il me retourna pour me faire face, mais je ne pouvais pas le regarder, gardant la tête détournée.

Olanna, une autre femme du Sanctuaire, chevauchait les cuisses de l'homme sur le perchoir à côté du trône du roi. Sa robe était également défaite. Les liens de sa chemise étaient ouverts, laissant ses seins exposés. L'homme jouait avec ses mamelons roses pendant qu'elle mangeait des cerises dans une petite assiette métallique. Olanna semblait complètement indifférente à son attention. Absorbée par son repas, elle permettait à l'homme d'utiliser son corps comme bon lui semblait.

Clairement, on s'attendait à ce que j'agisse de la même façon.

— À quel point es-tu comme nous ? médita le roi. Te sentirais-tu humide et chaude à l'intérieur comme les *Salamandras* si je te baisais ?

Il pinça mes mamelons, puis les frotta avec la pulpe de ses pouces. La caresse était ferme mais assez douce pour provoquer l'écho d'une réaction physique indésirable dans mon corps. Je grimaçai et me tortillai sur ses genoux, essayant de m'éloigner.

Le roi le prit comme un signe d'excitation.

— Tu as aimé ça ? ricana-t-il.

— Non, lâchai-je.

Ses yeux s'allumèrent d'une colère froide. Il saisit mon menton à nouveau, me forçant à le regarder.

— Ne me dis *jamais* « non », femme, grogna-t-il dans mon visage. Si je l'entends encore, je te couperai personnellement la langue.

La force avec laquelle il le dit ne laissait aucun doute qu'il le ferait. Je pris une respiration tremblante, combattant la peur qui serrait ma gorge.

— C'est mieux, dit le roi d'une voix épaisse de satisfaction.

Je fermai les yeux, souhaitant que ce soit fini. Ça devait finir tôt ou tard. Tout avait une fin.

Il releva ma chemise et poussa sa main entre mes cuisses. Son toucher était brutal. C'était douloureux. La douleur stimula ma colère, me faisant oublier toute prudence. Étouffant de dégoût, je saisis son poignet et tordis son bras autant que me le permettait ma robe autour de mes coudes.

J'étais déjà précairement en équilibre sur le bord de son genou. En tirant sur son bras, je perdis l'équilibre. Je basculai sur le côté et tombai de sa jambe, m'écrasant au sol.

Découvrant ses dents en un grognement, le roi se lança à ma poursuite.

Mais alors, quelqu'un rit. L'un des hommes du roi riait si fort qu'il se tenait les côtes. Les autres le rejoignirent. Ils me pointaient du doigt, se tapaient les cuisses, et riaient si fort que les cristaux suspendus sous le dôme dansaient et tintaient.

Le roi regarda autour de lui. Quand il réalisa que l'hilarité était à mes dépens, pas aux siens, un sourire narquois fendit sa barbe. Se penchant en arrière sur son trône, il ricana aussi.

— Lève-toi, humaine maladroite. Il me poussa du pied. Va dire à Mère que je veux que tu sois nettoyée et amenée dans ma chambre après ce repas.

L'humiliation ne me dérangeait pas. Je me fichais complètement que le monde entier se moque de moi tant que je pouvais quitter cet endroit. Je me relevai précipitamment, attrapai ma robe par terre et m'enfuis.

Au lieu de chercher Mère comme l'avait ordonné le roi, je courus directement vers la chambre d'Elex. Une fois à l'intérieur, je verrouillai la porte, puis sortis une sacoche de l'un des coffres.

Mon repas de midi avait été livré pendant que j'étais dans la Grande Salle. Le plateau était posé sur la petite table près de la fenêtre où je mangeais habituellement. Je saisis tout ce que je pouvais emballer en sécurité dans la sacoche : du pain plat, des prunes, du fromage et des cerises. Puis je me forçai à manger un peu de ragoût dans un bol. Une fois que j'aurais quitté le château, qui sait quand viendrait mon prochain repas ?

Le plat était savoureux, mais je pouvais à peine avaler quelques cuillerées. Tout en moi vibrait d'urgence. Et de peur. Je tremblais de peur en réalisant avec quelle facilité tout pouvait m'être enlevé - ma dignité, mon corps et tout sentiment de sécurité.

Je ne pouvais pas laisser cela arriver. Je devais sortir de ce château le plus vite possible.

Mon plan était simple. Une fois passé les murs du château, je me dirigerais vers la vallée. Me débrouiller seule serait difficile, mais pas impossible. Je n'étais plus la même femme que les *Salamandras* avaient trouvée près de la rivière des semaines auparavant. Je ne connaissais peut-être pas tout de ce monde, mais j'avais appris la chose la plus importante : je connaissais les dangers à éviter.

J'avais aussi un avantage très important sur tout le monde dans ce royaume : je pouvais me déplacer la nuit sans être gênée.

Comme je n'avais pas de vêtements de rechange à moi, j'emballai quelques-uns d'Elex dans mon sac. Je n'osais pas porter ma robe rouge, mais je l'emportai avec moi. Il faisait encore froid dehors, surtout la nuit. Je pourrais l'utiliser pour dormir si rien d'autre.

Dans l'un des coffres, je trouvai aussi la cape d'Elex. Chaude et douce, elle m'enveloppa comme un nuage. Je fermai les yeux, inhalant son parfum familier. Je trouverais Elex d'une manière ou d'une autre. Une fois que je serais loin d'ici, une fois que la guerre serait terminée, je trouverais un moyen de lui envoyer un message. Et cette fois, je ne doutais pas qu'il viendrait me chercher.

Jetant mon sac par-dessus mon épaule, je me dirigeai vers la porte et y collai mon oreille. Tout semblait calme dehors, alors j'entrouvris légèrement la porte. Le corridor derrière était désert. Les hommes du roi seraient encore dans la Grande Salle avec lui et les *Salamandras*. Les serviteurs et les gardes prendraient leur propre repas de midi, faisant une pause après avoir couru toute la journée aux ordres royaux. Cela ne signifiait pas que personne ne pouvait être dans les parages pour me voir. Je devais être prudente et rapide.

Glissant par la porte, je me précipitai vers la tour et les escaliers en colimaçon à l'intérieur. Puis je descendis à l'étage avec la cuisine. Prenant le corridor latéral, je marchai sur la pointe des pieds devant la chambre des *Salamandras*. La plupart d'entre elles étaient avec le roi dans la Grande Salle. Mais les quelques-unes qui n'avaient pas été réclamées pouvaient être à l'intérieur, avec Mère.

Heureusement, je passai leur chambre sans être détectée. Puis je tournai à gauche, vers la petite porte au bout du corridor qui menait à l'extérieur.

Avant de tomber malade, j'avais utilisé cette route quotidiennement pour me faufiler hors du palais afin de m'entraîner au tir à l'arc. Après cette porte et sur la droite, une section du mur intérieur du château s'était effondrée, négligée comme tant d'autres choses dans cet endroit. Je grimperais par-dessus, puis me dirigerais vers la porte principale du mur extérieur qui serait ouverte à cette heure de la journée.

Tout ce que j'avais à faire, c'était sortir du château.

— Amber.

La voix de Mère n'était pas forte, elle ne l'était jamais, mais le son avait l'effet d'un fouet claqué dans le silence. Surprise, je me figeai sur place.

Elle se tenait dans le corridor derrière moi, ses mains jointes devant elle, pas un seul pli de sa robe hors de place.

— Tu n'as nulle part où aller, énonça-t-elle cette simple vérité.

À ce stade, il ne s'agissait pas tant pour moi d'aller *quelque part* que de m'échapper de cet endroit.

Je secouai la tête.

— Je ne peux pas rester ici. S'il te plaît, n'essaie pas de m'arrêter.

Même en tête-à-tête, je ne pouvais pas la combattre si elle choisissait de se mettre en travers de mon chemin. En tant que gargouille, elle avait une force bien supérieure. Mais je pouvais être plus rapide. Je fis un pas hésitant vers la porte.

Mère ne bougea pas.

Si je courais, me poursuivrait-elle ?

— S'il te plaît, ne fais rien que tu pourrais regretter, implora Mère. Le roi Edkhar est un homme très puissant. Il n'est pas sage de le mettre en colère.

Je serrai les dents à la mention du roi.

— Eh bien, maintenant qu'il connaît mon existence, il n'aimerait certainement pas perdre son *cadeau*, n'est-ce pas ? Chaque mot était saturé de sarcasme. L'amertume de sa trahison me brûlait comme de l'acide.

Elle resta silencieuse un moment.

— Je devais le lui dire, dit-elle. J'ai gardé ton secret bien trop longtemps.

— Était-ce un tel fardeau de le garder ? Je serrai les poings, m'efforçant de ne pas laisser ma voix trembler.

Elle souffla, faisant un pas dans ma direction.

— Tu ne comprends pas...

Je reculai promptement, gardant mes distances.

— Non, je ne comprends pas. Pourquoi lui dire qui j'étais ? Pourquoi me *donner* à lui ? Pourquoi blesser les sentiments de Zenada ? Pourquoi ?

Ses épaules se levèrent défensivement, son visage se plissa en une grimace.

— Le Sanctuaire est accusé d'abriter une venimeuse, ce qui est une grande offense à la couronne. Le roi a tout à fait le droit de brûler notre Sanctuaire jusqu'aux fondations, avec tous ses habitants... Sa respiration s'arrêta. Elle ferma brièvement les yeux, déglutissant avec difficulté avant de me regarder à nouveau. Mais il a choisi d'être miséricordieux.

— Miséricordieux ? C'est ça, sa *miséricorde* ? Je fis un geste en direction de la Grande Salle.

Elle l'avait planifié depuis le début, réalisai-je. Elle m'avait toujours gardée comme monnaie d'échange dans sa poche arrière, « un cadeau » pour plaire au roi quand tout le reste échouait. C'était la raison pour laquelle elle m'avait dit de ne pas utiliser la crème qui arrêtait la croissance des cheveux avant que nous ayons quitté le Sanctuaire. Elle savait que la fascination du roi pour les rousses rendrait son « présent » plus attrayant s'il pouvait voir la couleur de mes cheveux.

— La seule raison pour laquelle nous vivons, Amber, c'est parce que je continue de persuader le roi que nous valons plus pour la couronne vivantes que mortes. C'est la *seule* raison, ma chère, dit-elle doucement.

La tristesse dans ses yeux bleus la rendait plus vulnérable que je ne l'avais jamais vue. Elle venait de me pousser sur les genoux d'un homme que je détestais, et je ne pouvais même pas être en colère contre elle maintenant. Tout ce que je ressentais était de la pitié.

— Les *Salamandras* célibataires et veuves sans famille pour s'occuper d'elles n'ont pas de place dans le royaume, continua Mère. Nous sommes un fardeau. Nous ne possédons rien. Nous n'avons aucun moyen de nous entretenir. Nous comptons uniquement sur la miséricorde de notre monarque pour notre existence. Et c'est ce que j'ai fait la majeure partie de ma vie : maintenir les femmes du Sanctuaire des *Salamandras* en vie.

— En les prostituant au roi et à ses hommes. Je la fixai d'un regard noir.

— Par tous les moyens nécessaires. Nous divertissons le roi. C'est notre but. Zenada savait que son temps était limité, le roi s'ennuie facilement. Elle le savait quand elle a gagné son attention au détriment de la *Salamandra* qui la précédait. Maintenant, c'est ton tour.

— Oh, non. Je secouai la tête, m'éloignant d'elle. Je préfère mourir.

— Alors tu nous tueras toutes avec toi. Le roi est impitoyable dans sa vengeance. Est-ce ce que tu veux ?

Je trébuchai sur la réponse. Bien sûr, je ne voulais pas que les femmes meurent. Mais je n'étais pas non plus prête pour le sacrifice qu'on exigeait de moi.

De toute façon, je n'eus pas l'occasion de répondre.

Le bruit de pas rapides résonna dans le couloir derrière Mère. Puis Iolena, l'une des *Salamandras* du Sanctuaire, tourna au coin et entra dans le corridor où nous nous tenions. Elle était essoufflée, ses yeux passant anxieusement de moi à Mère.

— Ils sont là, Mère... haleta-t-elle. Comme vous l'avez demandé.

Les gardes du roi entrèrent dans le corridor après Iolena. Mère s'écarta de leur chemin tandis qu'ils se précipitaient vers moi.

— Merde... Je pivotai sur mes talons et courus.

Je n'allai pas loin.

Un garde attrapa ma tresse et me tira en arrière. Je tombai sur le sol de pierre dur. La douleur remonta dans mon dos à cause de l'impact, mais je l'ignorai, essayant de me remettre sur pied. Le garde me souleva sous son bras, comme si j'étais une enfant indisciplinée.

— Emmenez-la aux grottes d'eau. Sur les ordres du roi. Mère passa devant les gardes, montrant le chemin.

— Lâchez-moi ! Je donnai des coups de pied dans les tibias du garde.

Un autre garde recueillit calmement mes jambes et tint mes chevilles tandis que les deux me portaient le long du corridor, montaient les escaliers de la tour, et jusqu'aux grottes d'eau.

Des larmes jaillirent de mes yeux face à mon impuissance totale. Mais la double trahison de Mère me faisait le plus mal.

— Laisseras-tu Iolena te laver ? demanda Mère à l'intérieur des grottes. Ou dois-je demander aux gardes de l'aider dans cette tâche ?

C'était déjà assez pénible que les gardes restent pour me regarder me baigner. La dernière chose que je voulais était qu'ils me touchent aussi.

— Je vais le faire. Je me mordis la lèvre, enlevant la cape d'Elex, puis ma robe et ma chemise.

Je gardai la tête baissée mais pouvais sentir les regards des gardes brûler des trous à travers ce qui restait de ma dignité tandis que j'entrais dans l'eau.

Gardant sa chemise, Iolena entra après moi et défit ma tresse.

— Ils n'ont pas mis longtemps à pousser. À peine trois semaines. Mère ne semblait pas surprise en voyant mes cheveux. Je me demandais si elle l'avait appris pendant ma maladie. J'étais trop mal à ce moment-là pour m'assurer qu'ils étaient couverts en permanence. Les cheveux humains poussent-ils toujours si vite ?

Je ne lui répondis pas. Pendant qu'Iolena lavait mes cheveux, je fermai les yeux, essayant de ne pas penser à Elex qui l'avait fait pour moi juste hier. Mais les souvenirs affluèrent quand même.

Où était-il maintenant ? En train de s'assurer que le roi gagne sa guerre inutile ?

Autant je souhaitais avoir Elex avec moi, cependant, je savais que c'était une bénédiction qu'il ne soit pas là. Il ne pouvait pas combattre le roi. Et à ce stade, je croyais qu'il se battrait pour moi, même si cela lui coûtait la vie. C'était mieux pour lui de ne pas savoir ce qui allait se passer.

Des larmes coulaient de sous mes paupières fermées et le long de mes joues.

— Je suis désolée, Amber, murmura Iolena doucement à mon oreille.

Je me mordis la lèvre, fermant les yeux si fort que ma vision devint blanche. Ce n'était pas la faute d'Iolena. Elle faisait juste ce qu'elle devait faire pour survivre. Et si je voulais vivre, je devrais faire pareil.

En passant ses mains chauffées dans mes cheveux, Iolena

réussit à les sécher presque complètement en quelques minutes. Après cela, Mère fit apporter de nouveaux vêtements pour moi par une autre *Salamandra*.

Ceux-ci étaient encore pires que ce que nous devions tous porter aux fêtes du roi auparavant. J'avais des sous-vêtements cette fois, mais c'était juste un minuscule short fait d'un tissu si fin qu'il ne cachait rien. Ensuite venait une chemise tout aussi transparente et longue. Ouverte sur le devant, elle n'était retenue que par un petit bouton-perle sous ma poitrine. La robe qui recouvrait la chemise était légèrement plus opaque, faite de fine soie jaune pâle. Son décolleté, cependant, était si bas qu'il exposait complètement mes deux seins.

— À quoi bon porter tout ça ? demandai-je d'une voix neutre.

— Le roi aime qu'on le taquine, répondit Mère d'une voix égale.

Iolena m'aida à mettre ma robe, puis releva ma capuche sur mes cheveux et abaissa la dentelle soigneusement sur mon visage.

Avec tous les vêtements révélateurs en dessous, la robe semblait être une parodie. Mais c'était probablement ce qui excitait le roi Edkhar. Il semblait avoir un faible pour ces stupides robes.

Avec Mère marchant devant, les gardes de chaque côté de moi, et Iolena derrière moi, il n'y avait aucun moyen de fuir alors que j'étais escortée vers l'un des étages supérieurs du château où je n'avais jamais été auparavant. Au moins une douzaine de gardes dans les uniformes rouge et or du roi se tenaient de chaque côté des doubles portes de ce qui devait être l'entrée des appartements du roi.

Je m'arrêtai, refusant de bouger d'un muscle. Je ne voulais pas franchir ces portes. Mais que pouvais-je faire d'autre ? M'enfuir ? Cela ne changerait rien. Je le savais, mais je souhaitais quand même essayer.

— Pouvons-nous avoir un moment, s'il vous plaît ? Mère m'entraîna à l'écart, hors de portée d'oreille de tous ceux présents. Amber, je sais que tu me détestes en ce moment.

Je grimaçai. Est-ce que je la détestais ?

Je la détestais certainement beaucoup en ce moment. Je méprisais sa docilité, sa servilité face au pouvoir, et sa soumission à l'injustice.

Mais je la *comprenais*. Je comprenais ses raisons de faire ce qu'elle avait fait. La plupart de sa vie, elle avait été en équilibre sur une lame fine, s'assurant que ses *Salamandras* soient nourries et en vie. Elle n'était pas entièrement sans cœur, mais elle était souvent impuissante.

Cela ne rendait pas sa trahison plus facile à supporter. Je ne pensais pas pouvoir jamais lui pardonner.

— Tôt ou tard, continua-t-elle, tu pourras apprendre à voir les choses comme je les vois.

— J'espère que non, répondis-je sèchement.

— Un roi est un bien meilleur protecteur qu'un seigneur quelconque, crois-moi. Quelque chose de grand pourrait en ressortir pour toi. La voix de Mère s'éleva. Les enfants sont rares parmi les faes. Beaucoup d'entre nous traversent la vie sans jamais donner naissance. Mais j'ai entendu dire que les humains sont bien plus fertiles.

— Non, Mère. Je me crispai ouvertement, devinant où elle voulait en venir.

Elle saisit ma main, parlant d'un murmure fervent :

— Penses-y. Les enfants bâtards sont souvent acceptés par leurs parents et inclus dans la lignée de succession. Si tu donnes au roi Edkhar un enfant, tu seras la mère de l'Héritier de la Couronne.

L'idée même de cette possibilité fit sombrer mon cœur dans un puits de désespoir si sombre que je ne pensais pas pouvoir jamais en sortir.

Je la fixai d'un regard dur et serrai les dents :

— Je prie tes dieux et les miens que cela n'arrive jamais.

Quatorze

AMBER

Les gardes me poussèrent à travers les portes dans une pièce qui avait la forme de la Grande Salle et qui était presque aussi grande. L'opulence des meubles me laissa sans voix. J'observai tout, oubliant presque un instant la raison pour laquelle j'étais là.

La pièce se trouvait au sommet de l'une des principales tours du château. Elle était ronde avec un haut plafond en dôme. Tout comme dans la Grande Salle, des cristaux colorés pendaient de fines chaînes dorées suspendues sous le dôme.

Les murs étaient composés de hautes fenêtres entre d'épaisses colonnes de soutien. Chacune des fenêtres était fermée par des volets en bois massif.

La lumière provenait d'une cheminée gigantesque située en face d'un large perchoir de la taille d'une scène de théâtre. Il y avait suffisamment d'espace sur le lit pour qu'une armée entière de gargouilles puisse faire une orgie ou pour que le roi puisse avoir des relations sexuelles sous sa forme de dragon s'il le souhaitait. Le perchoir était si haut avec ses fourrures et ses coussins qu'il faudrait probablement une échelle pour y grimper.

Le monarque de Dakath se tenait près de la cheminée. Il portait un long caftan rouge feu et une paire de chaussures en tissu brodé, une tenue décontractée pour un roi. Bien que cela ne le rendît pas plus abordable et ne m'aidât en rien à me détendre.

Le dos droit et raide comme une barre de fer, je pressai mon dos contre les portes fermées, souhaitant pouvoir simplement les traverser comme un fantôme et sortir d'ici.

Le roi me jeta un coup d'œil par-dessus son épaule.

— Eh bien, viens ici, humaine.

Je restai où j'étais, sans bouger d'un pouce.

Il souffla.

— Dois-je faire entrer les gardes ? Pour faire bouger tes membres à ta place ?

Je savais qu'il le ferait. Il ferait venir ses hommes pour manœuvrer mon corps comme une marionnette au bout d'une ficelle, pour me forcer dans n'importe quelle position qui lui plairait.

Ne souhaitant pas que quiconque pose les mains sur moi, je décollai mon dos des portes. Prenant une profonde inspiration, je forçai mes pieds à se diriger vers lui. Je m'arrêtai à une distance raisonnable, mais il franchit les derniers pas vers moi, se rapprochant.

Soulevant la dentelle de ma capuche, il étudia mon visage. Je le fixai en retour.

Le roi était un bel homme. Si je n'avais pas su à quel point son âme était laide, je l'aurais qualifié de magnifique. Ses cheveux roux scintillaient d'or, se répandant en vagues sur ses larges épaules. Une couronne d'or ornée de rubis étincelants siégeait sur sa tête. Sa barbe descendait jusqu'à sa poitrine, avec deux fines tresses de chaque côté de sa bouche. Une douzaine d'attaches en or décoraient chaque tresse, miroitant à la lumière du feu. Le vert vif de ses yeux me rappelait des pierres précieuses, des émeraudes.

S'il ne s'agissait que d'apparence et dans d'autres circonstances, avoir des relations sexuelles avec le roi Edkhar n'aurait pas été une corvée. Ce qui me répugnait, c'était son cœur, ou plutôt son absence. En plus de sa cruauté, il manquait aussi de caractère.

Le roi Edkhar était vaniteux, peu sûr de lui et lâche, faisant la fête dans son château avec quelques hommes choisis pendant que le reste de son armée menait ses batailles à sa place. Pas des qualités que je pouvais admirer chez une personne.

Il n'y avait aucune chaleur dans ses yeux alors qu'il me fixait, juste une froide curiosité, comme s'il examinait un objet dans un musée.

Il caressa le côté de mon visage avec le dos de ses doigts, penchant la tête.

— Tellement ordinaire.

Je détournai le regard, résistant à l'envie de lever les yeux au ciel. Qualifier une femme d'ordinaire n'allait pas gagner son cœur. Mais après tout, ce n'était pas mon *cœur* que le roi recherchait.

Il retira lentement ma capuche, appréciant visiblement le processus de « déballer son cadeau ».

J'observai les filets de lumière filtrant entre les volets des fenêtres, espérant désespérément que le coucher du soleil l'arrêterait. Le ciel derrière les volets prenait une teinte sépia plus chaude avec le soleil plongeant vers l'horizon, mais il restait encore beaucoup de temps au roi pour faire de moi ce qu'il voulait.

Il le savait aussi et ne se pressait pas. Lentement, il dénoua les cordons de ma robe, puis la fit glisser de mes épaules.

Son expression s'échauffa à la vue de mes tétons à peine couverts par le tissu transparent de ma chemise dans le décolleté profond de ma robe. J'avalai difficilement, ne ressentant que de l'appréhension qui pesait lourdement sur ma poitrine.

Mais les sentiments n'étaient pas nécessaires pour aller jusqu'au bout. En fait, moins je ressentais, mieux c'était.

Pouvais-je me forcer à considérer cela comme une sorte de transaction commerciale ? Après tout, n'était-ce pas la seule interaction que j'avais juré d'avoir avec les hommes après Chris ? Une transaction directe qui n'impliquait pas mon cœur. Sauf que c'était avant de rencontrer Elex.

Mon cœur ne m'appartenait plus. Peu importe à quel point j'avais essayé de m'y accrocher, Elex l'avait pris. Ce que nous avions entre nous maintenant était si beau et nouveau, je détestais l'idée de l'abîmer de quelque façon que ce soit.

Je ne pouvais pas laisser le roi m'avoir, mais peut-être pouvais-je le tenir occupé avec autre chose pendant un moment ? Juste jusqu'au coucher du soleil.

J'avalai la bile qui remontait dans ma gorge et réussis à sourire, cherchant frénétiquement un sujet de conversation à aborder avec lui.

Mais de quoi pouvait-on parler avec le roi Edkhar ?

« Comment se passe la guerre ? »

« Que faites-vous pour vous divertir, à part vous goinfrer et brûler des femmes ? »

— Alors, dis-je en jetant un regard autour de la pièce. C'est ici que le puissant roi de Dakath passe ses nuits ?

— Mm, fredonna le roi, caressant mon sein gauche à travers ma chemise. Si tu parviens à me satisfaire, je te laisserai peut-être aussi prendre du plaisir.

— Tentant, dis-je sèchement, incapable de masquer le sarcasme dans ma voix.

Ses yeux lancèrent un avertissement, et je me mordis la langue, retenant les mots « mais je vais passer mon tour » de sortir de ma bouche. Ce serait trop proche d'un « non », le mot pour lequel il avait menacé de me couper la langue.

Il ouvrit la fermeture de ma robe.

— Sais-tu ce qu'on dit de votre espèce, humaine ?

Je ne dis rien, essayant de ne pas tressaillir tandis qu'il laissait ses mains parcourir tout mon corps.

Il n'avait pas besoin de réponse, de toute façon, car il continua.

— On dit que les humains peuvent se lier avec les faes, n'importe quelle sorte de fae. Sais-tu ce qu'est un lien fae ?

J'en avais entendu parler. Elex avait mentionné un lien aupara-vant. Mais le roi n'avait visiblement pas besoin de réponse à cette question non plus, ne me donnant pas la chance de répondre.

— Ça donne du pouvoir aux hommes, dit-il avec une lueur

d'avidité dans les yeux. Ça les rend plus forts. Mais le lien est rare, et il ne se produit pas entre les différentes sortes de faes. Une sirène ne peut pas se lier avec une gargouille. Un gorgonien ne pourra jamais former un lien avec un loup-garou. Mais les humains... Les humains sont une page blanche, prêts à se lier avec n'importe lequel d'entre nous.

Il traîna sa main sur mon buste, caressant mon sein au passage.

— Te rends-tu compte de ce que tu peux m'offrir, petite humaine ? murmura-t-il. Aucun des monarques actuels de Nerifir n'est lié. Pas un seul d'entre eux. Je pourrais être le seul. Tout ce que j'ai à faire, c'est te faire tomber amoureuse de moi.

— Quoi ? Je manquai de m'étouffer sur ce mot. Tout ce que j'avais essayé de réprimer en moi sortit avec lui, le sarcasme, le ressentiment, le choc face à son audace de croire que je pourrais jamais, jamais l'aimer.

Il saisit ma gorge, pas trop fort pour me blesser mais assez fermement pour faire comprendre qui était aux commandes ici.

— Apparemment, l'amour humain transcende la magie. C'est la seule qualité valable que vous possédez. Alors, rends-toi utile. Aime-moi. Rends-moi fort, et je m'assurerai que tu n'auras plus jamais faim.

Il offrait d'échanger de la nourriture contre de l'amour. Se rendait-il compte à quel point il était ridicule ? J'aurais ri à son visage si je n'avais pas été si terrifiée par cet homme et ce dont il était capable.

Incroyablement, il semblait absolument sérieux à propos de ce qu'il avait dit.

— Personne ne peut aimer sur commande, croassai-je contre sa main sur ma gorge.

— Je sais que les *sentiments* prennent du temps. Il grimaça au mot « sentiments » comme si c'était une mauvaise blague. Mais je te donnerai tout le temps dont tu as besoin. À partir de maintenant, tu resteras dans ma chambre, jour et nuit.

Le roi me lâcha et se dirigea vers l'un des piliers du mur avec un énorme anneau métallique fixé dessus. Ses mains enfin loin de mon corps, je pus finalement prendre une profonde inspiration, croisant les bras sur ma poitrine.

Il souleva une épaisse chaîne attachée à l'anneau.

— Vois-tu ceci, mon animal ? C'est pour toi. Sa voix était emplie de fierté, comme s'il me présentait un cadeau précieux. N'est-ce pas joli ? Regarde. Il manipula ses mains jusqu'au bout de la chaîne où pendait un collier doré, serti de joyaux. C'est la copie exacte de ma couronne. Tu vois ?

Il leva le collier plus haut pour que je puisse voir les rubis et les pics acérés qui étaient exactement comme ceux du bord supérieur de sa couronne. Sur le collier, les pics entailleraient le menton de la personne qui le portait.

Selon le roi, cette personne serait moi.

Je bougeai ma gorge pour essayer d'avaler, mais l'intérieur de ma bouche était si sec que cela ne fonctionna pas. Je me raidis comme un animal sauvage sur le point d'être enchaîné.

— Vous n'allez pas me mettre en laisse.

— Mais bien sûr que si. Tu ne penses pas que je vais te laisser te promener librement ici pendant que je suis sous ma forme de pierre la nuit, n'est-ce pas ? Le roi jeta un coup d'œil par-dessus son épaule vers la fenêtre aux volets fermés. Le coucher du soleil est assez proche. Autant te mettre ça maintenant.

Il s'avança vers moi avec le collier à la main.

Je reculai alors qu'il approchait. S'il me mettait le collier, le coucher du soleil n'aurait plus d'importance. Il terminerait le matin ce que je pourrais avoir réussi à l'empêcher de faire ce soir.

— N-n... Le mot « non » resta coincé dans ma gorge.

— Viens ici, mon animal, roucoula le roi. Et je ferai de toi la reine.

— La reine de quoi ?

Il rit si fort et si soudainement que je sursautai, surprise.

— Pas la vraie reine, bien sûr, réfléchit-il. Lady Amree aura bientôt ce titre. Il se frotta le menton, pensif. Je devrai m'assurer de te mettre ailleurs une fois qu'elle arrivera. Tu ne peux pas rester dans mes appartements en présence de ma femme. La dame a un caractère bien trempé. Elle a mutilé pas mal de ses servantes dans sa colère.

Il rit à nouveau comme s'il y avait quelque chose de drôle à ce que sa future épouse blesse ses servantes. Tant pis pour mes espoirs que sa future femme puisse l'inspirer à changer pour le mieux. Ces deux-là semblaient se ressembler beaucoup.

Je continuai à m'éloigner de lui, à reculons, et il me traquait, tenant le collier, comme un chasseur avec un collet entre les mains.

— Elle me donnera un fils, se vanta-t-il. Je devrai donc la supporter, au moins pour le moment. Mais jusqu'à l'arrivée de Lady Amree, tu seras la reine de ma chambre, ma rare trouvaille. Tu seras la seule autorisée à me donner du plaisir. Viens maintenant, sois un gentil petit animal, et je ne te punirai pas.

Je bondis vers les portes. Il se déplaça après moi. La chaîne claqua, étirée à la limite. Elle arracha le collier de ses mains. L'un des pics acérés entailla son doigt. Le roi grogna de douleur, secouant sa main.

— Viens ici. Maintenant ! rugit-il, se lançant à ma poursuite.

Je plaquai mon dos contre les portes verrouillées. Il n'y avait nulle part où courir. Me tordant pour éviter ses mains qui cherchaient à m'attraper, je sprintai à travers la pièce.

Mon orteil heurta la plateforme avec le perchoir, me faisant trébucher. Le roi m'attrapa par ma chemise. Le tissu fragile se déchira sous ses doigts comme du papier, ne me laissant que dans mes sous-vêtements transparents bordés de dentelle.

Avec une poussée dans mon dos, le roi me jeta sur le perchoir. Je m'enfonçai dans la montagne de fourrures et de literie en soie. Frénétique pour m'en libérer, j'agitai mes bras et donnai des coups de pied.

Le poids lourd du corps du roi s'écrasa sur moi, me repoussant dans le tas suffocant de literie.

— Tu veux te battre contre moi ? Espèce de gamine humaine ! grogna le roi, me tripotant à travers la soie des draps. Tu oses me défier ? Tu sais ce qui arrive à ceux qui le font ? Bats-toi, et tu finiras morte. Contrairement aux venimeux, tu ne vaux même pas la peine d'être gardée au cachot.

Il saisit mes cheveux, pressant mon visage contre un oreiller. Je réussis à tourner la tête juste assez pour aspirer une bouffée d'air.

Il remonta son long caftan, fouillant à travers ses plis pour la fermeture de son pantalon.

— Je vais te baiser jusqu'au coucher du soleil. Les mots sortaient de sa bouche avec des respirations rauques, étranglés par la colère. Et quand il se couchera, je laisserai ma queue en toi. Tu passeras la nuit épinglée avec ma queue dure comme de la pierre sur ce perchoir. Pour que je puisse te baiser à nouveau dès le matin.

Je luttai contre ses mains qui forçaient l'ouverture de mes jambes. Mais il était tellement plus fort que moi. Il écarta mes mains comme des mouches ennuyeuses.

— Bats-toi, misérable humaine, dit-il entre ses dents. Vois combien de temps je te laisserai vivre si tu venais à me porter un seul coup.

Le désespoir m'étouffait plus efficacement que les coussins de soie. Des larmes coulaient sur mon visage, mouillant la literie sous moi.

Je fermai les yeux, envoyant mes pensées à mon seul et unique refuge heureux, Elex. J'essayais d'imaginer être avec lui, cachée des cruautés du monde dans la sécurité de ses bras et de ses ailes.

Si je fermais mon esprit à ce que mon corps était sur le point de subir, peut-être pourrais-je survivre ?

Un fracas retentissant secoua la pièce. Des morceaux de bois, grands et petits, volèrent partout. Certains montèrent jusqu'au plafond et provoquèrent une pluie de cristaux.

Le roi bondit loin de moi.

Les cristaux continuaient à pleuvoir du plafond tandis que je roulais hors du lit, du côté opposé à celui où se trouvait le roi.

Il grandit en taille. Ses vêtements se déchirèrent en morceaux, remplacés par des écailles dorées-rouges. Sa couronne se transforma en cornes. Les bagues sur ses doigts fusionnèrent avec ses griffes tandis que le roi se transformait en dragon.

Un autre dragon avait surgi à travers la fenêtre. Il agrippait le rebord de la fenêtre avec ses griffes noires et recourbées. L'éclat cramoisi du coucher du soleil scintillait sur ses écailles noires et brillantes. Une rage écarlate brûlait dans ses yeux comme des flammes de feu.

— Elex !

Je ne l'avais vu qu'une seule fois sous cette forme auparavant. À ce moment-là, cela m'avait terrifiée. Maintenant, une vague de tendresse m'envahit.

Une explosion de feu surgit derrière moi. Le dragon-roi tendit son cou, envoyant une explosion enflammée vers Elex. Aussitôt, l'air de la pièce se réchauffa. Le sol de pierre brûlait. Je me recroquevillai derrière le perchoir du roi.

Le dragon noir baissa la tête et ouvrit sa gueule. Des flammes tourbillonnaient dans sa gorge, prêtes à exploser.

— Elex, non ! criai-je, tremblant de terreur.

Il ne pouvait pas blesser le roi. S'il le tuait, il mettrait fin à sa propre lignée et cesserait d'exister. Mais le dragon d'obsidienne semblait assez furieux pour tout risquer - son royaume, sa famille et sa propre vie - pour anéantir l'homme qui m'avait fait du mal.

Le roi sauta derrière moi. Le mouvement de son corps massif fit trembler la pièce de pierre. Il me regarda avec un sourire narquois. Le puissant et imposant dragon-roi se cachait derrière moi. Il m'utilisait comme bouclier contre le feu d'Elex.

Le dragon noir s'arrêta. J'étais sur le chemin. S'il visait le roi, il me brûlerait.

— Gardes ! rugit le dragon-roi.

— Lâche, marmonnai-je entre mes dents.

Les portes s'ouvrirent brutalement, et les gardes firent irruption. Chacun d'entre eux était armé. Certains portaient des épées, d'autres avaient des arcs et des flèches. Toutes les armes scintillaient du rouge du fer de Nerifir, visant à tuer.

À leur vue, mon cœur s'effondra de désespoir. Nous n'avions aucune chance contre tant de gargouilles.

Elex abaissa à nouveau sa tête vers le sol, visant cette fois les gardes. Je rentrai ma tête dans mes épaules, me préparant à une autre explosion de chaleur insupportable.

Mais rien ne vint.

Les cris s'arrêtèrent soudainement. Tout comme le cliquetis des armes et le martèlement des pieds.

Le soleil s'était couché.

AMBER

Je me figeai en position accroupie, les épaules remontées jusqu'aux oreilles, le visage caché derrière mes bras. Le silence soudain semblait plus assourdissant que tout le vacarme précédent. Je tremblais si fort que mes jambes cédèrent et je me retrouvai assise par terre.

La sensation de la pierre froide sous mes fesses à peine couvertes me sortit de mon état de choc. Je me relevai précipitamment.

Cours !

C'était mon premier instinct. Fuir cette pièce et m'éloigner le plus possible de ce château.

Mais avant même de faire un pas, je me tournai vers Elex.

Il était magnifique sous sa forme de dragon. Un chef-d'œuvre d'obsidienne, avec une subtile lueur rouge à l'intérieur de sa pierre, comme si la vie pulsait en lui tel un feu, tel l'amour luimême.

Je marchai vers lui sur mes jambes tremblantes et tombai à genoux. Avec sa tête près du sol, elle arrivait au niveau de ma poitrine dans cette position. Sa gueule était ouverte, prête à libérer un souffle de feu mortel lorsque le coucher du soleil avait transformé mon dragon en pierre.

Ses arcades sourcilières proéminentes étaient froncées de rage. Ses dents acérées étaient découvertes en signe d'avertissement. Mais quand je touchai son visage, je sus qu'il était plus inquiet qu'en colère. Il était terrifié pour moi.

J'enlaçai sa grosse tête.

— Je vais bien, Elex, murmurai-je, sachant qu'il pouvait m'entendre. Il ne s'endormirait pas si vite, pas après tout ce qui venait de se passer. Tu es arrivé juste à temps. J'exhalai un souffle tremblant. Merci... Merci d'être venu pour moi.

Des rafales de vent soufflaient par la fenêtre brisée. J'étais pratiquement nue, mais avec lui, je me sentais au chaud. J'aurai pu rester assise comme ça toute la nuit, simplement à l'enlacer, réchauffée par sa pierre. Mais plus je restais assise, plus je me calmais. Et avec le calme venait la clarté de pensée. Je pouvais réfléchir au-delà de ce moment et des murs du château.

Je ne pouvais pas rester ici. C'était maintenant ma chance de fuir le château, comme j'avais essayé de le faire auparavant. J'avais un seul avantage sur les gargouilles magiques bien plus fortes, contrairement à elles, je pouvais me déplacer la nuit. Je devais exploiter cet avantage au maximum.

— Je dois partir. Je fis un baiser sur la joue d'Elex, juste au-dessus de la rangée de petites cornes qui décoraient sa mâchoire sous cette forme.

Je retrouvai ma robe. De tous les vêtements que je portais quand j'étais entrée dans cette chambre plus tôt, c'était le plus pratique. Je l'enfilai et nouai les lacets à mon cou.

Dans cette pièce remplie de statues, je sentais leurs yeux immobiles suivre chacun de mes pas. C'était troublant. La conscience de leurs regards me picotait désagréablement le long de la colonne vertébrale.

J'arrachai un drap du perchoir du roi, puis m'approchai du dragon rouge.

— Tu en as assez vu. Je jetai le drap sur sa tête, puis le fixai autour de ses yeux.

Je réalisai enfin pleinement ce que signifiait être la seule capable de bouger en ce moment. La seule dans tout le Pic de Bozyr. Dans tout Dakath. Et j'avais du temps, pas assez pour le gaspiller, mais suffisamment pour l'utiliser à mon plein avantage.

En regardant autour de moi, j'observai la scène dans la pièce. Aussi grande qu'elle soit, les deux dragons occupaient la majeure partie de l'espace. Les gardes qui se déversaient par les portes ouvertes étaient encore des hommes, pas des dragons. Mais ils étaient nombreux. Et ils étaient armés. À l'aube, tous attaqueraient Elex. Je devais faire pencher la balance en sa faveur autant que possible.

Malheureusement, les armes des gardes s'étaient transformées en pierre avec eux. Je ne pouvais pas les enlever ni les casser. J'aurais aimé pouvoir jeter toutes les statues par la fenêtre. Mais elles étaient trop lourdes pour que je puisse même les déplacer, sans parler de les soulever.

Le coucher du soleil les avait cependant surpris en plein mouvement, alors qu'ils s'étaient précipités pour aider leur roi. Le premier garde avait son pied droit en l'air, comme s'il courait. Sa statue ne tenait maintenant que sur le gauche. Appuyant une épaule sous ses côtes, je lui donnai une forte poussée. Il bascula, puis s'écrasa au sol avec un bruit sourd.

Malheureusement, rien ne se brisa. Même l'épée dans sa main resta intacte. Il fallait probablement un impact bien plus fort pour endommager une gargouille. Mais il était maintenant allongé sur le sol. Il lui faudrait une seconde ou deux pour se relever au matin. Une seconde ou deux avant qu'il ne reprenne ses esprits pour attaquer Elex. Une seconde ou deux pour qu'Elex agisse en premier.

Ensuite, je poussai tous les gardes que je pus par-dessus le premier. Cela créerait un tas de corps et d'armes au matin qui prendrait du temps à démêler.

Je ne m'arrêtai pas là. Arrachant quelques fourrures et couvertures du lit du roi, je les étalai sur tout le tas, attachant les coins autour des yeux des gardes, à leurs épées ou à leurs chevilles. Je saisis autant de coussins que possible et les fourrai partout dans le tas, tout ce qui pouvait ajouter à la confusion future.

— Ce sera un joli nœud de gargouilles à démêler au lever du soleil, connards, marmonnai-je, reculant pour admirer mon œuvre.

Satisfaite de l'engin que j'avais créé avec les gardes et la literie, je passai au roi.

Il avait l'air si ridicule avec le drap enroulé autour de sa tête que je laissai échapper un rire, ramassant la chaîne avec le collier qu'il avait essayé de me mettre de force.

— Voici la seule couronne qui convient au type de roi que tu es, dis-je, en enroulant la chaîne autour du cou du dragon rouge.

La chaîne semblait assez épaisse pour retenir une gargouille. Peut-être ne retiendrait-elle pas un dragon longtemps. Mais quand il reviendrait à la vie, le roi devrait d'abord s'en occuper avant de pouvoir s'occuper d'Elex. Chaque seconde que je pouvais donner à Elex pourrait lui être précieuse au lever du soleil.

— Et voilà. Je passai la chaîne à travers le collier, puis le fermai d'un coup sec. Un roi. En laisse.

Je ne pensais pas qu'il dormait déjà non plus. Il devait être furieux contre son favori qui avait osé s'opposer à lui. Et maintenant son « petit animal de compagnie humain » l'humiliait.

Je souhaitais le rendre encore plus furieux. Pour que la rage le consume, le gardant éveillé toute la nuit. Je voulais qu'il n'ait pas un moment de repos jusqu'au matin, que la rage et la fureur consument toute son énergie, afin qu'il en ait peu à dépenser quand il s'agirait de combattre Elex à nouveau.

M'approchant davantage, je croisai les bras sur ma poitrine.

— Regarde-toi, le puissant Roi de Dakath, me moquai-je. Tu es à ma merci maintenant. Comment ça fait d'être plus faible qu'une misérable et insignifiante humaine ? Tu sais que je peux te faire tout ce que je veux en ce moment. Je pourrais utiliser un couteau pour détacher une de tes écailles et la garder comme souvenir. Je pourrais trouver de la peinture et te colorer en rose, de la tête aux pieds. Ou je pourrais mettre ma culotte sur ta stupide tête pour que tu la portes comme une couronne toute la nuit. Je me penchai plus près. Devine quoi, je ne vais rien faire de tout ça. Mon temps sera mieux utilisé ailleurs. Mais tu *sais* que je pourrais. Moi, une humaine et une femme, j'ai le pouvoir de faire tout ce que je souhaite au Roi des Montagnes de Dakath en ce moment. Tu es ma chienne, mon pote.

Je giflai sa joue de ma main. Pas fort. Je savais que je ne pouvais pas le blesser physiquement même si j'essayais. Mais j'espérais que l'indignité de la gifle et l'humiliation de mes paroles brûleraient assez intensément pour durer jusqu'au matin.

Cette nuit, je m'étais fait un puissant ennemi en la personne du Roi de Dakath. Mais après ce qu'il m'avait fait, à moi et aux autres, les choses ne pouvaient pas être autrement.

Je retournai vers Elex une dernière fois. Ses yeux noirs restaient immobiles, mais je sentais son inquiétude constante pour moi s'approfondir.

Les courbes élégantes de ses arcades sourcilières se terminaient par une paire de petites cornes de chaque côté de sa tête. Une deuxième paire, plus épaisse et beaucoup plus longue que la première, poussait sur le dessus de sa tête. En dessous se trouvait la fente de son oreille. Je m'y penchai, serrant sa tête étroitement.

— Ne les combats pas, chuchotai-je, espérant que lui seul m'entendrait. Il y a plus de gardes dans le couloir à l'extérieur de cette chambre. Trop nombreux pour que tu gagnes ce combat. Envole-toi. Quitte le château. Je ne serai pas ici non plus. Je pars maintenant pour la vallée. Trouve-moi. Je sais que tu peux le faire parce que tu m'as trouvée ici ce soir d'une façon ou d'une autre.

Je fermai les yeux un instant, effrayée de penser à ce qui serait arrivé s'il n'était pas venu à mon secours juste à temps.

— Mon Dieu, je suis si heureuse que tu m'aies trouvée, Elex. S'il te plaît, retrouve-moi encore.

Je caressai les écailles lisses sur le côté de son visage, puis passai mes doigts le long de sa mâchoire, traçant la base des petites cornes qui s'y trouvaient. Je l'embrassai au coin de sa bouche renfrognée.

— Je t'aime. Je sais que j'aurais dû le dire plus tôt, quand tu m'as dit que tu m'aimais. Mais ces trois petits mots m'ont attiré des ennuis par le passé. C'est si difficile pour moi de les dire à nouveau. Mais c'est exactement ce que je ressens pour toi, Elex. Je t'aime.

AMBER

Après un bref arrêt dans la chambre d'Elex pour prendre quelques vêtements à porter sous ma robe, je me précipitai à l'étage où se trouvait la cuisine.

J'entrai dans la chambre des *Salamandras* pour récupérer mon arc et mon carquois. Je n'avais que six flèches, mais elles étaient faites de fer, capables de tuer un fae.

Les *Salamandras* étaient assises sur leurs perchoirs, la tête baissée, les mains sagement pliées sur leurs genoux. Je ressentis un pincement de regret à l'idée de les abandonner. La plupart d'entre elles étaient victimes de leurs circonstances, et j'aurais adoré les emmener avec moi, les libérer toutes d'une manière ou d'une autre.

— Un jour, peut-être, murmurai-je en passant devant Zenada.

Ses yeux étaient fermés, ses traits impassibles. J'avais envie de l'étreindre pour lui dire adieu, mais je craignais que mes câlins ne soient plus les bienvenus.

La dernière fois que j'avais vu Zenada, c'était quand le roi m'avait choisie plutôt qu'elle. Nous n'avions pas eu l'occasion de nous parler depuis. J'espérais simplement qu'elle savait que ce qui s'était passé n'était pas mon choix. Je ne voulais du roi d'aucune façon ni à aucun titre, et je n'avais jamais eu l'intention de lui causer de la peine.

— Je suis désolée, dis-je, sans savoir si elle pouvait m'entendre. J'espère qu'on se reverra.

Et j'espérais, pour nous deux, que ce serait dans de bien meilleures circonstances.

Je sortis à pas feutrés de la chambre des femmes et me rendis à la cuisine pour trouver de la nourriture pour la route. Après avoir fouillé dans les placards, les caisses et les paniers, je mis du pain, des fruits et du fromage dans ma sacoche, remplis une gourde métallique d'eau, puis me précipitai vers la porte latérale pour la deuxième fois de la journée.

Je ne cessais de regarder par-dessus mon épaule, m'attendant à moitié à ce que quelqu'un me saute dessus par derrière, mais personne ne me poursuivait cette fois. Il n'y avait aucun risque que quelqu'un m'arrête. J'étais vraiment la seule personne non pétrifiée dans tout le château en ce moment.

C'était difficile à croire, mais il n'y avait aucune raison de me précipiter ou de me cacher.

Je m'arrêtai en chemin vers la porte et jetai un coup d'œil dans le corridor qui menait aux escaliers de la tour.

Quelque chose que le roi avait dit plus tôt en m'agressant me revint à l'esprit.

— *Contrairement aux venimeuses, tu ne vaux même pas la peine d'être gardée au cachot.*

S'il y avait quelque chose encore plus bas que la cuisine et les quartiers des femmes dans cet endroit, ce devait être le cachot. Et il n'y avait personne pour m'empêcher de le trouver.

Abandonnant le corridor avec la porte menant à ma liberté, je descendis les escaliers de la tour. Cela prit plus longtemps que je ne l'aurais cru. Les escaliers semblaient s'enfoncer en spirale de plus en plus loin dans la montagne jusqu'à ce qu'ils me conduisent enfin à une porte en bois voûtée dans un cadre solide en fer forgé. Ça devait être l'étage le plus bas puisque les escaliers s'arrêtaient ici.

J'examinai la porte, cherchant une serrure à crocheter. Mais quand je la poussai, la porte bougea, s'ouvrant avec le léger bruit de gonds bien huilés. J'entrai dans le large corridor au plafond bas.

Des torches illuminaient les murs et le sol grossièrement taillés. Leurs flammes vacillaient. Il semblait qu'elles étaient censées s'éteindre un certain temps après le coucher du soleil, ce qui était logique. Pourquoi éclairer un endroit où personne ne se promène la nuit ?

Craignant qu'elles ne s'éteignent trop vite, j'en retirai une à la flamme particulièrement vive de son support mural. La tenant devant moi, j'avançai dans le corridor.

Des ouvertures en arche des deux côtés du corridor menaient à ce que je supposais être les cellules de détention du roi. Elles n'avaient ni barreaux ni même de portes. Mais les murs en face de l'entrée comportaient toutes sortes de moyens de contention possibles. D'épaisses chaînes, des ceintures de cuir, des colliers et des menottes de toutes tailles pendaient des anneaux fixés à la roche.

Les deux premières cellules du cachot étaient vides. Les chaînes pendaient inutilement. Les clés étaient accrochées aux crochets près des entrées. Je compris que les cellules n'étaient pas inoccupées par bienveillance du roi, mais comme il l'avait lui-même dit, il fallait être « digne » d'être emprisonné plutôt que d'être tué sur-le-champ. Le roi ne garderait personne en vie aux frais de la couronne, sauf si cela avait un objectif pour lui.

Je trébuchai en arrivant à la première cellule occupée. Un homme était assis contre le mur. Sa tête pendait sur une épaule. Il devait être endormi quand le coucher de soleil l'avait surpris. S'il était mort, il ne se serait pas transformé en pierre ; il aurait brûlé et serait devenu cendre comme Weyx.

Dans la cellule suivante, un lézard géant était attaché par un collier, une chaîne reliant ce collier à un épais anneau sur le mur. La chaîne était tendue par deux gardes royaux, relevant la tête du lézard et faisant se plier son cou de façon peu naturelle. Les quatre pattes du lézard étaient également entravées et enchaînées aux anneaux métalliques du sol.

Le troisième garde portait un long tablier en cotte de mailles et tenait un couteau dans sa main gantée. Il se tenait juste devant le lézard, avec un seau de liquide clair et scintillant posé à ses pieds.

Il ne me fallut qu'un instant pour reconnaître la crête dorée qui courait le long du dos du lézard.

Isar !

Mon cœur bondit de joie. Elle était vivante.

Le roi despote ne se débarrasserait pas de quelqu'un d'aussi létal qu'Isar, surtout pas pendant la guerre qu'il était si impatient de gagner.

Je mis une minute à comprendre ce qui se passait dans cette pièce avant que le coucher du soleil ne fige la scène pour que je puisse la déchiffrer.

Clairement, le roi Edkhar gardait Isar en vie. Le liquide luisant dans le seau était son venin. Les coupures autour de sa bouche avaient dû être faites par le couteau dans la main de son geôlier. Il l'avait utilisé pour forcer sa gueule à s'ouvrir et drainer le venin de ses dents tandis qu'elle le mordait. L'épais gant métallique sur sa main et le tablier en cotte de mailles étaient ses protections contre ses dents et son poison.

— Oh, Isar... dis-je en m'approchant d'elle tandis que mon esprit cherchait frénétiquement un moyen de l'aider.

Les clés de ses entraves étaient sur les crochets près de la porte, mais les serrures de ses chaînes s'étaient solidifiées en pierre, tout comme les vêtements et les armes des gardes. Je donnai un coup de pied dans une chaîne de toutes mes forces, mais elle ne se brisa pas. La pierre, la nuit, n'était apparemment pas plus faible que le métal pendant la journée.

Je fixai le seau, à moitié rempli de poison. J'avais vu le venin d'Isar corroder les rochers dans la cour du Sanctuaire lors de son arrestation.

Sans gants de protection, je m'accroupis près du seau et l'examinai pour voir s'il y avait des gouttes autour de la poignée. N'en trouvant pas, je calai ma torche dans le creux du coude d'un des gardes.

—Tu peux me tenir ça ?

Je pris le seau et versai un peu du liquide visqueux et toxique sur chaque anneau métallique au sol. Même si cela ne faisait rien au métal de l'anneau, j'espérais que le venin affaiblirait la roche dans laquelle les anneaux étaient fixés. Je fis également couler un peu de venin sur le mur rocheux avec l'anneau qui tenait la chaîne du collier d'Isar.

— Isar, dis-je en touchant sa joue, priant pour qu'elle puisse m'entendre. Je suis désolée, je ne peux pas faire grand-chose pour toi. Désolée si ça ne marche pas. Mais si ça marche, si tu te libères, enfuis-toi. Quitte le Pic Bozyr. La porte du cachot est déver-rouillée. Monte les escaliers de la tour jusqu'à l'étage suivant, puis utilise la porte latérale après la cuisine pour sortir. Et ne va pas au Sanctuaire non plus...

Je me mordis la lèvre, anxieuse de trouver la meilleure façon de lui parler d'Ertee. Y avait-il une bonne façon d'annoncer ce genre de nouvelles ?

— Il ne reste plus personne au Sanctuaire des *Salamandras*. Ertee...

Je pressai mon front contre le côté du visage d'Isar, incapable de regarder dans ses yeux, même s'ils n'étaient que de la pierre en ce moment. Ertee n'est pas là-bas, Isar. Ertee n'est plus... Elle est morte.

Je caressai le côté de son cou, espérant qu'elle sentirait mon cœur souffrir pour sa perte, souhaitant que cela puisse apaiser sa douleur d'une manière ou d'une autre.

— La bataille finale de la guerre est demain, murmurai-je. Profite de ce temps pour t'éloigner d'ici autant que possible.

Il restait encore un peu de poison dans le seau. Le soulevant à nouveau, je me dirigeai vers le premier garde. La jubilation sur son visage tandis qu'il tirait sur la chaîne attachée au collier de la *Sala-mandra* me dit qu'il n'était pas juste un homme faisant son travail. Ce connard prenait vraiment plaisir à la souffrance d'un autre être.

— Hé, tu veux goûter à ça ? dis-je en jetant le venin du seau sur son visage.

Je ne savais pas si j'aurais pu faire ça s'il avait été une personne vivante de chair et de sang, hurlant de douleur. J'étais contente qu'il soit actuellement en pierre. Ainsi, aucun cri n'en sortait. Son expression joviale ne changeait pas, même si le poison sifflait, corrodant lentement la surface et libérant de fins filaments de fumée blanche.

— Regardez-vous, dis-je en me tournant vers les deux gardes restants, tous deux semblant aussi satisfaits d'eux-mêmes que le premier. Trois hommes contre une femme enchaînée. Quelle misère.

Je remuai le seau dans mes mains, faisant tournoyer le reste du poison.

— C'est ça que vous voulez d'elle ? Son venin ? Eh bien, prenez-le donc.

J'éclaboussai le liquide scintillant sur le visage de chaque garde. Il bouillonnait et sifflait, dégoulinant sur leurs nez, leurs joues et leurs mentons.

Je les regardai un moment, observant la surface lisse de la pierre devenir poreuse à mesure que le poison la rongeait. Est-ce que ça les tuerait ? J'avais le sentiment que oui. Sinon, je ne doutais pas qu'Isar les achèverait dès qu'elle se libérerait.

Je n'éprouvais aucune pitié pour eux.

J'étais en colère.

— Je suis une voleuse, dis-je solennellement. J'ai volé, falsifié des documents et menti. Mais je n'ai jamais tué avant.

Je retournai le seau vide et le glissai sur la tête de l'un des gardes, le laissant là.

— Maintenant, vous avez fait de moi une meurtrière.

Dix-Sept

AMBER

Désireuse de m'éloigner autant que possible du Pic Bozyr, je marchai rapidement, sans m'arrêter pour me reposer. Au lever du soleil, j'avais parcouru environ un quart du chemin en descendant la montagne.

Au début, j'avais suivi le sentier que les *Salamandras* et moi avions emprunté pour atteindre le château lors de notre arrivée. Une fois arrivée au point le plus bas de la crête, je quittai le sentier et me dirigeai vers la vallée.

Les gargouilles n'utilisaient pas souvent les sentiers pédestres. Des rochers, grands et petits, jonchaient mon chemin. Le sentier disparaissait fréquemment, absorbé par la montagne, pour ne réapparaître que quelques pas plus loin. La nuit ne facilitait pas ma recherche de chemin dans l'obscurité. Je trébuchai, dérapai et chutai plus de fois que je ne voudrais l'admettre. Mais je ne m'étais pas arrêtée. Je devais couvrir autant de distance que possible avant que le lever du soleil ne ramène le royaume à la vie.

Je ne doutais pas que le roi se lancerait à ma recherche dès qu'il le pourrait. Il ne voudrait plus faire de moi sa maîtresse ou son animal de compagnie. J'avais brûlé ce pont en l'insultant. Mais un homme arrogant et mesquin comme le roi Edkhar voudrait certainement se venger de l'humiliation que je lui avais fait subir.

Avec la Bataille du Pic Bozyr qui devait avoir lieu aujourd'hui, j'espérais seulement que le roi aurait d'autres préoccupations pendant un certain temps.

Consciente de la bataille imminente, je pris la direction du Pic Désolé pendant un moment, contournant le lieu du champ de bataille. Le Pic Désolé était facile à repérer, même dans l'obscurité. Son unique aiguille s'élançait brusquement dans la nuit étoilée comme si elle avait été peinte à l'encre noire contre le ciel indigo.

Alors que l'obscurité s'amenuisait et que le ciel s'éclaircissait avec le nouveau lever de soleil, je cherchai un endroit où me cacher. La journée avait été intense et la nuit de marche épuisante. J'étais exténuée. La journée à venir pourrait être encore plus difficile, et j'avais besoin de repos avant de l'affronter. La prudence me dictait également de rester hors de vue pendant que les gargouilles étaient éveillées.

La pente de la montagne s'était aplatie. Le sentier serpentait autour de hauts rochers pointus qui s'élevaient droit dans les airs comme des piliers. La vallée était cachée derrière la prochaine large crête. Tout ce que je voyais autour de moi, c'étaient des rochers, de la terre et des touffes de coquelicots rouges en fleurs qui ressemblaient à des éclaboussures de sang entre les pierres.

Pour une fois, j'étais heureuse d'avoir ma robe. Elle était presque de la même couleur que les coquelicots, me permettant de me cacher parmi eux. En arrangeant ma robe autour de moi, je trouvai un endroit sec entre les rochers et m'y faufilai.

Le sol était frais. Mais j'étais trop fatiguée pour que le froid me tienne éveillée longtemps. Je calai mon arc et mon carquois de flèches derrière le rocher, glissai ma sacoche sous ma tête, et sombrai vite dans un sommeil agité.

Une éclaboussure chaude de soleil sur mon visage me réveilla. Je plissai les yeux vers le ciel, levant ma main pour me protéger. Le soleil perçait à travers les épais nuages gris, brillant juste au-dessus de moi.

Il devait être environ midi, bien trop tôt pour que je recommence à marcher. J'étais encore trop proche du château. Un dragon en vol pouvait me repérer. Mais j'avais faim et soif, et surtout, j'avais besoin d'uriner.

J'attrapai un peu de fromage et de pain de ma sacoche, ainsi que quelques prunes, puis mangeai rapidement tout en scrutant le ciel au-dessus de moi. Après avoir fait passer la nourriture avec l'eau que j'avais apportée, je m'aventurai à sortir de ma cachette.

Prenant mon arc et mes flèches par précaution, je laissai ma sacoche cachée à l'endroit où j'avais dormi. Trouver un « coin toilette » n'était pas difficile sur la montagne déserte. Une fois terminé, je réajustai mes vêtements et retournai à mon lieu de repos, mais sans y rentrer.

Un vol d'oiseaux surgit de l'horizon. Je protégeai mes yeux du soleil et... me figeai. Ce n'étaient pas des oiseaux. Mais des dragons. Des centaines... non, des milliers volaient depuis la vallée vers le Pic Bozyr.

Une masse encore plus importante se détachait du château du roi et des montagnes environnantes derrière moi. Leurs ailes massives obstruaient le soleil comme des nuages d'orage tandis qu'ils volaient pour charger l'ennemi.

La bataille finale au Pic Bozyr était sur le point de commencer. Et à en juger par la taille massive des deux armées, elle allait certainement déborder bien au-delà de la zone où je pensais qu'elle aurait lieu.

J'avais besoin d'un meilleur endroit pour me cœcher. Quelque part où le feu des dragons ne m'atteindrait pas.

Agrippant mon arc, j'arrachai ma sacoche d'entre les rochers et la balançai par-dessus mon épaule et en travers de ma poitrine, à côté de mon carquois de flèches. Sautant de rocher en rocher, je repérai une crevasse profonde juste à côté du sentier. Il y faisait sombre et probablement humide, mais j'y serais complètement hors de vue.

Un tonnerre de dragons vola au-dessus de moi. Le vent de leurs puissantes ailes déferla comme une avalanche le long de la montagne. Je m'accrochai à un rocher des deux bras, juste pour rester debout.

Les dragons du roi venant de la montagne entrèrent en collision avec la masse de l'armée approchant de la vallée dans un fracas tonnant et enflammé.

Le ciel devint rouge de feu. Une fumée noire obscurcit le ciel. Bientôt, la puanteur de chair brûlée dériva dans l'air avec de violentes rafales de vent.

— Que fais-tu ici ? tonna une voix au-dessus de moi. Une forme énorme plongea du ciel vers moi. Ne devrais-tu pas être avec les autres ?

Un dragon gris charbon m'attrapa avec ses griffes géantes et m'emporta dans les airs avec lui.

Là-haut, le monde avait encore moins de sens qu'en bas. Des nuages de fumée se mêlaient aux amas de vrais nuages. Des explosions de feu déchiraient les deux, réduisant fumée et brume en lambeaux, puis laissant plus de fumée dans leur sillage.

Un dragon rugit à notre droite. Sa gueule était grande ouverte, la chair à l'intérieur brûlante. Ce n'étaient pas *ses* flammes, mais le feu de quelqu'un d'autre, un autre dragon qui l'avait vaincu. Ses grandes ailes battaient l'air de façon erratique avant que ses yeux ne se vitrifient et qu'il ne s'écrase sur les rochers pointus en contrebas.

Les doigts glacés, je m'agrippai aux griffes du dragon qui me transportait à travers cet enfer dans le ciel.

— Là, grogna-t-il au-dessus de moi, secouant la tête vers un point au sol sous les nuages.

Alors que la fumée se dissipait, j'aperçus un groupe de *Salamandras* debout sur un petit terrain plat sur le flanc d'une montagne.

— Va. Le dragon relâcha ses griffes, me laissant tomber à côté d'elles alors qu'il passait. Et reste en place. Il n'y a pas de place pour les déserteurs dans mon armée.

Le dragon tourna brièvement la tête vers moi, me lançant un regard sévère de son œil gris argenté. L'autre œil n'était pas là. Seule une cicatrice déchiquetée marquait sa place.

Le Haut Général était parti avec Elex. Soit il n'avait pas entendu parler de ce qui s'était passé dans les appartements du roi en son absence, soit il ne m'avait pas reconnue, ce qui était tout à fait possible. Il voyait la robe avant la personne, tout comme le roi.

Lâchée par lui d'une certaine hauteur, je roulai sur le sol et sous les pieds des *Salamandras* et de leur Mère.

— Amber. La poitrine de la Mère se souleva avec une profonde respiration. Une amère déception résonnait dans sa voix. Depuis le sol, je ne pouvais pas voir son visage derrière la dentelle de sa capuche, mais je savais qu'il exprimait également la déception.

Ce n'était cependant pas le moment de discuter de nos différends ou de ma énième tentative d'évasion.

Je me relevai précipitamment, ajustant ma sacoche en travers de ma poitrine, ainsi que mon arc et mon carquois sur mon épaule. Malgré la course folle du Haut Général à travers la zone de guerre là-haut, j'avais réussi à garder mes affaires avec moi. Il avait été impossible de les perdre car elles étaient serrées dans les griffes du Haut Général avec moi.

— Que faites-vous toutes ici ? Je regardai les femmes avec confusion. Aucune d'entre elles n'avait d'armes. Avec leurs robes rouges élimées flottant au vent, elles semblaient plus vulnérables que jamais sur ce flanc de montagne désolé, avec la bataille de puissants dragons faisant rage juste au-dessus de nos têtes. Ce n'est pas sûr pour nous ici.

La Mère serra ses mains ensemble.

— C'est notre devoir d'aider le roi à gagner la guerre.

— Quoi ? Comment allez-vous l'aider à combattre une armée de dragons ? Je fis un geste vers le chaos enflammé qui tourbillonnait au-dessus. Croyez-moi, vous ne voulez pas être là-haut.

Un dragon plongea du ciel. Son corps massif heurta le sol à quelques mètres en contrebas de nous. Ses écailles brillantes, couleur chocolat, se fissurèrent. Le sang aspergea les rochers, brumisant les robes rouges des femmes les plus proches du bord de la plateforme où nous nous tenions toutes.

L'une d'elles sauta sur le côté avec un hoquet. C'était Iolena. Malgré la dentelle de sa capuche, je pouvais voir à quel point elle avait pâli.

— Vous voyez ? Même eux ne peuvent pas y survivre ! Je gesticulai frénétiquement vers le dragon mort, dont le corps commençait déjà à rétrécir, se transformant en homme. Votre présence ici est inutile. C'est un suicide, tout simplement.

La Mère inclina la tête, paraissant inhabituellement sereine.

— Ne sous-estime pas le pouvoir des femmes quand nous nous unissons, dit-elle doucement, puis elle ajouta, en se penchant plus près : Prie pour que nous gagnions. Et prie tous les dieux que tu connais, Amber, pour que le roi soit d'humeur bienveillante après sa victoire.

Elle tourna son visage vers le ciel où les nuages de fumée et de feu s'étaient quelque peu dissipés. Les dragons semblaient se regrouper. L'armée des Seigneurs Rebelles qui venait de la direction de la vallée s'était repliée. Les dragons du roi venant des montagnes tenaient leur ligne légèrement derrière nous.

— C'est notre tour, *Salamandras*. La voix de la Mère tremblait légèrement, mais elle l'avait stabilisée. Formez le croissant.

Je me retirai vers la montagne, leur donnant de l'espace sur la plateforme. Se tenant par la main, les femmes se déplacèrent pour former un demi-cercle, dos à la montagne, leurs visages tournés vers l'armée ennemie qui lançait une nouvelle attaque. Les dragons rebelles approchaient rapidement à nouveau. Mais cette fois, l'armée du roi se retenait.

— Notre Grande Mère *Salamandra...* commença la Mère. Sa voix avait complètement changé. Tout tremblement avait disparu. Ses mots coulaient facilement, remplis de force. Prends notre pouvoir de guérison. Combine notre force. Ensemble, nous sommes invincibles...

Les autres la rejoignirent dans le chant qui semblait être un étrange mélange de discours motivant et de prière, parsemé de mots qui semblaient si anciens que je n'en comprenais pas le sens.

Les femmes levèrent leurs mains à hauteur d'épaule. Paumes ouvertes, elles placèrent chaque main contre la main de la personne se tenant à côté d'elles, paume contre paume, formant une connexion ininterrompue d'une extrémité du demi-cercle à l'autre.

L'air scintilla autour de leurs mains interconnectées. La vue des montagnes autour d'elles se déforma alors que des vagues de chaleur émanaient du groupe. Elles se concentraient à l'intérieur du croissant. Les courants scintillants jaillissaient de leurs mains jointes, tourbillonnant en une tornade au milieu.

La tornade s'éleva à mesure que les dragons approchaient. La chaleur brûlait mon visage. Je pressai mon dos contre la montagne, essayant de m'éloigner des femmes et de ce qu'elles préparaient.

Le pouvoir des *Salamandras* n'était pas le feu mais la chaleur. La magie que Zenada avait si généreusement partagée avec moi était destinée à réconforter et à guérir, pas à tuer. Combinée, cependant, la chaleur s'était intensifiée, brûlant l'air au-dessus de la montagne.

La tornade d'énergie scintillante s'était épaissie au-dessus des têtes des femmes. Elle se transforma en sphère, plus grande que la plateforme sur laquelle elles se tenaient.

Avec un cri puissant, les femmes projetèrent leurs mains en avant, lançant l'orbe de chaleur tourbillonnante vers les dragons qui approchaient. Elle flotta dans l'air, presque invisible contre les nuages. Au moment où elle toucha le premier dragon, la boule d'énergie explosa.

Il n'y avait ni feu ni fumée. La sphère s'était simplement dilatée momentanément, étrangement silencieuse et mortellement dévastatrice. Les dragons furent dispersés dans tout le ciel.

Certains réussirent à rester en l'air, mais beaucoup furent projetés contre les rochers. Des centaines d'entre eux heurtèrent le sol, tant au-dessus qu'en dessous de nous.

Je regardai, bouche bée de choc et d'horreur, alors que l'air retentissait d'acclamations. L'armée du roi rugissait triomphalement. Maintenant, ils se précipitaient en avant, lançant l'attaque contre les rebelles encore dans les airs.

L'effort pour créer l'explosion de chaleur avait prélevé son tribut sur les femmes. Elles chancelaient et vacillaient sur leurs pieds. Certaines s'effondraient à genoux, appuyant leurs mains au sol pour se soutenir. Je me précipitai vers elles.

— Hé, les filles, vous allez bien ? J'attrapai Iolena par la taille, avant qu'elle ne s'effondre au sol. Vous devez vraiment sortir d'ici. Maintenant.

La bataille au-dessus de nous n'avait plus de ligne de front. Le combat était partout. Les dragons du roi pourchassaient les rebelles. Les rebelles ripostaient. Je n'avais aucune idée de comment ils pouvaient même savoir qui était qui.

Un combat s'était particulièrement rapproché de nous à mon goût.

— Allons-y. Vite. J'essayai d'aider Iolena à se déplacer.

Elle secoua la tête, s'affaissant au sol. S'il te plaît... J'ai juste besoin d'une minute.

Leur pouvoir était la chaleur, pas le feu. Il était destiné à nourrir, pas à tuer. Ce que les *Salamandras* avaient fait pour leur roi allait à l'encontre de leur nature. Et ça leur coûtait cher. Aucune d'entre elles ne pouvait marcher. La plupart pouvaient à peine bouger. La Mère se tenait sur un genou, la tête baissée, la respiration superficielle.

Je ne pouvais pas les laisser ici toutes seules. Affaiblies, leurs pouvoirs épuisés, les *Salamandras* étaient des cibles faciles, parfaites avec leurs robes rouges qui se détachaient contre les rochers noirs environnants.

Et il n'y avait pas un seul homme du roi dans les parages pour les protéger.

— Eh bien... Je scrutai frénétiquement le ciel. Le danger semblait venir de toutes les directions maintenant. Des explosions de feu brûlaient les rochers tout autour de nous. Les rebelles avaient clairement soif de représailles contre les femmes. J'arrachai mon arc de mon épaule. Remettez-vous vite, mesdames. Je ferai ce que je peux.

Je sortis une flèche de mon carquois et l'encochai.

Six flèches. Contre une armée de dragons.

Ça devrait suffire, car c'est tout ce que j'avais.

AMBER

Des dragons grouillaient dans le ciel à perte de vue. Ils étaient si nombreux que leurs ailes bloquaient le soleil, transformant le jour en nuit. L'air se réchauffait sous leurs flammes, changeant le printemps en été brûlant.

L'un d'eux cracha un jet de feu en passant. Les flammes frappèrent la montagne à une courte distance au-dessus des femmes en convalescence.

Un autre dragon vira dans notre direction. Le bordeaux de ses écailles s'éclaircissait en brun sablé sur son ventre. Ses yeux étaient également bordés de cette couleur plus claire, ce qui les rendait faciles à distinguer, même de loin.

— Allez, viens par là, mon grand, chuchotai-je en levant mon arc, une flèche encochée.

Visant ma cible, j'inspirai et expirai. Lentement, rythmiquement. J'attendis que le monde s'estompe avec toutes ses distractions. Le bruit de la bataille, les rugissements des dragons et les explosions de feu n'existaient plus. Il ne restait que la pointe en fer de ma flèche et l'œil doré-brun du dragon qui approchait.

Plus près... Encore un peu plus près.

Je suivis le vol du dragon d'un mouvement fluide de ma flèche. Sa tête était tournée, visant les *Salamandras*, ce qui me donnait un angle parfait alors qu'il passait.

Sa gueule s'ouvrit, une boule de feu s'enroulant sur sa langue. Il la cracha dans une explosion. J'attendis qu'il cligne des yeux. Puis je lâchai la flèche. Elle chanta dans l'air avant de se planter directement entre ses paupières.

— Putain...

L'avais-je vraiment fait ?

Je regardai, stupéfaite, le dragon rouler dans les airs, ses ailes battant frénétiquement. Le sang coulait de son œil. Mais c'était le sang qui restait dans son corps qui le tuait. Chaque battement de son cœur répandait le poison du fer de Nerifir à travers son organisme.

Il s'écrasa sur les rochers en contrebas, puis dévala la pente abrupte. Je détournai le regard au moment où le dragon mort commençait à se transformer en homme mort. Je n'avais aucune envie de voir cette transformation jusqu'au bout.

— On peut le faire, mesdames ! criai-je avec enthousiasme en me tournant vers la plateforme où se trouvaient les femmes.

Elle était engloutie par les flammes. Les *Salamandras* – chacune d'entre elles – avaient été réduites en cendres. Le vent soufflait la cendre grise de la plateforme. Les sinistres volutes rejoignaient la fumée au-dessus, remplissant l'air de l'odeur pestilentielle de chair brûlée.

— Non...

C'était arrivé si vite. Le dragon que je venais de tuer avait réussi à libérer une seule explosion de feu. Et cela avait suffi. Une seule explosion du feu du dragon à pleine puissance, et des dizaines de femmes vivantes et respirantes n'étaient plus que des cendres grises flottant dans le vent.

— Non. Je laissai tomber mon arc. Il s'était avéré inutile. Il ne les avait pas sauvées.

Je ne les avais pas sauvées.

D'autres dragons en vol pivotèrent dans ma direction. De

toute évidence, ils ne voulaient laisser personne quitter ce flanc de montagne vivant, moi y compris.

Frappée par le choc et alourdie par le chagrin, je ne bougeai pas. Mais lorsque leurs silhouettes grossirent à mesure qu'ils approchaient et que le battement de leurs ailes devint plus fort, l'instinct de conservation prit le dessus. Je grimpai frénétiquement la montagne, essayant de m'échapper.

L'ascension était abrupte. J'utilisais à la fois mes mains et mes pieds. Pourtant, c'était futile. Je ne pouvais pas me cacher. Ma robe rouge, bien visible contre les rochers noirs, me trahissait. La sacoche et le carquois pendaient à mon côté, me gênant. Malgré tous mes efforts, je ne pouvais pas m'échapper.

Je rentrai la tête dans mes épaules, attendant qu'une explosion de feu m'incinère d'une minute à l'autre.

Les griffes d'un dragon se refermèrent plutôt sur moi. Leurs pointes acérées raclèrent les rochers, m'arrachant de la montagne.

Le sol s'éloigna tandis que le dragon m'emportait plus haut. Je ne pouvais détacher mon regard de la plateforme calcinée où les femmes se trouvaient quelques instants auparavant. Elles s'étaient battues pour leur roi. Et maintenant, elles avaient disparu.

Le roi Edkhar les avait utilisées sans assurer leur sécurité. Ce connard royal ne leur avait même pas donné un seul dragon pour les protéger. Tout ce qu'elles avaient, c'était moi. Et j'avais échoué. J'avais fait ce pour quoi j'avais été entraînée. J'avais tué un dragon. Mais j'avais quand même échoué. Des gens étaient morts. Tellement...

Les larmes jaillirent de mes yeux. Le vent les étalait sur mes joues.

Partout où je regardais, ce n'était que dévastation et mort. Des dragons morts jonchaient les rochers en contrebas. Énormes et intimidants quand ils étaient vivants, leurs corps semblaient beaucoup plus vulnérables en se transformant en hommes à leur mort. Pâles, bronzés, noirs, gris et bruns, ils gisaient nus, empalés sur les rochers pointus. Leurs corps fae parfaits et magnifiques étaient brisés et écrasés.

À quoi servait cette guerre ? Qui en avait besoin ? Importait-il vraiment de savoir qui gagnait et qui perdait au final ? Qu'est-ce que tout cela prouvait ?

Rien n'avait de sens.

Mon chagrin se transforma en colère.

— Lâche-moi ! martelai-je de mes poings les griffes du dragon qui m'avait capturée. Si tu m'emmènes à ton roi, tu ferais aussi bien de me laisser tomber tout de suite. Je préfère être morte que de revenir.

— Je ne te laisserai pas tomber. Je t'ai fait la promesse de ne jamais te lâcher. La voix du dragon semblait étranglée. Mais je la reconnus, néanmoins.

— Elex ?

Il m'avait trouvée.

— Tu es vivant. Dieu merci, soufflai-je en agrippant ses griffes plus fermement.

Le soulagement fut intense mais de courte durée. La colère brûlait plus fort que jamais, refusant de s'apaiser face à l'horreur qui saturait le ciel.

— Tu vois tout ça, Elex ? Tout ? Regarde bien. Compte les corps. C'est l'œuvre du roi. C'est la guerre que tu voulais qu'il gagne.

Le vent balaya les montagnes. Il portait la puanteur âcre de la mort. J'enfouis mon visage dans ma capuche, mais cela n'aida guère.

Déployant ses grandes ailes, Elex plana le long de la crête montagneuse. Je réalisai qu'il ne m'emmenait pas vers la vallée. Mais il se tenait également à l'écart du château. Au lieu de cela, il se dirigeait vers une haute aiguille de montagne qui se dressait dans le ciel rouge sang du soir comme une épée déchiquetée. Le Pic Désolé.

L'encerclant, il vola vers une ouverture dans le flanc de la montagne – une grotte. Juste avant d'y entrer, il se transforma en homme pour passer par l'entrée plus étroite.

— Amber. Comment vas-tu ? Il me déposa au sol à l'intérieur de la grotte.

La colère continuait de bouillonner en moi. Incontrôlable.

— Comment je vais ? À ton avis ? Je le poussai contre sa poitrine, tremblante, des larmes coulant sur mon visage. Tu as vu les *Salamandras* brûler ? Toutes ! Chacune d'entre elles... Sais-tu pourquoi ? Parce que le roi leur a dit d'être là. Il avait besoin de leur aide. Puis il les a laissées sur cette montagne pour mourir...

— J'ai vu. Je suis tellement désolé. Il essaya de me tirer plus près, mais je tendis les bras, poussant de mes poings contre sa poitrine.

— Est-ce que tu savais que ça arriverait ? Était-ce la stratégie du roi depuis le début ?

— Je n'en avais aucune idée. Il secoua la tête, son expression sincère. Les archives ne mentionnent pas que les *Salamandras* aient participé à la Bataille du Pic Bozyr.

Elles étaient toutes mortes aujourd'hui. Et l'histoire ne gardait même pas une mention de leur sacrifice.

— C'est l'homme que tu protèges, pleurai-je. C'est le roi que tu souhaites garder sur le trône. Le roi pour qui tu mourrais...

— Non. Il m'attrapa par les bras. *Tu* es la seule pour qui je suis prêt à mourir, Amber. Personne d'autre. Tu m'entends ? Seulement toi.

Il chercha un baiser, mais l'angoisse en moi ne pouvait être éteinte par la tendresse. Elle brûlait bien trop fort.

J'avais besoin d'un torrent de sensations plus fortes.

Décrispant mes poings, j'étalai mes mains sur sa poitrine nue, lisse, forte et solide. Ce contact était un point stable dans l'ouragan de ténèbres et de cendres qui faisait rage en moi. Elex était mon roc. Il me gardait ancrée et saine d'esprit.

Je gardai une main sur sa poitrine, tirant sur les liens de ma robe avec l'autre.

— Aide-moi, dis-je.

Il tira sur les attaches, les arrachant. Je laissai tomber ma sacoche et mon carquois au sol, puis me débarrassai de ma robe, la laissant aussi tomber par terre.

— Et ça. Je m'affairai avec les lacets de mon pantalon, *son* pantalon, que j'avais pris dans sa chambre. J'avais dû attacher les lacets tout autour de ma taille pour maintenir le pantalon et retrousser le bas plusieurs fois. Ils ressemblaient à des pantalons de harem sur moi.

— Viens ici. Glissant ses doigts sous les lacets, il me tira vers lui. Il enfouit son visage dans mon épaule, respirant mon odeur mêlée à la sienne des vêtements que je portais.

Avec une autre secousse violente, il déchira les lacets, puis déchira la ceinture. Le pantalon glissa le long de mes jambes, et il m'arracha sa chemise.

Ses yeux noirs s'assombrirent encore à la vue de mes sous-vêtements transparents destinés à séduire le roi. Avec un grognement, il déchira le tissu fin comme du papier, jetant les lambeaux à mes pieds. Attrapant ma nuque, il me fit pivoter, visage contre le mur.

— Est-ce ce que tu veux, mon étincelle ? grinça-t-il entre ses dents, se pressant contre mon dos. Est-ce comme ça que tu le veux ?

Son érection dure comme l'acier pressait contre mon dos. Une main agrippant mes fesses, il saisit mon sein de l'autre, se frottant contre moi.

— Tu veux que je te baise. Fort. Jusqu'à ce que tu puisses respirer à nouveau. C'est ça ?

C'était exactement ça.

J'étouffais. La fumée, la cendre et le feu imprégnaient chaque cellule de mon corps. L'air m'étranglait. La peur pesait sur ma poitrine. Le désespoir serrait ma gorge. J'avais besoin des mains d'Elex sur moi pour les chasser tous.

Il devait combattre le mal pour moi. Avec moi. Alors, peut-être, un peu de bien pourrait revenir.

Les bras écartés, je m'agrippai à la roche froide de la grotte. D'un bras autour de ma taille, il me souleva du sol, me plaquant contre le mur. Il écarta mes jambes d'un coup de genou. Puis sa longueur dure et brûlante pressa entre mes cuisses.

Ça brûlait quand il entra. Je sifflai mais ne reculai pas, accueillant son invasion. Il glissa facilement – j'étais prête pour lui. Mais il brûlait. Tout son être. Son corps brillait plus intensément du feu qui l'habitait. Et la partie de lui enfouie en moi me brûlait de l'intérieur.

Le feu se répandit dans mon corps comme de la lave. Je griffai les rochers, gémissant de besoin. Il plaça une main entre mes jambes, me protégeant du mur tandis qu'il s'enfonçait durement en moi. Ses doigts pressaient contre moi, me caressant exactement comme il fallait à chaque poussée violente.

Il me prenait par derrière. Et je grognais et grondais comme un animal sauvage en chaleur. Tellement, tellement de chaleur. L'air semblait vaciller et fumer autour de nous. Les rochers luisaient, prêts à fondre. Moi aussi, j'avais l'impression de fondre, de m'évaporer dans l'éther.

Ma tête tourna quand je jouis. Des frissons violents secouèrent tout mon corps. Le rugissement d'Elex filtra à travers le brouillard de mon cerveau tandis qu'il déversait sa libération en moi.

Je restai étalée contre le mur. Il s'appuya contre moi, me maintenant en place. Sa poitrine poussait contre mon dos au rythme de sa respiration rapide et peu profonde.

Appuyant le côté de mon visage contre le mur, je fermai les yeux. Il y avait maintenant en moi un engourdissement, fragile comme la première glace sur une rivière. Mais c'était mieux que le tumulte précédent. Comme ça, je pouvais penser. Et quand Elex nous éloigna enfin du mur, je pus enfin respirer.

Il replia ses ailes. Tournant le dos au mur, il glissa jusqu'au sol, m'entraînant avec lui. Je m'assis de côté, les fesses au sol entre ses cuisses écartées, mes deux jambes drapées sur son genou gauche.

— Est-ce terminé maintenant ? demandai-je, appuyant ma tête contre sa poitrine. La guerre ? C'est fini ?

Il entoura mes épaules d'un bras et posa l'autre sur ma cuisse nue. La sueur refroidissait sur ma peau, me faisant frissonner. Instantanément, le corps d'Elex se réchauffa. Il s'écarta du mur un instant pour libérer une aile de derrière son dos, puis l'enroula autour de moi comme une couverture.

Je fixai droit devant moi, sans parler et ne ressentant rien. Il fit glisser un doigt le long de ma gorge.

— Ta peau libère de l'humidité quand tu as chaud. Ou est-ce quand tu as froid ?

De quoi parlait-il ? Je n'arrivais pas à me concentrer sur ses paroles ni sur aucune pensée.

Il toucha le bout de son doigt avec sa langue.

— C'est salé.

— La sueur ? C'est ce que tu veux dire ? Je souris. Oui, d'une certaine façon, je pouvais *sourire* après tout ce qui s'était passé aujourd'hui. Qui l'eût cru ?

— C'est comme ça que tu régules ta température corporelle, n'est-ce pas ? Tu peux le faire dans une certaine mesure.

J'acquiesçai.

— Je le savais, dit-il. J'ai pensé que c'était ce que ton corps faisait quand tu étais malade. Il traça mon épaule de son doigt. Ce n'est pas une méthode très efficace, n'est-ce pas ?

— Comparée aux gargouilles, non, ce ne l'est pas, admis-je. Mais c'est tout ce que nous, les humains, avons.

— Maintenant, tu m'as aussi *moi* pour te tenir chaud. Son aile drapée sur mes jambes était comme une couverture chauffante.

J'en caressai la surface. Elle était douce et soyeuse, comme du daim fin. Chaude. Et si confortable. J'appréciais la chaleur. Et j'appréciais vraiment, vraiment qu'Elex parle d'un sujet plus léger, sans rapport avec ce qui s'était passé aujourd'hui, pour apaiser mon esprit avant de finalement répondre à ma question précédente.

— La guerre est terminée, Amber. C'est vraiment fini, maintenant.

Je pris une respiration tremblante.

— Le roi a gagné ?

— Oui.

Je fixai mes mains. Elles étaient couvertes de saleté et de suie à cause de la fumée. Les doigts étaient égratignés d'avoir grimpé la montagne en essayant d'échapper aux dragons. Ou peut-être était-ce d'avoir agrippé le mur pendant qu'Elex me prenait ?

— Comme tu le voulais, dis-je.

— En effet, fit-il écho.

— Seulement, ça ne semble pas juste, n'est-ce pas ?

Sa poitrine se souleva et s'abaissa avec un profond soupir.

— Il n'est pas mon roi, Amber. Je ne le sers pas. Je ne veux certainement pas mourir pour lui. Et la nuit dernière, j'ai failli le tuer moi-même. Mais si le roi Edkhar meurt avant la naissance de son fils, je cesserai d'exister. Ma vie est liée à la sienne, que je le veuille ou non.

— Je comprends. C'est de l'auto-préservation...

— C'est plus que ça, mon étincelle. Ne vois-tu pas ? Tout ce qui nous entoure. L'injustice, la mort, la violence gratuite. Tout cela prendra fin éventuellement, si nous laissons simplement l'histoire suivre son cours.

Il avait déjà dit cela. Et tout comme alors, son assurance ne suffisait pas.

— Que se passera-t-il d'ici là, cependant ? Plus de gens mourront. Plus de cruautés se produiront. N'en as-tu pas vu assez ?

Je m'arrêtai, fermant les yeux un moment. Je détestais me disputer avec lui. Je comprenais son point de vue, et je savais qu'il comprenait le mien. Aucun de nous ne pouvait rien faire concernant la situation actuelle. Mais j'avais besoin qu'il sache tout ce que j'avais vu et vécu depuis mon arrivée dans son monde.

— Elex, le roi a un donjon, profondément sous le château. C'est un endroit sombre et lugubre. J'y suis allée hier soir. Il y a emprisonné l'une des *Salamandras* du Sanctuaire. Tu te souviens que je t'en ai parlé ? Son crime est d'être née avec du venin dans les dents. Les hommes du roi l'ont drainée... Je retins mon souffle, essayant de chasser les images de la torture d'Isar de ma tête ou j'allais hurler. J'ai essayé de la libérer. J'espère que ça a marché. Mais le donjon est un endroit vil et horrible, Elex.

Il caressa mes cheveux, restant silencieux quelques respirations. Sa voix semblait creuse quand il parla enfin.

— Je sais. J'ai passé quelques jours dans le donjon du roi Edkhar moi-même. Ils ont aussi essayé de me torturer, avant que je ne prouve que j'étais de sang royal.

Le choc me traversa comme une épée.

— Vraiment ? Et tu ne me l'as jamais dit ?

Il exhala un rire triste.

— Ce n'est pas un sujet amusant à aborder.

— T'ont-ils fait mal ? La colère contre quiconque avait osé lui faire du mal bouillonnait en moi, rendant ma voix basse et rauque.

Il serra fermement les lèvres avant de répondre avec précaution.

— Ils n'ont infligé aucune nouvelle blessure.

Cela ne signifiait pas qu'ils ne l'avaient pas blessé de bien d'autres façons. Clairement, il m'épargnait les détails. Je comprenais qu'il n'avait pas envie de ressasser ses souvenirs « pas amusants ». La compassion serra mon cœur.

— Elex, je suis tellement désolée. J'appuyai mon front contre le côté de son visage. Ils t'ont torturé sur les ordres du roi Edkhar. Et tu as quand même accepté de le servir après ça ?

— Je ne l'ai pas fait pour le roi. Pas même pour moi-même. Mais pour la vie meilleure que je veux pour Dakath un jour.

Je ne dis rien à cela. Son engagement envers son royaume était admirable. Personne ne pouvait reprocher à Elex d'aimer autant sa patrie. Je n'allais certainement pas le faire.

— Mais je ne le sers plus, dit-il avec détermination.

— Vraiment ? Je penchai la tête en arrière pour voir son visage. Est-ce parce que la guerre est finie ? Il n'a plus besoin de toi ?

— Non. C'est à cause de ce qu'il t'a fait à *toi*. Sa mâchoire bougea et ses yeux brillèrent dangereusement. Je pouvais ignorer le manque d'éthique du roi, sa politique impitoyable, ses crimes contre moi, mais dès que je l'ai vu sur toi... Sa gorge tressaillit et il prit une longue respiration tremblante. C'est tout ce que j'ai pu faire pour ne pas le tuer ce matin.

Autant j'aurais aimé étrangler le roi de mes propres mains maintenant, autant j'étais contente que le salaud s'en soit sorti vivant. Et c'était notre tragédie. La vie de l'homme que j'aimais dépendait de la vie de celui que je haïssais si férocement.

— Qu'as-tu fait au lever du soleil ? demandai-je.

— J'ai fait ce que tu m'as dit de faire. Je suis parti. Tu es tout ce qui compte pour moi, Amber. Et puisque tu as dit que tu ne serais pas au château, je n'avais pas besoin d'y rester non plus. J'ai passé la matinée à te chercher.

— Et tu m'as trouvée. Je me blottis contre lui. Dis-moi, comment arrives-tu toujours à me trouver ?

— Eh bien, c'est une chose curieuse, ma chérie. J'ai cette petite étincelle qui brûle juste ici. Il plaça ma main sur sa poitrine, à l'endroit où son cœur battait. L'étincelle n'est pas de mon feu, mais elle me semble tout aussi proche. Elle fait partie de moi. Elle souffre quand tu souffres. Elle brille chaleureusement quand tu es contente, comme maintenant. Elle brûle, me rendant fou de désir quand tu me veux, murmura-t-il en pressant ses lèvres sur le sommet de ma tête. Et elle bat contre mes côtes comme une luciole piégée, ne me laissant pas me reposer, quand tu as peur. Elle était plutôt silencieuse ce matin, cependant. Je pouvais à peine la sentir.

— Je dormais ce matin, cachée.

Il acquiesça.

— C'est pourquoi il m'a fallu plus de temps pour te trouver. Mais tu avais peur la nuit dernière, Amber. Je l'ai *senti*. Je ne pouvais pas passer une nuit loin de toi. Je devais revenir.

La gratitude pour lui m'envahit.

— Merci infiniment d'être venu pour moi. J'embrassai sa poitrine et ne m'éloignai pas, laissant mon visage pressé contre sa peau chaude. Le roi était-il en colère au lever du soleil ?

— Et comment ! Sa poitrine vibra d'un petit rire. J'aurais aimé pouvoir rester plus longtemps pour les voir tous se débattre ce matin. Mais même le peu que j'ai vu était extrêmement divertissant.

— Tu as vu ce que j'ai fait ?

— Bien sûr. Au lever du soleil, les gardes se sont tous enchevêtrés. C'était juste un énorme tas de membres, d'armes et de draps. Il rit. Le roi se débattait avec la laisse que tu lui avais mise, tout en essayant de se débarrasser des couvertures que tu avais attachées sur sa tête. C'est dommage que j'aie dû partir, vraiment.

Je ris aussi, maintenant. Les ténèbres étaient toujours là en moi, mais elles ne me consumaient plus. Au milieu de toute cette mort et cette dévastation, je me sentais à nouveau pleinement vivante.

Dix-Neuf

AMBER

— Tu veux une prune ? proposai-je à Elex en sortant le fruit de ma sacoche.

Il avait déjà refusé le pain et le fromage que je lui avais offerts auparavant. Et maintenant il secouait encore la tête.

— Tu n'as vraiment pas faim ?

Il but une gorgée d'eau qu'il avait rapportée d'un ruisseau à l'extérieur de la grotte.

— Je peux me passer de nourriture pendant un moment. Inutile de la gaspiller pour moi. Pas avant que nous sachions au moins d'où viendra ton prochain repas.

J'étais assise en tailleur sur ma robe étalée au milieu de la grotte. Le soleil se couchait, ne nous laissant pas d'autre choix que de passer la nuit ici. Mais mes pensées se tournaient vers notre avenir au-delà de cette nuit.

La guerre avait plané sur nous tous comme un sombre linceul. Maintenant qu'elle était terminée, pourtant, ce linceul n'avait pas disparu. Il n'y avait aucun soulagement. Le fait que le roi ait détruit son opposition et soit libre de faire ce qu'il voulait ne ressemblait pas à une victoire pour moi.

— Et maintenant, Elex ? Qu'allons-nous faire ?

Il s'assit derrière moi et me rapprocha de lui, mon dos contre sa poitrine. Nous étions toujours nus. Ses vêtements avaient disparu là où il s'était transformé en dragon la dernière fois. Les miens gisaient en lambeaux près du mur où il les avait arrachés.

— Maintenant, nous allons définir notre propre avenir, dit-il.

— Comment sera-t-il ?

— Comme nous le voudrons. Nous pouvons partir loin du Pic de Bozyr. Vivre dans un petit village quelque part, où personne ne nous connaît. Ou je peux te construire une maison sur un sommet de montagne loin d'ici, où personne ne pourra nous trouver. Nous pouvons aussi aller ailleurs dans Nerifir. J'éviterais les Marécages de Lorsan car les gorgoniennes peuvent tuer d'un simple regard. Mais les Plaines de Sarnala sont agréables, surtout en cette saison. Ou nous pouvons vivre sur une île dans l'Océan d'Olathana et écouter les sirènes chanter sous les étoiles. Leurs voix sont magiques, la plus belle chose que tu entendras jamais. Mais nous ne pouvons les écouter que lorsque je suis sous ma forme de pierre. Et je devrais te tenir fermement, pour que tu ne puisses pas t'échapper. Les voix des sirènes poussent parfois les gens à les suivre au fond de l'océan... Eh bien, s'interrompit-il, je n'aime pas tellement l'idée de déménager vers l'Océan d'Olathana, après tout. N'en parlons plus.

— Oublions ça, ris-je.

Bien que je ne serais pas contre l'idée d'entendre une sirène chanter au moins une fois. Quand je serais bien sûr solidement tenue dans les bras d'Elex.

M'enlaçant par derrière, il caressa mon flanc. Le bout de ses doigts effleura le dessous de mon sein, envoyant une vague de picotements dans mon bas-ventre.

— Elex ? Cette étincelle dans ta poitrine dont tu parlais, tu te souviens ? Celle qui te dit ce que je ressens ?

— Hmm. Il nicha son visage juste sous mon oreille, puis embrassa doucement mon cou.

— Que fait-elle en ce moment ?

— Elle pulse ardemment, me disant que tu aimes mes mains sur toi. Il encercla mon sein de ses doigts en une caresse lente et délibérée qui ressemblait à un taquinement.

Je me tortillai, en voulant plus.

— Mais tu n'y es pas tout à fait. Je pressai sa main contre mon sein.

— Et comme ça ? Il pinça mon mamelon, le tirant et le roulant entre ses doigts. C'est mieux ?

— Ohhh... Le souffle s'échappa de moi. Un désir chaud et épais se répandit dans tout mon corps.

— Et ça, murmura-t-il, glissant son autre main entre mes jambes.

— Est-ce que cette étincelle... J'avais du mal à trouver mes mots alors que ses doigts glissaient doucement en moi et en ressortaient. Est-ce qu'elle te dit à quel point j'ai envie de toi maintenant ?

— Oh oui, c'est exactement ce qu'elle me dit.

— Comment fait-elle ça ?

— En me donnant encore plus envie de toi. Comme ça. Il me fit glisser vers l'arrière, plus près de lui, jusqu'à ce que mes fesses pressent contre sa longueur dure et brûlante. Je ressens ce que tu ressens, mon étincelle.

— C'est si chaud, haletai-je, mais sans faire un geste pour m'éloigner.

— C'est toujours ainsi quand tu es à proximité. Veux-tu que je pense à quelque chose de froid et glacé à nouveau pour me rafraîchir ? J'entendis un sourire dans sa voix.

— Non. Ne fais pas ça.

Je souhaitais le prendre tel qu'il était, chaud, dur et massif. Je me pressai contre lui, laissant sa chaleur me pénétrer.

— Ça ne fait pas mal, Elex. Ça ne fait que m'exciter davantage.

Il me fit pivoter face à lui, puis m'embrassa en m'allongeant sur la robe.

Cette fois, il n'y avait pas de frénésie désespérée. Il me fit l'amour lentement, minutieusement, embrassant chaque centimètre de mon corps. Jusqu'à ce que je sente, moi aussi, le feu courir dans mes veines.

Il me fit jouir d'abord avec sa bouche et sa langue avant d'enfoncer son membre brûlant en moi. Au moment où je jouis à nouveau et qu'il déversa sa semence en moi, le soleil était déjà bas sur l'horizon.

Il roula sur le dos, puis me tira sur sa poitrine.

— Essaie de te reposer, ma douce. Il embrassa mes lèvres, m'enveloppant de ses ailes. Demain, nous déciderons dans quelle direction voler.

Demain me convenait parfaitement. Ce soir, j'étais vraiment épuisée.

Je bâillai, me blottissant contre sa poitrine. Son corps se solidifia sous moi, devenant dur comme la pierre quand le soleil se coucha. Ses ailes se raidirent, formant un cocon ferme autour de nous deux.

— Bonne nuit, Elex, murmurai-je avec un autre bâillement.

Je plaçai mon bras plié sous ma tête puisqu'Elex était trop dur pour me servir d'oreiller. Mais il restait agréablement chaud, m'aidant à m'endormir rapidement.

Le bruit de pas me réveilla.

Des pas !

L'alarme me traversa, me sortant complètement du sommeil.

Il faisait noir dans la grotte. Aucune lumière du soleil ne filtrait dans notre cocon formé par les ailes d'Elex. Il restait sous sa forme de pierre. Dur et sombre, comme il devait l'être. C'était la nuit. Pourtant quelqu'un marchait là-bas, dans les passages au-delà de notre grotte.

Puis la lumière apparut. Mais elle ne venait pas du soleil. Un faisceau jaunâtre et pâle se déplaçait le long de la surface des ailes d'Elex qui s'avéraient semi-transparentes, même sous leur forme de pierre.

— Encore un, déclara une voix masculine.

Je retins mon souffle, craignant de faire le moindre bruit, priant pour que les ailes d'Elex me dissimulent complètement.

Le nouveau venu se déplaçait dans la grotte, le bruit de ses pas nous encerclait. Il semblait être seul. Du moins, je n'entendais qu'un seul jeu de pas. Mais il continuait de parler, comme à quelqu'un.

— Regarde-moi ça !

Il s'arrêta près du mur, probablement au-dessus du tas de mes vêtements abandonnés. La chemise et le pantalon que je portais étaient ceux d'Elex. Il ne serait pas difficile de supposer qu'il les avait enlevés avant le coucher du soleil. Ma robe était par terre sous nous, et j'espérais qu'elle ressemblait simplement à une couverture.

Je restai silencieuse. Il n'y avait aucune raison pour que l'homme pense qu'Elex cachait quelqu'un à l'intérieur de ses ailes.

— Hm, retentit juste au-dessus de nos têtes.

Puis je sentis une ferme traction sur ma tresse.

Des frissons parcoururent mon dos. La fichue tresse s'était drapée sur l'épaule d'Elex avec son extrémité dépassant de sous son aile. Je regrettai instantanément de ne pas l'avoir coupée après tout.

— Ma dame ? Une autre traction survint, pas assez forte pour être douloureuse mais ferme et persistante. Du moins, je suppose que vous êtes une *dame*, ajouta-t-il. Sortez de là.

Eh bien, avais-je le choix ? Pas vraiment. Il pouvait littéralement me tirer de sous les ailes d'Elex par ma tresse. Le fait qu'il attendait que je sorte de mon plein gré devait être un bon signe. Du moins, je l'espérais. Pourtant, je m'attardai, m'accrochant à l'illusion de sécurité, blottie contre la poitrine d'Elex, au chaud et confortable.

Une autre traction suivit.

— J'insiste. Ou préféreriez-vous que je brise les ailes de la gargouille pour vous libérer ?

Je ne pouvais pas laisser cela arriver.

— Non, ne faites pas ça. Je me hissai le long du corps d'Elex et passai la tête par l'ouverture entre ses ailes. S'il vous plaît, ne lui faites pas de mal.

L'homme lâcha ma tresse et contourna Elex pour me faire face. Vêtu de noir, il était grand, aux cheveux sombres et au teint pâle. Quelques mèches argentées scintillaient dans ses courts cheveux noirs sur le devant. Un grand oiseau noir, un corbeau ou un corvidé, était perché sur son épaule. C'était sûrement à lui qu'il avait parlé.

D'une main, l'homme tenait une lanterne avec une épaisse bougie allumée à l'intérieur. Dans l'autre... ma culotte en lambeaux pendait à son doigt.

— Sortez. Il fit un geste impatient. J'ai des questions à vous poser.

— Euh... Je me déplaçai un peu plus, plaçant un bras sur ma poitrine nue. Pourriez-vous me passer mes vêtements, s'il vous plaît ? Je désignai le tas près du mur.

— Aucun d'entre eux n'est en bien meilleur état que ceci. Il souleva les restes de ma culotte dans sa main. Je doute qu'ils vous soient d'une quelconque utilité maintenant.

Il jeta les lambeaux de tissu transparent hors de l'entrée de la grotte. Ils flottèrent dans la nuit noire comme les vestiges d'un rêve sensuel avant de disparaître.

Il posa sa lanterne au sol, puis retira l'épingle d'argent qui tenait sa longue cape à son épaule.

— Ceci devra faire l'affaire pour l'instant.

Il retira sa cape et la tint ouverte pour moi.

La distance entre moi et le vêtement était d'environ trente ou soixante centimètres. Je devrais sortir à découvert, nue, avant de pouvoir l'avoir.

Il perçut mon hésitation et souffla d'impatience.

— Très bien. Je ne regarderai pas. Il tourna la tête sur le côté et ferma les yeux de manière démonstrative.

Je sortis du tunnel formé par les ailes d'Elex.

— Merci. Je me glissai maladroitement dans la cape, permettant à l'étranger de la draper sur mes épaules, puis pris l'épingle d'argent qu'il me tendait et fixai le tissu à mon cou.

Sa cape sentait comme le vent, littéralement, une bouffée d'air frais dans un monde saturé de cendres et de fumée. Bien que pressentant que le propriétaire de la cape était loin d'être un sauveur bienveillant.

Il s'éloigna de moi et croisa les bras sur sa poitrine. Tandis qu'il me lançait un regard évaluateur, je fis de même avec lui.

Ses cheveux étaient plus sombres que ceux d'Elex. À part les fines mèches argentées sur le devant, ils étaient noirs comme de l'encre. Sa peau était claire, mais sans les taches de rousseur ou le sous-ton rougeâtre du roi Edkhar. Je ne pouvais pas distinguer la couleur exacte de ses yeux à cette distance, mais ils étaient clairs aussi, gris ou bleus.

— Qui êtes-vous ? exigea-t-il. Et que faites-vous dans l'une de mes grottes ?

— Les vôtres ? Je plissai les yeux. Comment sont-elles à vous ?

— Tout le Pic Désolé m'appartient. Personne ne vient ici, pas même le roi.

Pourquoi Elex n'avait-il rien dit à ce sujet ? Probablement parce qu'il ne le savait pas lui-même. Les choses pouvaient être différentes ici dans mille ans, à l'époque où Elex avait grandi.

— Qui êtes-vous ? demandai-je à l'étranger.

Il émit un tsss, secouant la tête.

— Je vous ai posé cette question en premier.

Je le regardai avec méfiance, sans dire un mot.

Il exhala d'exaspération.

— Écoutez, ce jeu ne mènera nulle part si nous continuons à poser des questions sans donner de réponses. Comment vous appelez-vous ?

Celle-là était assez facile à répondre sans trop en révéler. Peut-être que ça m'aiderait aussi à obtenir des informations de sa part ?

— Je suis Amber.

Ses traits se crispèrent de concentration, comme s'il fouillait dans sa mémoire.

— Cela ne me dit rien.

— Pourquoi le devrait-il ?

— Eh bien, vous êtes éveillée et faite de chair la nuit. Cela seul vous rend spéciale dans le Royaume de Dakath. Assez spéciale pour vous rendre célèbre.

— Je ne suis pas ici depuis longtemps. Et je préfère ne pas diffuser mon existence partout.

— Hmm. Il me lança un autre de ses regards pénétrants. Clairement, vous n'êtes pas une gargouille. Vous avez des cheveux au lieu de serpents sur la tête, ce qui fait que vous n'êtes pas une gorgonienne. Je ne pense pas que vous soyez une sirène non plus. C'est beaucoup trop loin de tout grand plan d'eau ici dans les montagnes. Un loup-garou, peut-être ? Vous semblez assez revêche pour en être un.

Je ricanai.

— J'aimerais bien être un loup-garou. Je pourrais certainement utiliser des dents et des griffes acérées.

Il prit sa lanterne et la souleva à hauteur de ses yeux, puis fit un pas en avant. Ses yeux s'écarquillèrent en examinant mon visage.

— Non. Vous n'êtes pas du tout une fée. Par les Ailes de la Mort, vous n'êtes pas de ce monde, n'est-ce pas ?

Je baissai le regard, me demandant combien je pouvais lui en dire. Je ne lui faisais pas confiance, pas même un petit peu. Mais le soleil n'était pas levé. La nuit était profonde. Elex gisait sur le sol, sans défense et vulnérable. Je devais m'assurer que cet homme n'avait pas l'intention de nous faire du mal, à lui ou à moi.

Cependant, il n'avait pas besoin de ma réponse cette fois.

— Vous êtes une humaine, n'est-ce pas ? Il plissa les yeux vers moi.

Il était inutile de le nier à ce stade.

— Oui, je le suis.

— Hm. Il prit son menton dans sa main, me regardant avec

un nouvel intérêt. J'ai entendu parler de votre espèce mais je n'en ai jamais rencontré auparavant.

Je déplaçai mon poids sur l'autre pied, restant proche d'Elex.

— Ouais... Eh bien, enchantée.

— Nous devrions parler, décida-t-il. Venez avec moi.

Il se dirigea vers l'entrée sombre d'un tunnel latéral avec l'assurance d'un homme habitué à ce que ses ordres soient suivis.

— Venir où ? Je ne bougeai pas de ma place.

Il jeta un coup d'œil par-dessus son épaule.

— Vous n'avez rien à craindre, ma chère. Je veux juste parler. Et je préfère le faire depuis le confort de mon fauteuil. Pas dans cette cage sombre et exiguë qui empeste le sexe. Il fronça le nez de dégoût.

Mon visage s'échauffa. L'odeur était-elle si évidente ?

— Donnez-moi votre promesse que je ne serai pas blessée, rétorquai-je.

Il fit la grimace.

— Je ne préférerais pas. Et si vous trébuchiez en chemin et vous tordiez la cheville ? Je ne veux pas mourir d'une mort horrible parce que vous êtes maladroite.

J'élargis ma posture, ancrée sur place.

— Je n'irai nulle part sans une promesse de votre part.

Il souffla d'irritation mais ne me quitta pas.

— Je vais vous dire quoi. Il s'approcha, regardant directement dans mes yeux. Je *promets* que je n'ai pas l'intention de vous faire du mal ce soir.

Un tourbillon d'air s'éleva de lui jusqu'à moi. Il s'enroula autour de nous, miroitant dans la lumière de sa lanterne. Je sentis une légère brise contre ma peau. Il m'avait fait une promesse, scellée par la magie.

Mais quelle était vraiment la valeur de sa promesse ?

Il avait dit qu'il n'avait pas l'intention de me blesser. Cela ne garantissait pas que je ne *serais pas* blessée ou qu'il n'aurait pas ces intentions plus tard.

Il était évidemment conscient que sa promesse n'était pas si rassurante car il continua à parler, essayant de me convaincre.

— Voyez les choses ainsi, Amber. Je ne vous ai pas invitée à venir ici. Vous et votre... Il fit tournoyer sa main au-dessus d'Elex. ...euh, *gargouille* êtes venus de votre propre chef. Vous n'avez pas de vêtements. Très peu de nourriture à ce que je vois. Il fronça les sourcils devant ma sacoche dégonflée. Je suis en position de vous aider. *Si* j'en ai envie.

Je n'étais pas opposée à avoir une conversation avec lui. Je brûlais de curiosité d'en savoir plus sur cet homme qui vivait dans une montagne et ne se transformait pas en pierre la nuit comme tout le monde dans ce royaume. Aussi, obtenir de l'aide serait agréable. À moins que ce ne soit un piège, bien sûr.

— Comment vous appelez-vous ? demandai-je.

— Voron, répondit-il promptement.

Lui lançant un regard d'avertissement, je m'accroupis près de la tête d'Elex. Il semblait si paisible et détendu sous l'arche de ses ailes. Mais c'était le reflet de la façon dont il s'était endormi, pas de ce qu'il pouvait ressentir maintenant. J'étais sûre qu'il était éveillé et pleinement conscient à l'intérieur de sa pierre. Il était probablement paniqué à l'idée que je parte avec quelqu'un que je venais de rencontrer.

Je caressai les vagues de pierre des cheveux d'Elex.

— C'est Voron, mon amour. C'est... Je levai les yeux vers l'homme à la lanterne. Qu'êtes-vous ?

Il pointa un doigt vers le plafond de la grotte, mais j'eus l'impression qu'il voulait désigner bien plus haut. Plus haut que la montagne.

— Je suis une fée du ciel.

— Une fée du ciel ? Vraiment ? Je le dévisageai, comprenant maintenant pleinement *son* choc en me voyant. Je n'en ai jamais rencontré auparavant.

Mon désir de lui parler s'accrut.

— Donnez-moi juste une minute. Je me tournai vers Elex à nouveau. Voron est une fée du ciel qui vit dans le Pic Désolé. Si je ne suis pas de retour au lever du soleil, trouve-le et tue-le, veux-tu, chéri ?

Je tournai les yeux vers Voron, m'assurant qu'il avait entendu chaque mot. Il arqua un sourcil, l'air soit impressionné soit amusé.

Je ramassai mon carquois de flèches. Mon arc était resté sur la montagne où je l'avais laissé tomber. Mais à cette distance, je n'avais pas besoin d'un arc pour enfoncer une flèche dans le cou de Voron si je le devais. Puis j'enfilai mes bottes et me dressai pour faire face à la fée du ciel.

— Avez-vous entendu ce que j'ai dit à Elex ? S'il m'arrive quelque chose, il vous le fera payer.

— Elex ? Un éclair d'intérêt brilla plus intensément dans ses yeux. Il se pencha, approchant la lanterne du visage de pierre de ma gargouille endormie. *Seigneur* Elex ? Le favori du roi ?

Merde. Je me maudis d'avoir laissé échapper le nom. Voron vivait peut-être ici, mais il n'était manifestement pas totalement isolé de la vie de cour.

— Êtes-vous allé au Pic de Bozyr ? demandai-je.

— Non. Mais j'essaie de rester informé.

— Comment ?

— J'ai mes sources, répondit-il de façon évasive, puis se redressa et se dirigea vers le tunnel. Venez-vous maintenant que ma vie a été suffisamment menacée ?

— Très bien. Avec un dernier regard sur la forme endormie d'Elex, je suivis la fée du ciel hors de la grotte.

AMBER

Déployant ses ailes, l'oiseau de Voron s'élança de son épaule et vola devant nous.

En sortant du tunnel court et étroit, nous pénétrâmes dans un passage beaucoup plus large. Un long tapis rouge recouvrait le sol et un plafond haut et voûté lui donnait davantage l'apparence d'un couloir de château que d'un tunnel de montagne. Des rangées de statues de pierre de chaque côté renforçaient cette illusion.

En y regardant de plus près, je réalisai qu'il ne s'agissait pas simplement de statues, mais de gargouilles sous leur forme de pierre.

Je me figeai, sentant leurs regards sur moi.

— Pourquoi sont-elles ici ?

Voron se retourna, puis jeta un coup d'œil aux silhouettes de pierre qui nous entouraient.

— Elles vivent ici, dit-il en haussant les épaules.

— Avec toi ?

— Oui. Bien que je sois souvent aussi perplexe que toi quant à savoir pourquoi quiconque voudrait me supporter.

Cette remarque était prononcée avec une bonne dose de sarcasme mais sans la moindre trace d'autodérision. L'arrogance était forte chez cet homme.

— Sont-ils les hommes du roi ? demandai-je prudemment.

Tous reprendraient vie au matin. S'ils servaient le roi Edkhar, il valait mieux qu'Elex et moi soyons partis aux premières lueurs du jour.

— Non, trancha Voron. Le ressentiment dans son regard d'acier à la mention du roi me donna de l'espoir. Ce sont *mes* hommes. Le roi n'a pas voulu d'eux.

— Il n'a pas voulu d'eux ? Pourquoi ?

— Regarde attentivement, Amber. Il toucha l'épaule de la gargouille la plus proche de nous. Cet homme n'a pas d'ailes. Il fit glisser ses doigts le long du bras d'un autre homme, dont les ailes étaient déployées mais leurs extrémités atteignaient à peine ses coudes. Celui-ci a des ailes trop petites pour le porter en vol. Et celui-là... Il toucha encore une autre statue en passant. Les siennes n'ont pas la bonne forme. Il ne peut pas voler loin.

Les ailes du troisième homme semblaient dépourvues de tiges rigides. La membrane de cuir pendait mollement de l'os principal de l'aile qui formait son bord d'attaque.

— Et celui-ci ? J'indiquai un homme qui semblait avoir des ailes parfaitement formées, fièrement déployées au-dessus de ses épaules.

— Sa magie est trop faible pour le soulever. Tu sais bien que ce ne sont pas seulement les ailes qui leur permettent de voler !

Je savais que les gargouilles accordaient de l'importance au type et à la puissance de la magie qu'elles possédaient.

Voron continua d'avancer dans le couloir.

— Le roi Edkhar adore la perfection. Les hommes qu'il juge déficients n'ont aucune chance de réussir dans son royaume.

— Alors, ils viennent te demander de l'aide ?

Il laissa échapper un rire.

— Non. Je ne suis pas leur *sauveur*, chère Amber. La plupart d'entre eux étaient déjà là avant que j'arrive.

Cela me laissa encore plus perplexe, mais le couloir prit fin et nous entrâmes dans une vaste grotte dont la hauteur pouvait rivaliser avec la Grande Salle du roi Edkhar. Au lieu des cristaux, cependant, des chauves-souris s'agitaient silencieusement sous le haut plafond. Des flux incessants d'entre elles entraient et sortaient par les fissures dans la roche. La vue du ciel étoilé apparaissait par intermittence à l'extérieur de la montagne.

Gardant un œil méfiant sur les chauves-souris, je suivis Voron le long du tapis rouge qui traversait la pièce jusqu'à une immense cheminée où brûlait une bûche. À mon grand soulagement, il n'y avait pas de chauves-souris directement au-dessus de cet endroit. Ces créatures préféraient manifestement les coins plus sombres de la grotte géante.

— Un peu de vin ? proposa Voron, se dirigeant vers une table ronde placée entre deux fauteuils à haut dossier devant la cheminée. Il souleva une carafe en cristal contenant un liquide rouge sang scintillant et me lança un regard interrogateur.

Le vin me semblait une excellente idée. Mes nerfs étaient tendus depuis des jours et ma gorge paraissait desséchée en ce moment.

— Je veux bien, acquiesçai-je.

Il s'arrêta, la carafe à la main.

— Tu as dit que tu n'es pas à Nerifir depuis longtemps, n'est-ce pas ?

— En effet. Pourquoi ?

Il versa calmement le vin dans deux grands verres en cristal.

— Tu ne sais visiblement pas qu'il ne faut jamais accepter de nourriture ou de boisson d'un fae.

Je levai ma main gauche et agitai mes doigts. L'anneau de rubis d'Elex capta la lumière de la cheminée, la décomposant en une myriade d'étincelles merveilleuses.

— J'ai prévu le coup.

— Oh, dit-il en haussant un sourcil avec cette expression curieuse qui lui était propre. L'anneau est-il protégé ?

— Oui, il l'est. Je me laissai tomber dans l'un des fauteuils près du feu, sans attendre d'invitation.

Sans Elex à mes côtés, la fraîcheur de la nuit s'était faufilée sous la cape de Voron que je portais. J'étirai mes jambes vers le feu, m'imprégnant de la chaleur qui en émanait.

La grande grotte était sombre et vide, hormis ce coin douillet près du feu. En plus des deux fauteuils et de la table avec le vin, il y avait un épais tapis sur le sol. Un grand coffre peint se dressait contre le mur près de la cheminée. Son couvercle ouvert laissait entrevoir une couverture en fourrure pliée et un oreiller brodé. Un grand panier de l'autre côté de la cheminée contenait des centaines de parchemins étroitement enroulés, avec une pile de livres reliés de cuir posée sur le sol à côté.

Voron devait avoir un lit quelque part ailleurs, et il devait y avoir des espaces pour manger et vivre pour toutes les gargouilles. Mais cet endroit était clairement son espace personnel. Je l'imaginais lisant ici dans un silence complet et dans la solitude pendant que le reste du royaume se transformait en pierre la nuit.

— Ce n'est pas un mauvais arrangement que tu as ici, dis-je en regardant autour de moi. Malgré les chauves-souris.

Voron fronça les sourcils en direction des animaux qui grouillaient dans les coins du plafond.

— Eh bien, elles ont leur utilité, admit-il. Nous avons appris à coexister.

Je fis tournoyer le vin dans mon verre, admirant les couleurs du liquide. Si Voron voulait me piéger en y ajoutant quelque chose, pourquoi me mettre en garde en me disant que je ne devrais pas l'accepter ?

Par précaution, j'attendis qu'il ait pris une gorgée dans son verre avant d'en faire autant. Le vin était léger, chaud et un peu acidulé, avec une touche de douceur. Il glissa facilement dans ma gorge. Beaucoup trop facilement. Je me fis la remarque de me modérer.

Voron allongea ses longues jambes devant lui, les croisant aux chevilles.

— Alors, Amber. Qu'est-ce qui t'a amenée dans ce monde misérable ?

J'esquissai un sourire narquois.

— Pas *quoi*, mais *qui*. C'était Elex.

— Il t'a volée. Il hocha la tête, comme si voler des gens était une chose naturelle.

— Non... En quelque sorte... En fait, je l'ai volé en premier. Je haussai les épaules maladroitement. C'est une longue histoire.

Il agita la main, le coude appuyé sur l'accoudoir de son fauteuil.

— J'ai du temps.

— Oui, mais pas moi.

Avant le lever du soleil, je devais déterminer s'il représentait une aide ou une menace. Et agir en conséquence, de préférence avant que les gens de Voron ne se réveillent.

— D'accord, concéda-t-il. Allons droit au but, alors. Pourquoi êtes-vous ici ? Ne devriez-vous pas, toi et ton dragon, être au Pic Bozyr ? En train de célébrer la victoire avec le roi ?

— Je n'ai rien à célébrer, raillai-je. Le roi ne m'a jamais témoigné la moindre bonté. Et il s'est montré cruel envers tous ceux qui l'ont fait.

— Il a été cruel envers tes amis ?

J'avais été trop prudente pour qualifier qui que ce soit d'ami. Mais malgré ma méfiance et ma prudence, quelques personnes à Dakath avaient trouvé le chemin de mon cœur, tout comme Elex. Dans une certaine mesure, j'en étais venue à me soucier de toutes les *Salamandras* du Sanctuaire. Maintenant, elles étaient toutes mortes à cause de la négligence et de l'indifférence du roi Edkhar. Ou à cause de sa rancune. Avait-il envoyé ces femmes à cette montagne pour les punir de mes actions ?

Je grimaçai, frottant ma poitrine contre la brûlure de culpabilité qui montait en moi.

— Le roi Edkhar est cruel envers beaucoup de gens.

— Hum, fredonna Voron sans se compromettre, prenant une autre gorgée de son vin. Mais le seigneur Elex n'est-il pas apparenté au roi ? Certains disent qu'il est son fils bâtard... Il laissa flotter la fin de la dernière phrase dans l'air, comme pour m'inviter à élaborer.

— Elex n'est pas son fils. Que Dieu le préserve d'avoir un père comme ça, marmonnai-je dans mon vin.

— Mais le seigneur Elex possède la magie royale, n'est-ce pas ?

Je le regardai en plissant les yeux.

— Tu es vraiment bien informé sur la vie au château.

Je m'attendais à une autre réponse évasive sur ses sources vagues, mais il posa son regard sur moi, expliquant calmement :

— Une gargouille nommée Trusad nous a rejoints il y a quelques jours. Il est douloureusement jeune, à peine vingt ans, et encore très naïf. Il est venu au Pic Bozyr pour offrir sa vie au roi. Seulement, vois-tu, Trusad est né sans ailes. Cela arrive de temps en temps. Les dieux distinguent un homme pour une raison inconnue. Les dieux ont peut-être leurs raisons, mais les gens sont ignorants. Trusad a été ostracisé dans son village.

— C'est vraiment cruel de la part des villageois.

Voron haussa les épaules.

— Qu'est-ce qu'un dragon sans ailes sinon un lézard ?

Je lui lançai un regard noir.

— Tu es cruel, toi aussi.

Mes paroles ne semblaient pas le troubler.

— Peut-être que je le suis. Mais j'ai accueilli Trusad quand le roi Edkhar l'a renvoyé après l'avoir gardé quelques jours dans le donjon sous le château. Telle est l'hospitalité du grand roi, dit Voron avec sarcasme. Quoi qu'il en soit, Trusad se trouvait dans le donjon quand le seigneur Elex a utilisé la magie royale contre ses geôliers. Trusad ne l'a pas vu de ses propres yeux. Il était dans une autre cellule, mais il a entendu suffisamment pour comprendre ce qui s'est passé. Le seigneur Elex est de sang royal. C'est très facile à déterminer chez les gargouilles.

— Est-ce plus difficile à déterminer chez les faes du ciel ?

— Oui. Notre magie est bien plus complexe, écarta-t-il, plutôt hautainement.

Je mordillai ma lèvre inférieure. On pouvait supposer sans risque que Voron était honnête quant à sa source. Il aurait tout aussi bien pu me dire qu'il avait appris l'existence d'Elex par un serviteur, et cela aurait été suffisamment crédible. Il n'avait pas besoin d'inventer une histoire aussi détaillée.

— Les gens peuvent être liés par le sang, dis-je. Mais cela ne signifie pas qu'ils se ressemblent.

— Oh, c'est tellement vrai, dit-il avec un sourire amer qui me fit me demander quelles autres histoires cet homme pouvait bien cacher. Le sang royal, cependant, s'accompagne toujours d'une certaine prétention au trône.

— Elex n'est pas intéressé par le trône.

Voron posa son verre de vin.

— Il devrait l'être.

— Le roi Edkhar ne cherche pas quelqu'un à qui transmettre sa couronne de sitôt. Et même s'il le faisait, Elex n'est pas son héritier.

— Mais il est le plus proche héritier que le roi ait pour le moment. Et il ne devrait certainement pas attendre qu'il y ait plus de concurrence.

Je le regardai avec incrédulité.

— Que veux-tu qu'Elex fasse ? Qu'il déclenche une émeute ? N'y en a-t-il pas déjà eu une ? Les rebelles ont perdu.

Il écarta le poignet d'un geste dédaigneux.

— Ils étaient destinés à perdre. Ils n'avaient pas de cause.

— J'ai entendu dire que la raison de la guerre était une insulte à l'honneur d'une femme, dis-je.

— Non. Il secoua la tête. Les hommes ne se battent pas pour l'honneur des femmes, même s'ils le disent. Dans de tels cas, nous nous battons uniquement pour nos égos. Mais l'égo meurtri d'un ou deux n'est pas une motivation suffisante pour les autres. Les Seigneurs Rebelles n'ont jamais eu d'étincelle assez vive pour donner à leurs armées un feu suffisant pour le combat. C'est pourquoi ils ont perdu.

Je sirotai mon vin, regardant les flammes danser dans la cheminée.

— Alors, tout cela n'était qu'une compétition pour savoir qui avait la plus grande ? C'est tout ce qu'il y avait derrière cette guerre ?

Il sourit à mon choix de mots.

— Derrière n'importe quelle guerre, en réalité.

— Mais en quoi une nouvelle rébellion serait-elle différente ?

— Elle ne le serait pas si tu remplaces simplement un roi par un autre. Mais tout dépend du genre de roi que le seigneur Elex serait.

— Il serait formidable.

Je le savais dans mon cœur. Je dépassais peut-être mes limites à la simple idée de comploter pour renverser le roi. Je n'avais aucune idée de ce que je faisais ici. Mais d'une chose j'étais absolument certaine : Elex pourrait être le dirigeant dont ce royaume avait tant besoin.

— Elex est né pour gouverner cet endroit, dis-je avec passion. Il a les intérêts de Dakath à cœur. Il les a toujours eus. Il n'y a rien qu'il aime plus que son royaume.

Voron posa son menton sur sa main.

— Oh, je parie qu'il y a quelque chose qu'il aime encore plus, Amber. Peut-être pas *quelque chose* mais *quelqu'un*. N'est-ce pas pour cela qu'il a terminé la journée en te faisant l'amour dans ma grotte au lieu de jouer à la politique au Pic Bozyr ?

Elex m'aimait. Je n'en doutais pas. Mais faisait-il un sacrifice en prévoyant de quitter le château avec moi ? Après tout, le Pic Bozyr était sa maison. Et la couronne était son droit de naissance.

Sauf qu'il ne pouvait pas l'avoir maintenant. N'est-ce pas ?

— Elex ne peut pas être roi, Voron. Et ce n'est pas à cause de moi. En fait, pour la prospérité future de Dakath, le roi Edkhar doit rester sur le trône.

Les deux coudes sur les accoudoirs, il joignit ses doigts.

— Et pourquoi cela ?

Était-ce le vin qui me faisait parler ? Ou était-ce cette intelligence vive qui brillait dans les yeux de Voron ? Il semblait avoir une réponse à chaque question, et je me demandais comment il gérerait l'effondrement si je le lui lançais.

Je posai mon verre à côté du sien, puis me penchai vers lui au-dessus de la table.

— Dakath a effectivement un avenir brillant et prospère devant lui. Mais le roi Edkhar doit rester où il est pour que cela se produise. C'est un connard, ne te méprends pas. Rien de bon ne viendra de ce type sauf son fils, le roi Elex.

— Elex ? répéta Voron.

— Oui. Mon Elex... je veux dire, le *seigneur* Elex a été nommé d'après cet ancêtre particulier.

— Donc il vient du futur. Ce n'était pas une question. Voron n'avait pas l'air très surpris. À ce stade, il avait dû relier tous les points, depuis ma confession sur le fait qu'Elex m'avait prise de mon monde, ce qui signifiait qu'il avait traversé la Rivière des Brumes et voyagé dans le temps, jusqu'à ma référence à quelqu'un qui n'était même pas encore né comme étant son ancêtre.

— C'est ça. Je me tournai pour regarder à nouveau le feu. Tu vois comme cela complique les choses ? Le roi Edkhar ne peut pas mourir. S'il meurt, cela anéantirait toute la lignée d'Elex, y compris lui-même. Il n'existerait tout simplement pas. Et Elex ne peut pas prendre le trône parce que, eh bien, il ne peut pas être son propre arrière-grand-père, n'est-ce pas ?

— Non. Ça ne fonctionnerait pas, convint Voron. Il ne peut pas engendrer son propre ancêtre.

Le menton sur sa main, il contemplait les flammes avec moi.

Je me demandais pourquoi tout cela l'intéressait, d'ailleurs. Certes, il n'avait pas manifesté beaucoup de respect pour le roi Edkhar au cours de notre conversation. Peut-être se souciait-il plus de ses hommes au Pic Désolé qu'il ne voulait l'admettre et espérait-il prospérité et reconnaissance pour eux sous le nouveau roi ?

— Quoi qu'il en soit... Je repris mon verre et le vidai d'une gorgée. Désolée de faire intrusion chez toi. Elex et moi serons partis demain matin à la première heure. Si tu te sens *enclin*, un don de vêtements sera grandement apprécié. Tout ce que j'ai à porter en ce moment est la robe rouge de *Salamandra*. Et je commence vraiment à en avoir assez de la porter.

— À moins que... Voron remplit à nouveau mon verre, puis me le rendit, indiquant qu'il n'avait pas terminé la conversation. À moins que nous ne tuions pas le roi Edkhar.

Nous ?

Il était vraiment impliqué, n'est-ce pas ?

— Eh bien, oui, dis-je. *Nous* ne le tuons pas.

— Le roi n'a pas besoin de mourir. Il a juste besoin de perdre sa couronne. Il agita le poignet, balayant l'air comme s'il faisait déjà tomber la Couronne de Dakath de la tête du roi.

— Et comment suggères-tu que nous fassions cela ? L'emprisonner ?

Il inclina la tête en arrière, se frottant le menton.

— Tu vois, la raison pour laquelle tu veux que le roi Edkhar reste en vie est qu'il ait un fils. Mais il n'a pas besoin d'être roi pour en engendrer un. Défie-le, vaincs-le, enferme-le dans l'une des tours du Pic Bozyr. Laisse-le épouser sa promise. Ou ne les marie pas. Fais-la lui rendre visite jusqu'à ce que l'avenir se réalise et qu'elle lui donne un enfant. Ensuite, tu pourras prendre le bébé et faire ce que tu veux des parents.

Je le fixai, sans voix.

— Hein... C'est si simple, n'est-ce pas ? Ce sont de vraies personnes dont tu parles. Le roi Edkhar mérite peut-être toutes les conséquences qu'il s'attirerait. Mais qu'en est-il de sa future épouse ? Elle est sur le point d'épouser un roi, et tu veux réduire son mariage à des sortes de visites conjugales dans une tour ? Et le bébé ? Tu penses que c'est acceptable de tuer ses parents...

Il m'arrêta en levant un doigt.

— Je n'ai pas dit « tuer ». Quoique... ajouta-t-il nonchalamment. Je dois admettre que je préférerais les voir morts tous les deux à ce moment-là.

Je ne savais pas grand-chose de la future épouse du roi, Dame

Amree, en dehors de ce que le roi m'avait dit à son sujet, et ce n'était pas bon. Mais je ne pouvais pas approuver ce plan.

— Voron, nous parlons de vraies personnes ici, répétai-je. Des personnes vivantes, respirantes, ressentantes.

Il agita la main vers moi.

— Eh bien, tu vois, c'est la différence entre toi et moi, chère Amber. Je préfère les considérer comme des figures politiques. Les rois et les reines ne sont que des pièces de jeu sur mon échiquier. Et pour moi, cela ressemble à un excellent plan. Tout ce que tu auras à faire pour y adhérer, c'est de trouver le raisonnement moral qui te convient. Il poussa un soupir. Honnêtement, l'éthique ne fait qu'entraver la politique.

— Elex n'accepterait jamais cela.

Il jeta un coup d'œil à l'une des ouvertures sous le plafond où le ciel était devenu plus clair. Les chauves-souris s'étaient installées dans les coins. Seules les dernières se frayaient encore un chemin à l'intérieur.

— Je suppose que nous pourrons bientôt le demander au seigneur Elex lui-même.

Il se renfonça dans son fauteuil, son verre de vin se balançant dans ses longs doigts élégants.

La curiosité l'emporta finalement.

— Quelle est *ton* histoire, Voron ? Comment es-tu arrivé à Dakath ? Et pourquoi restes-tu ici ?

Il tourna la tête vers moi contre le haut dossier de son fauteuil. Ses cheveux étaient en désordre, mais ne semblaient pas pour autant négligés. Ils étaient noirs, comme les plumes de son oiseau perché sur le dossier de son fauteuil. Les mèches blanches sur le devant ressemblaient à des rayons de lune dans la nuit.

Voron était un bel homme, comme tous les faes. Mais il y avait quelque chose d'inquiétant dans ses yeux gris et froids. C'était difficile de les regarder directement.

— Tu veux entendre mon histoire ? demanda-t-il.

— J'adorerais.

— Pourquoi ?

Je devais admettre que j'étais curieuse. Il était le premier non-gargouille que j'avais rencontré à Dakath. Et tel qu'était ce royaume – inhospitalier pour les étrangers – lui et moi étions probablement les deux seules personnes dans toutes les Montagnes de Dakath qui ne se transformaient pas en pierre la nuit.

— Ne crois-tu pas que je devrais en savoir plus sur l'homme avec qui je pourrais comploter pour renverser le roi ? plaisantai-je.

Un sourire joua sur ses lèvres tandis qu'il finissait son vin.

Quelque chose piétina dans le couloir, puis d'autres bruits de pas lourds et de cliquetis se firent entendre.

Voron se leva de son fauteuil.

— Mon histoire devra attendre un autre jour, chère Amber. J'ai bien peur que nous n'ayons plus de temps. Le soleil est là. Ta gargouille se réveille. Et les miennes aussi.

AMBER

—Non, dit Elex en secouant la tête. Que le Roi Edkhar brûle dans mille feux, ça m'est égal. Mais sa promise est innocente de ses crimes.

Je lançai à Voron un regard qui disait « je te l'avais bien dit ». Il était assis à l'entrée de la petite grotte où Elex avait passé la nuit. Nous étions venus ici après le petit déjeuner pour discuter hors de portée des hommes de Voron. Comme prévu, Elex avait un problème avec le plan impitoyable de Voron.

Je m'attendais à moitié à ce que Voron se moque des principes moraux d'Elex en représailles, mais il se contentait de fixer le ciel matinal, faisant tourner entre ses doigts une fleur de coquelicot à longue tige qu'il avait trouvée Dieu sait où.

Elex était assis en face de Voron, à l'extrémité opposée de l'entrée de la grotte, le dos contre la paroi. Il me tenait sur sa cuisse gauche, son bras fermement enroulé autour de ma taille comme une ceinture de sécurité.

Il ne m'avait pas trouvée à ses côtés ce matin et s'apprêtait à faire ce que je lui avais demandé. Nu et bouillonnant de rage, il était en route pour assassiner Voron quand je l'avais croisé en revenant vers notre grotte. Maintenant, il refusait de me laisser quitter sa vue ou ses bras.

Les hommes du Pic Désolé nous avaient trouvé des vêtements. Elex portait une des chemises blanches à froufrous de Voron et un pantalon de velours noir. Et j'avais une tenue qui devait appartenir à un jeune dragon, car elle m'allait presque parfaitement. Le pantalon en daim marron était juste un peu lâche à la taille, mais la ceinture réglait ce problème. En plus d'une tunique en coton doux, j'avais aussi reçu une cuirasse fabriquée de bandes de cuir gaufré. Les bandes étaient maintenues ensemble par des lacets verticaux. Après avoir ajusté et serré tous les lacets, l'ensemble enveloppait mon torse comme un corset.

Je mordis dans la pâtisserie fourrée à la confiture. Un des hommes de Voron en avait préparé beaucoup pour le petit déjeuner. Elles étaient si bonnes que j'avais dû en emporter une après la fin du repas. Voron veillait manifestement à ce que ses hommes mangent bien.

— Comment es-tu devenu leur chef, Voron ? demandai-je quand la conversation s'était enlisée après le rejet catégorique du plan de Voron par Elex. Tu as dit que tu es arrivé ici alors qu'ils formaient déjà un groupe. N'avaient-ils pas déjà un chef à ce moment-là ?

Il grimaça, n'appréciant visiblement pas ces réminiscences de son passé.

— Je ne suis pas leur sauveur, Amber. Je ne l'ai jamais été. Ce sont mes hommes qui m'ont sauvé. Je ne suis pas leur chef depuis longtemps. J'étais bien trop jeune pour diriger qui que ce soit quand je suis arrivé à Dakath.

— À quel âge ? Étais-tu enfant ?

Cela suscitait encore plus de questions. Malheureusement, Voron ne semblait pas enclin à y répondre. Il tournait la fleur dans ses mains, regardant au loin avant de se tourner vers Elex.

— Cela ne veut pas dire que mes hommes n'ont pas besoin d'un *vrai* chef, dit-il. Ils sont une armée sans général.

— Mais n'es-tu pas *toi* leur général ? demandai-je à nouveau.

Il porta le coquelicot à son nez et inhala profondément, puis caressa ses pétales cramoisis de ses longs doigts.

— Je n'ai pas de cause qu'ils puissent suivre. Je n'ai pas d'objectif à Dakath, pas d'aspiration. Je me contente d'être là où je suis. Mais pas eux. Il inclina la tête vers les tunnels où ses hommes vaquaient à leurs occupations quotidiennes. Ils ont besoin d'un but. Et *toi*, tu peux le leur donner. Il fixa Elex de son regard gris acier.

La poitrine d'Elex se souleva avec une profonde inspiration, mais il ne dit rien tandis que Voron poursuivait :

— Tu es de sang royal. Tu pourrais être le roi juste et noble dont Dakath a besoin. Et il en a besoin *maintenant*. Pas dans un siècle ou plus. » Il jeta la fleur hors de la grotte, puis se pencha vers Elex et moi. « L'avenir n'est pas gravé dans la pierre. Sinon, nous serions tous comme des marionnettes dans une pièce de théâtre. L'avenir n'est pas une image détaillée. Ce n'est qu'une esquisse, à nous d'y mettre couleur et substance. On peut l'ajuster. Tu as le pouvoir d'améliorer la vie de ton peuple, Seigneur Elex. Utilise-le. Pourquoi attendre ?

Elex lui rendit son regard.

— Qu'y gagnes-tu, Seigneur Voron ?

Le fae du ciel sourit, s'adossant de nouveau contre la paroi. « Disons que j'estime avoir une dette envers mes hommes pour m'avoir sauvé il y a tant d'années. Je ne peux pas les rembourser, mais je souhaite qu'ils aient une vie meilleure. »

— C'est tout ? Elex semblait sceptique.

Le sourire de Voron s'élargit.

— Il y a peut-être autre chose. Je te donnerai une armée en échange d'une faveur royale.

— Je ne suis pas roi.

— Tu pourrais l'être un jour. Je ne réclamerai pas ma promesse avant que tu le sois.

— Quelle sorte de faveur ? Elex n'avait pas l'air enthousiaste face à cette requête.

Voron agita vaguement la main en l'air.

— Je n'ai pas encore décidé. Je veux simplement que tu promettes que tu exauceras un de mes souhaits, n'importe lequel, quand le moment viendra.

Elex rit en secouant la tête.

— Je ne ferai pas une telle promesse.

Voron haussa un sourcil. Il semblait déçu mais pas particulièrement surpris. Vraiment, quel fae accepterait de lier sa vie à une promesse aussi vague ? C'était beaucoup trop imprécis.

Aucun fae ne le ferait. Mais je n'étais pas fae.

— Accepterais-tu *ma* promesse à la place, Voron ? demandai-je.

— Amber. Non. Un avertissement résonnait dans la voix d'Elex tandis qu'il me serrait plus fort contre lui.

— Les promesses humaines n'entraînent pas les conséquences funestes comme celles des faes, rappelai-je à tous deux. Rien ne nous oblige à les tenir hormis notre honneur. Je ferai ce marché avec toi, Voron. Mais tu n'auras rien pour m'y contraindre. Tu devras simplement me faire confiance pour que je remplisse ma part du contrat.

Le regard calculateur de Voron se concentra sur moi. Bien sûr, il ne me faisait pas confiance. Pourquoi le ferait-il ? Il me connaissait à peine. C'était un pari pour lui. Mais j'espérais qu'il prendrait le risque. Après tout, n'était-ce pas juste un jeu pour lui, et nous tous ses pions ?

— Eh bien... Ses yeux me jaugeaient comme pour évaluer ma valeur. J'ai dit que j'avais besoin d'une faveur *royale*. Je ne vois pas pourquoi elle ne pourrait pas venir de la reine plutôt que du roi.

La reine ?

Je jetai un regard à Elex par-dessus mon épaule. Ses yeux contenaient leur propre promesse, une promesse qu'il n'avait pas besoin de formuler. Quoi qu'il arrive, nous étions ensemble, lui et moi, soit comme des vagabonds se cachant dans des contrées lointaines de Nerifir, soit, peut-être, comme la royauté de Dakath.

Voron ricana, se frottant les mains.

— C'est un marché, chère Amber. Ton homme a maintenant une armée s'il souhaite l'utiliser.

Elex souffla, mécontent de cette pression.

Je m'agitai dans ses bras, me creusant la tête pour trouver un compromis.

— Pourrions-nous peut-être attendre jusqu'après le mariage du roi et l'arrivée du bébé pour attaquer ?

Voron fronça les sourcils à mes paroles.

— Si vous devez faire quoi que ce soit, ce doit être maintenant, pendant que les hommes du roi sont ivres de vin et de la victoire d'hier. Si vous attendez, ils vont dessoûler. Le roi reconstituera leurs rangs après les pertes de la dernière bataille. Vous manquerez votre chance. Rappelez-vous, mes gens ne peuvent pas voler. Ils ne peuvent pas affronter l'armée du roi à découvert sans risquer d'être massacrés du ciel par les dragons du roi. Vous devez leur donner tous les avantages possibles.

— Combien de temps leur faudra-t-il pour atteindre le château du Pic Bozyr à pied ? demanda Elex.

— Des heures. Ils y seront à midi s'ils partent maintenant. Ils ont beaucoup plus de chances dans un combat en intérieur, car ils affronteraient des hommes, pas des dragons, dans les salles du château.

— Ils n'arriveraient jamais à l'intérieur, soupirai-je. Ils seraient massacrés aux murs du château.

Elex se frotta la mâchoire.

— Je contrôle la magie du Pic Bozyr. Si j'entre, je peux ouvrir toutes ses portes, abaisser les ponts, et faire sauter les volets des fenêtres. Tout à la fois.

L'espoir fleurit dans ma poitrine. Peut-être était-ce faisable ? Je pensai à la partie écroulée du mur intérieur du château que j'utilisais pour sortir m'entraîner au tir à l'arc.

— Si tu me fais survoler le mur extérieur, je t'aiderai à te faufiler par une porte latérale près de la cuisine.

— Non, je ne veux pas que tu t'impliques, refusa rapidement Elex.

— Je suis déjà très impliquée, tu ne crois pas ?

Il secoua fermement la tête.

— Je veux que tu restes loin du château, Amber, dans un endroit sûr.

J'inclinai la tête, demandant doucement :

— Et quel *endroit sûr* serait-ce, mon chéri ? Dis-moi. Comment penses-tu que je serais en sécurité loin de toi ? À qui ferais-tu plus confiance qu'à toi-même pour me protéger ?

— Amber, gémit-il, parce qu'il savait que j'avais raison. Il n'y avait pas de meilleur endroit pour moi qu'à ses côtés.

Me serrant contre lui avec ses deux bras, il enfouit son visage dans mon épaule. Je sentais le tumulte qui faisait rage en lui. Son besoin de me garder près de lui luttait contre sa peur de me mettre en danger. Mais je ressentais la même chose pour lui. J'avais besoin d'être là où il était.

Plaçant mes mains sur les siennes, j'entrelaçai nos doigts.

— Je resterai hors de ton chemin, promis. Et je prendrai soin de moi-même. Je me tiendrai à l'écart du danger. Je ne me précipiterai pas dans la bataille. Tu n'auras pas à t'inquiéter pour moi.

Je continuais à lui donner des promesses comme des bonbons. Il savait que je ne risquais pas la mort si je ne les tenais pas, mais j'espérais que les entendre apaisait quand même ses inquiétudes.

Avec une profonde inspiration, il desserra un peu son étreinte autour de moi.

— Voici ce que nous allons faire, dit Elex d'un ton ferme et déterminé, prenant les choses en main. Nous attaquerons aujourd'hui. Le roi Edkhar perdra sa couronne, mais il conservera sa vie. Tout comme sa promise. Jusqu'à la naissance de leur fils, ils seront gardés comme invités au Pic Bozyr s'ils coopèrent, ou comme prisonniers s'ils ne le font pas. Toi... Il prit mon visage dans une main. Tu viendras avec moi jusqu'aux murs du château, mais tu resteras à l'extérieur jusqu'à ce qu'il soit sûr d'entrer. Tu comprends ? Le combat aura lieu à l'intérieur.

J'acquiesçai.

Il caressa le côté de mon visage, plongeant intensément son regard dans mes yeux.

— Tu te cacheras au même endroit où tu tirais tes flèches. Cette bataille se déroulera au sol, pas dans les airs. Cette section du mur du château est inaccessible par voie terrestre, il n'y aura pas d'action là-bas. Ce sera le plus sûr. Reste là, hors de vue, jusqu'à ce que je vienne te chercher.

L'intensité de son attention et de son inquiétude me traversa comme un éclair, raidissant ma colonne vertébrale et serrant ma poitrine, mais j'acquiesçai de nouveau, réussissant à afficher un sourire rassurant.

— Je vais bien aller, dis-je, et répétai, tu n'as pas à t'inquiéter pour moi.

Dieu savait qu'il aurait bien assez de soucis aujourd'hui sans que j'en ajoute davantage.

Pliant sa jambe, Voron suspendit son bras par-dessus son genou.

— Garder l'ancien roi et sa femme comme invités dans ton château est une mauvaise idée. Ils comploteront contre toi, et tôt ou tard, ils frapperont.

— Alors, je les tuerai tous les deux, dit simplement Elex. S'ils essaient de me faire du mal, à moi ou aux miens, je riposterai sans merci.

J'étais contre le meurtre, mais il était raisonnable de supposer que même vaincu, le roi Edkhar n'accepterait pas facilement le rôle d'invité dans son propre château. Il faudrait le surveiller de près.

— Comme tu voudras, concéda le fae du ciel. Si c'est la position morale qui te met suffisamment à l'aise pour accepter de renverser le roi, qu'il en soit ainsi.

— De toute façon, nous nous avançons trop, dit Elex. Ni le château ni la couronne ne sont encore à moi.

Avec son bras autour de ma taille, il se leva. Prise dans son étreinte, je pendais comme une poupée de chiffon, les pieds au-dessus du sol.

— Euh... Chéri. Je sais que tu aimerais me trimballer comme ton ours en peluche préféré. Mais pourrais-tu, s'il te plaît, me faire confiance pour marcher sur mes deux pieds ?

— Désolé, mon étincelle. Il me déposa au sol.

Voron se leva aussi. Secouant la poussière de son pantalon de velours noir, il nous jeta un regard amusé.

— Je dois parler à tes hommes, dit Elex.

Le fae du ciel hocha la tête.

— En effet.

— Qui es-tu ? demanda une gargouille aux cheveux roux.

Des milliers d'hommes de Voron étaient entassés dans la spacieuse grotte sous le Pic Désolé. Des milliers d'autres remplissaient les tunnels adjacents. Un grand nombre d'entre eux s'accrochaient à la montagne depuis l'extérieur, regardant à travers les grandes fissures et larges ouvertures dans la roche.

Voron se tenait en retrait, ne disant pas un mot. Il avait clairement indiqué que ce n'était ni sa guerre ni son combat. Si Elex voulait que ses hommes se battent et meurent pour lui, c'était à lui de les convaincre de l'accepter comme leur chef.

— Je suis Elex, Prince Héritier des Montagnes de Dakath, se présenta-t-il hardiment avec son titre légitime.

— Prince ? La gargouille plissa les yeux avec suspicion.

— C'est le Seigneur Elex ! cria quelqu'un dans la foule. Le favori du roi.

Elex sourit ironiquement.

— Plus un favori. Pas après m'être opposé au roi hier.

Il parcourut du regard les nombreux visages tournés vers lui.

— J'ai un droit légitime au trône de Dakath. Et j'ai besoin de votre aide pour le prendre. Je veux que vous preniez d'assaut le Pic Bozyr avec moi.

Un murmure parcourut les hommes.

— Et pourquoi ferions-nous ça ? demanda une autre

gargouille. Celui-ci était torse nu, avec seulement deux ceintures de cuir qui se croisaient sur sa large poitrine.

— Parce que vous êtes des guerriers, éleva la voix Elex. Forts et compétents. Des guerriers à qui, jusqu'à présent, on a refusé toute chance de faire leurs preuves au combat. Je vous donne cette chance.

Un homme à la barbe rousse domptée en tresses ricana :

— Une bataille pour te mettre sur le trône ? Et ensuite ?

Elex soutint son regard directement.

— Ensuite, vous pourrez faire ce que bon vous semble. Si vous souhaitez rester dans mon armée royale, je vous garderai volontiers. Sous mon règne, vous serez jugés sur le genre d'hommes que vous êtes, votre loyauté et votre courage, pas sur la taille de vos ailes ou leur absence. C'est ma promesse envers vous.

Le murmure parmi les hommes s'amplifia tandis qu'une vague de magie se répandait dans la salle, scellant la promesse d'Elex.

Alors que ses paroles résonnaient dans l'immense grotte, j'observais les visages des hommes qu'il tentait d'inciter à aller au combat pour lui. Certains le regardaient sombrement. La méfiance était encore clairement visible dans les yeux de beaucoup. Mais il y avait aussi de l'espoir. Une étincelle d'excitation illuminait leurs visages tandis que la magie de la promesse d'Elex flottait dans l'air.

L'homme au torse croisé de ceintures cracha par terre, puis croisa les bras sur sa large poitrine.

— Quand veux-tu prendre d'assaut le château ?

— Aujourd'hui.

Des exclamations de surprise parcoururent la foule.

— Nous partirons tout de suite, précisa Elex.

— Maintenant ? s'exclamèrent plusieurs hommes à la fois, leur étonnement résonnant dans la foule.

Elex prit une posture plus large.

— Pourquoi pas ?

L'homme à la barbe tressée secoua la tête.

— N'est-ce pas trop tôt ?

— Comment t'appelles-tu ? lui demanda Elex.

— Gabrik.

— Combien de temps as-tu passé au Pic Désolé jusqu'à présent, Gabrik ?

— Cent vingt-quatre ans.

— N'est-ce pas suffisant ? Combien de temps encore as-tu besoin de rester ici avant de saisir ta chance de partir ? Quelques jours de plus ? Des mois ? Elex posa ses mains sur ses hanches avec une lueur taquine dans les yeux. Dois-je revenir dans un an ou deux ?

L'homme marmonna quelque chose sous sa barbe tandis que d'autres riaient.

— Plus vite nous attaquons, plus nos chances de gagner sont grandes, expliqua Elex, son expression redevenant sérieuse. Le roi Edkhar pense que la guerre est terminée. Je ne veux pas lui laisser le temps de se remettre de la bataille d'hier et de reconstituer son armée.

Au son du nom du roi Edkhar, les hommes jurèrent et crachèrent.

— Je le veux vivant, avertit Elex. Vous avez tous les droits de le haïr pour la façon dont il vous a traités. Mais c'est très important. Le roi doit rester en vie.

ELEX

Il aurait atteint le Pic Bozyr en quelques minutes s'il avait volé. Mais il avait choisi de marcher à pied aux côtés de ses hommes. Ce n'est que lorsque les murs du château du roi se dressèrent devant eux qu'il déploya ses ailes.

— Je vais me faufiler à l'intérieur pour ouvrir toutes les portes et les grilles, dit-il à Voron. Conduis-les jusqu'aux portes principales du château, puis fais-les se disperser une fois à l'intérieur des murs.

Le fae céleste acquiesça, ajustant la manchette froissée de sa chemise de soie.

Elex avait été un peu surpris de voir Voron se joindre à eux. Il s'attendait à ce qu'il reste en arrière et laisse les gargouilles mener leurs guerres seules. Mais le fae céleste devait s'être trop ennuyé après les années passées dans le lugubre Pic Désolé pour manquer cette occasion d'action.

Comme les autres, Voron avait marché, bien qu'il eût certainement pu voler. Les faes célestes existaient sous toutes les formes et tailles. Certains avaient des queues, des cornes, ou même des sabots. Ceux qui ressemblaient à Voron étaient appelés « nobles de naissance ». Tous les nobles de naissance avaient des ailes. Elex imaginait que Voron cachait les siennes, tout comme le faisaient les gargouilles.

Voron avait maintenu le rythme de marche qu'Elex avait imposé sans se plaindre. Et maintenant, il recevait ses ordres sans résistance.

Elex chercha l'homme barbu, Gabrik, parmi son armée. Il le repéra à proximité et lui fit signe d'approcher. L'homme s'était montré résistant, restant en tête de file tout le long du chemin depuis le Pic Désolé. Elex avait besoin de sa prudence pour contre-balancer la détermination froide du fae céleste.

— Voron prendra la moitié des hommes et contournera le château par le sud, dit-il à Gabrik. Prends l'autre moitié et encercle le Pic Bozyr par le nord. Dispersez-vous et utilisez chaque porte, fenêtre et grille que vous pourrez trouver pour entrer dès qu'elles s'ouvriront. Mais restez loin d'elles tant qu'elles sont fermées. Mon intervention pour les ouvrir ne sera pas sans danger pour quiconque se trouve à proximité.

Amber s'avança, ajustant sur son épaule le nouvel arc offert par Voron. Elle avait généralement suivi le rythme des gargouilles. Elex n'avait réussi à la convaincre de le laisser la porter qu'une seule fois, brièvement, durant leur longue et épuisante randonnée.

— Je vais te montrer un passage pour t'infiltrer, dit-elle.

Il acquiesça gravement. La dernière chose qu'il souhaitait était de la ramener dans ce nid de frelons qu'était le château du roi. Mais il reconnut qu'il valait mieux qu'ils restent proches l'un de l'autre.

Il attira son corps élancé contre lui, l'entoura de ses bras et s'envola. Il vola bas, restant dans les ombres projetées par les rochers environnants et évitant les guetteurs.

La porte principale du mur extérieur du château était fermée. D'habitude, elle restait ouverte pendant la journée pour laisser entrer les marchands de la vallée ou pour permettre aux servantes de circuler plus facilement. Normalement, seules les nombreuses portes du mur intérieur restaient fermées et gardées durant la journée.

L'absence de gardes à la porte principale verrouillée indiqua à Elex qu'elle n'était pas fermée par précaution supplémentaire aujourd'hui, mais probablement parce que personne ne s'était soucié de l'ouvrir ce matin-là. Le roi et ses hommes devaient célébrer intensément. Et les gardes et serviteurs devaient être occupés à les servir.

Une fois arrivé à l'endroit où Amber s'entraînait autrefois avec son arc et ses flèches, il survola le mur extérieur du château. Personne ne les arrêta. Clairement, le roi Edkhar se sentait confiant après sa victoire, relâchant la sécurité.

— Il y a une brèche là-bas, dit Amber, le guidant vers l'endroit où le mur intérieur s'était effondré. La partie restante était si basse qu'il n'avait pas besoin d'utiliser ses ailes. Ils l'escaladèrent, puis elle le conduisit vers une porte en bois tout aussi délabrée, située en bas sur le côté du château.

— Beaucoup de choses ont besoin d'être réparées ici, observa Amber.

C'était certain. Cela lui faisait mal de voir les signes de négligence et de ruine dans sa maison familiale. Les ressources du roi Edkhar avaient clairement été dépensées ailleurs.

Il posa sa main sur la porte. Le contact chaleureux de la magie du château était comme une poignée de main d'un ami. Il utilisa un filet de cette magie pour déverrouiller la serrure. Les gonds ne grincèrent pas quand il poussa la porte.

— J'ai mis du saindoux sur ceux-ci, expliqua Amber, touchant les volutes métalliques des gonds. Ils sont assez rouillés et faisaient beaucoup de bruit avant.

Un sourire effleura sa bouche, la tendresse se répandant dans sa poitrine avec chaleur. Il aurait aimé pouvoir l'embrasser. Mais un baiser pourrait leur coûter la vie à tous les deux. Juste au-delà de l'étroit passage derrière la porte, la vie bouillonnait avec des bruits de pas précipités, de vaisselle qui s'entrechoquait et de cris entre les serviteurs. C'était l'heure du repas royal de midi, qui battait son plein, d'après ce qu'on entendait. Le roi tirait fierté de ses célébrations, et la fin d'une guerre de plusieurs décennies constituait une excellente raison de festoyer.

Gardant un œil sur le bout du corridor, il dégaina son épée. Il prévoyait de faire exploser toutes les portes, grilles et fenêtres en même temps, ne laissant rien au hasard. Mais pour cela, il devait se rendre au centre du château, pour utiliser la magie à son cœur.

— Sois prudent, chuchota Amber, serrant son arc si fort que ses jointures blêmirent.

Le regard suppliant dans ses yeux lui fit tout oublier pendant un instant. Saisissant son menton dans sa main, il l'embrassa, au diable tout danger. Elle émit un son mi-gémissement, mi-plainte contre ses lèvres, puis chancela en arrière quand il la relâcha, ses mains agrippant sa chemise sur sa poitrine.

Sa voix était rauque, sa gorge serrée quand il lui dit :

— Reste près du mur. Hors de vue.

Elle hocha la tête avant de se glisser silencieusement derrière la porte et de se diriger vers la brèche dans le mur intérieur. Une partie de lui resta avec elle. Mais il pouvait se concentrer un peu mieux, sachant qu'elle était relativement en sécurité hors du château qui allait être attaqué.

Les serviteurs s'écartèrent de son chemin quand il quitta le corridor. Soit ils n'avaient pas entendu parler de son attaque contre leur roi, soit ils ne savaient pas comment réagir face à l'ancien favori du roi. Surpris, ils restèrent silencieux, le laissant passer.

Cela ne durerait pas longtemps. Tôt ou tard, quelqu'un avertirait les gardes de sa présence dans le château. Il devait se dépêcher.

Il monta en courant les escaliers de la tour jusqu'à l'étage de la Salle du Trône. Située au cœur même du Pic Bozyr, cette salle était utilisée par son père pour toutes les fonctions officielles et de nombreuses célébrations familiales. Elex n'avait pas encore vu le roi Edkhar l'utiliser pour quoi que ce soit. Mais les gardes royaux étaient là. Six d'entre eux étaient alignés le long du mur près des doubles portes sculptées.

— Attrapez-le ! Pointant leurs armes vers lui de manière menaçante, ils s'avancèrent dans sa direction.

Il toucha le mur le plus proche, faisant appel à la magie de la montagne dans laquelle le château royal était taillé. Elle picota sous sa paume avec une explosion d'étincelles entre ses doigts.

— Reculez, avertit-il les gardes. À moins que vous ne souhaitiez brûler vifs.

Ils hésitèrent, mais seulement un instant. Ces six-là n'avaient probablement pas entendu parler de ce qu'il avait fait dans le donjon le jour où il était devenu le « favori du roi ». Ou alors leur mémoire était courte.

Il fit face à leur première attaque avec son épée, ne souhaitant pas gaspiller la magie sur les gardes. L'utilisation de la magie épuisait sa force, et il avait encore beaucoup de portes et de fenêtres à ouvrir. Il réussit à poignarder un garde en plein cœur et à en lacérer un autre à travers la poitrine. Les quatre restants l'encerclèrent, avec d'autres gardes accourant dans le couloir à leur aide.

Quelqu'un le frappa à l'arrière des jambes, le faisant tomber à genoux. Il plaqua ses mains sur le sol et envoya une vague de feu en cercle autour de lui.

Les gardes n'eurent pas le temps de crier, s'enflammant instantanément. La puanteur de chair brûlée remplit le couloir, émanant des tas de cendres sur le sol.

Il poussa les portes de la Salle du Trône. La grande pièce était complètement déserte. L'estrade élevée du trône avec des marches taillées dans la pierre se dressait, vide. Le trône avait été déplacé dans la Grande Salle avec les cristaux de *biqurelle* sous le plafond, où le roi Edkhar préférait passer la plupart de son temps, buvant avec ses hommes et « célébrant » avec les *Salamandras*.

Le sol de granit noir de la Salle du Trône était incrusté de grenats rouge sang qui formaient l'image d'une flamme enroulée en cercle au milieu de la pièce. Ici, la magie était la plus forte.

Au centre du cercle, Elex mit un genou à terre et pressa ses deux mains contre le sol. La pierre vibra, à la fois en raison de la magie et des pas qui approchaient à l'extérieur de la salle – les hommes du roi arrivaient.

Il prit une profonde inspiration, s'enfonçant profondément dans le château et dans la montagne dans laquelle il était taillé. À travers le temps et la distance, il fusionna avec la longue lignée de ses ancêtres – sa famille.

La magie courut dans ses veines, s'infiltrant à travers ses doigts. Des étincelles se dispersèrent sur le sol comme des pierres précieuses. À travers la roche de la montagne, il attira vers lui les flammes anciennes. Puis il les força à sortir le long du sol et à travers les murs.

L'explosion enflammée tonna sous le haut plafond, secouant chaque mur du château. Des flammes jaillirent à travers les portes, incinérant les hommes du roi qui se précipitaient à l'intérieur. Les volets des fenêtres explosèrent partout. L'écho du fracas résonna à travers tous les étages du Pic Bozyr alors que chaque fenêtre, porte et grille s'ouvrait violemment.

La lumière du soleil inonda la Salle du Trône. Des cris et des cliquetis d'armes retentirent depuis les étages inférieurs tandis que ses hommes entraient. Le Pic Bozyr était attaqué par les hommes qui en avaient été bannis auparavant, jugés insuffisants et inutiles par leur roi.

Maintenant, ils étaient de retour. Assoiffés de vengeance.

Elex essaya de se relever. Ses jambes refusèrent de le porter, le renvoyant à genoux. L'utilisation de la magie Dakath avait des conséquences. Il n'avait jamais atteint la limite auparavant. Et maintenant, il semblait l'avoir fait.

Les mains sur le sol, il respira profondément, rassemblant ses forces.

Il sentit une traction contre ses doigts. Le pouvoir s'écoulait loin de lui, suivant l'appel d'un autre. Ailleurs dans le château, le roi Edkhar souhaitait lui aussi puiser dans la magie familiale.

Fermant les yeux, Elex força le pouvoir à rester sous son commandement, défiant l'appel du roi.

Génération après génération, les unions royales avaient été

soigneusement sélectionnées pour engendrer des monarques plus puissants. Avec trois générations d'écart entre eux, Elex était bien plus fort que son arrière-arrière-grand-père.

Ses bras tremblaient. Les dents serrées, il s'accrochait à ce qui lui appartenait de droit de naissance, ne laissant pas le roi utiliser le pouvoir Dakath contre les hommes qui prenaient d'assaut le château.

Sa vision s'assombrit, sa tête tournait. Des étincelles rouges apparurent de nulle part, dansant devant ses yeux. Finalement, la traction du roi à l'autre bout cessa.

Et Elex s'effondra, s'écroulant sur le sol.

AMBER

Une explosion retentit dans l'air. La montagne trembla. Je me recroquevillai contre le mur. Des éclats de bois, des pierres et des morceaux de métal pleuvaient, frappant les murs et se plantant dans la roche.

Je savais que c'était Elex qui semait le chaos. Du moins, je l'espérais. Mais mon esprit n'arrivait pas à comprendre comment une seule personne, peu importe qu'elle soit royale ou magique, pouvait causer autant de bruit et de dévastation.

Le cri de guerre de ses hommes annonça l'attaque du château. Par chaque porte et chaque fenêtre à leur portée, les hommes du Pic Désolé prenaient d'assaut la forteresse.

Le dos plaqué contre le mur extérieur, je levai les yeux vers la masse noire du château. Tous ses volets avaient disparu. Les fenêtres béaient comme des orbites aveugles. Contre le ciel ensoleillé, les murs noirs et les tours du château du roi paraissaient particulièrement sombres et maléfiques. Sans vitraux aux fenêtres, le Pic Bozyr ressemblait au squelette d'un bâtiment. Sans âme et abandonné.

Une grande ombre s'étira sur les rochers, se détachant du

château. Par instinct, je saisis mon arc et tirai une flèche de mon carquois.

Un dragon volait au-dessus de moi. Avec le soleil directement derrière lui, je ne le reconnus pas. Je ne pouvais même pas distinguer la couleur de ses écailles.

Jusqu'à ce qu'il dépasse le soleil. À cet instant, je sus exactement qui il était.

Les écailles cramoisies du roi Edkhar reflétaient la lumière du soleil, m'aveuglant un moment. Je protégeai mes yeux derrière mon bras. Et quand je le regardai à nouveau, le roi-dragon dévia de sa trajectoire, volant dans ma direction.

Il m'avait vue.

Non, non, non... Je reculai face au dragon qui approchait.

La peur saisit mon cœur de ses doigts froids et osseux. Mais mes mains ne tremblèrent pas quand j'encochai la flèche et levai l'arc.

Des taches lumineuses dansaient encore devant mes yeux. Je clignai des paupières pour les chasser et plissai les yeux pour viser.

J'avais déjà tué un dragon. Je pouvais recommencer.

Sauf que je ne pouvais pas tuer celui-ci, n'est-ce pas ? Si le roi mourait, Elex aussi...

Cette fois, mes mains tremblèrent.

Le dragon plongea vers moi. Je reculai jusqu'au mur, pressant mon dos contre la pierre froide. Il ne pourrait pas m'attraper d'ici. L'espace entre les murs intérieur et extérieur dans cette partie du château n'était pas assez large pour son envergure.

La silhouette du roi-dragon rétrécit et se transforma. C'est l'homme, et non le dragon, qui atterrit sur les pavés devant moi.

— Toi ! lança le roi Edkhar en se précipitant vers moi.

La fureur émanait de lui comme une vague de chaleur. Il était tellement en colère que me brûler de loin ne lui suffirait pas. Il brûlait d'envie d'en finir avec moi de ses propres mains.

Je bondis hors de sa portée. Mon arc tomba sur les pavés. La flèche resta accrochée, oscillant entre mes doigts.

— Tu vas payer pour ta petite plaisanterie malsaine, vermine humaine, grommela le roi entre ses dents.

Il n'avait pas oublié que je l'avais tenu en laisse. Je ne pensais pas qu'il l'oublierait jamais.

D'un bond gigantesque, il m'attrapa par la gorge. Je suffoquai, agrippant sa main avec la mienne. Sa prise était inflexible, comme un collier de fer serré autour de mon cou.

Fer...

J'avais toujours la flèche dans ma main. Mes doigts se resserrèrent autour, la saisissant juste derrière la pointe.

La voix d'Elex résonna dans mon esprit, les mots qu'il avait prononcés en tenant ma main avec son poignard contre son cou : « *Vise ici où le sang pulse, portant le feu de la vie.* »

Me tenant par le cou, le roi me souleva du sol.

— Je vais prendre plaisir à extraire chaque goutte de vie de ton corps, misérable petit rat.

Mes pieds battaient inutilement contre le mur derrière moi. Mes poumons brûlaient, affamés d'air. Ma vision se brouilla alors que j'essayais de me concentrer sur ce point précis sur le côté de son cou.

Là où le sang pulse...

Levant ma main, je frappai.

La pointe acérée de la flèche pénétra la chair sans résistance. Du sang chaud gicla sur ma main. Les yeux vert émeraude du roi s'écarquillèrent. Il était choqué que je riposte.

Des étincelles rouges de fer de Nerifir jaillirent de la blessure autour de la pointe. Relâchant sa prise, le roi chancela en arrière. Je tombai à genoux, toussant et me frottant le cou.

Je ne pouvais pas laisser la flèche dans sa blessure. Je ne pouvais pas permettre au fer d'empoisonner son sang.

Je ne pouvais pas tuer le roi.

Chancelante, je me lançai vers lui et attrapai la flèche, l'arrachant de son cou. Il pressa sa main sur la blessure, le sang pulsant entre ses doigts.

Les faes n'étaient pas faciles à tuer, n'est-ce pas ? Il ne pouvait pas mourir.

— Vis, connard, crachai-je en brisant la flèche ensanglantée sur mon genou.

Le roi gronda. Écartant les bras, il grandit, reprenant sa forme de dragon. Ouvrant ses ailes aussi largement que les murs le permettaient, il s'éleva du sol.

Un cri de guerre retentit soudain au-dessus, avec une voix féminine aiguë. Une silhouette sombre sauta du mur – musclée et gracieuse.

Isar !

Elle se transforma en salamandre en plein saut et percuta le dragon dans les airs. Ses griffes courbées percèrent les écailles de son ventre.

— Isar, non ! criai-je.

Mais rien ne pouvait l'arrêter. Elle gronda et déchira le roi-dragon. Des écailles dorées-rouges pleuvaient comme des éclats de lumière solaire. Le sang éclaboussait les roches noires des murs. Ses dents luisaient de poison quand elle les plongea dans la chair du roi.

Le dragon bascula sur le côté. Ses ailes perdirent leur rythme. Il s'écrasa sur les pavés entre les murs, entraînant Isar avec lui. Ils roulèrent au sol, enfermés dans une étreinte mortelle.

Je m'aplatis contre le mur, essayant de m'écarter. La queue du dragon fouetta l'air, me faisant tomber. Dans un dernier geste désespéré, il projeta Isar loin de lui. Puis s'immobilisa.

— Non, non... Je me relevai à quatre pattes tandis que le corps du dragon se transformait en homme.

Le roi nu gisait sur les pavés noirs. Ses cornes de dragon se métamorphosèrent en couronne royale, et celle-ci roula de sa tête, tintant sur les pierres. Son torse avait été déchiqueté. La vapeur scintillante du venin s'élevait des blessures.

Mort.

Le roi était mort.

— Elex. Je pressai un poing contre ma poitrine. À l'intérieur vivait l'étincelle de lui, une partie de lui. Était-elle toujours là ? Je n'étais pas sûre de pouvoir la sentir. Était-elle enfouie profondément sous les décombres de la terreur froide et de la douleur ?

Ou avait-elle disparu ?

Tandis que le dragon rétrécissait, la salamandre noire et or apparut juste derrière lui. Elle se transforma en femme.

Était-elle morte aussi ?

— Isar. Je rampai au-delà du roi mort jusqu'à elle.

Une longue entaille faite par les griffes du roi-dragon béait sur son flanc. Le sang rouge brillait comme des rubis contre sa peau sombre. Ses yeux étaient ouverts, fixant droit vers le ciel printanier lumineux. Un sourire flottait sur ses lèvres couvertes de sang et de poison.

— Isar... Je caressai doucement sa joue.

Le soleil emplissait ses yeux bruns de tant d'or qu'ils semblaient ambrés. Elle les tourna vers moi. La reconnaissance réchauffa son expression. Son sourire s'élargit.

— J'ai eu ma vengeance, petite humaine. Pour Ertee et pour moi...

— Pour tous les autres aussi, Isar, murmurai-je tandis que les larmes me montaient aux yeux. Tu les as tous vengés.

Sa poitrine se souleva dans une respiration profonde et laborieuse. Elle grimaça, pressant sa main sur la blessure à son flanc.

— Maintenant, je peux enfin me reposer. Ses yeux dorés se fermèrent.

Les larmes me brûlaient les yeux.

— Non, Isar, je t'en prie, ne pars pas...

Je me balançai sur mes genoux à ses côtés, mes mains pressées contre ma poitrine.

Le jour s'assombrit tandis qu'une autre ombre s'interposait entre nous et le soleil avec un bruissement d'ailes.

— Amber ! cria une voix du ciel.

— Elex ? Je bondis sur mes pieds.

Il atterrit et enjamba le corps du roi mort pour venir à moi.

— Es-tu blessée ? Il prit mon visage entre ses mains, essuyant mes larmes avec ses pouces. Qu'est-ce qui te fait mal ? Où ?

— Je vais bien. Et *toi* ? J'agrippai ses bras, puis ses épaules, puis posai mes mains sur ses joues. Comment te sens-*tu* ?

J'étudiais son visage bien-aimé à la recherche de signes... de quoi ? De fatigue ? De déclin ? De mort ?

Allait-il simplement disparaître dans les airs, glissant entre mes doigts comme le plus merveilleux des rêves ?

J'enfonçai mes doigts dans ses épaules, déterminée à m'accrocher fermement.

— Le roi est mort, Elex. Mon dieu... J'exhalai un souffle tremblant. J'ai peur. Je m'accrochais à lui si fort que, s'il n'avait pas été un fae, cela lui aurait certainement fait mal. S'il te plaît, reste avec moi.

— Le roi est mort... répéta-t-il mécaniquement.

Il jeta un regard au cadavre derrière lui, comme s'il le voyait pour la première fois, puis regarda droit devant lui. Ses yeux semblaient aveugles, comme s'il regardait à l'intérieur et non à l'extérieur, cherchant lui aussi *les signes* dans son corps.

— Comment te sens-tu ? demandai-je encore. Ma voix était si basse que je m'entendais à peine moi-même.

Il était vivant. Je ne savais pas comment. Ni pour combien de temps. Mais tant qu'Elex était là et respirait, j'avais peur de bouger la moindre molécule de l'Univers, de peur que tout change pour le pire.

— Je me sens bien. Mieux qu'il y a un moment, c'est certain. Il cligna des yeux, regardant autour de lui. Avec une profonde respiration, la concentration et la confiance revinrent dans son expression. Son regard tomba sur Isar. Qui est cette femme ?

J'inspirai aussi, essayant de gagner un minimum de contrôle sur ma peur. Nous ne pouvions pas rester assis à attendre que les effets de la mort du roi se manifestent.

— C'est Isar. Celle au venin dont je t'ai parlé. L'inquiétude battait dans ma poitrine tandis que je m'agenouillais à nouveau près d'elle. Elle est gravement blessée. Elle a besoin d'aide.

Si ce n'est pas trop tard.

Elex s'accroupit près d'Isar et posa une main sur son cou, à l'endroit où « le feu de la vie pulsait ».

S'il te plaît, fais que ce ne soit pas trop tard.

— Elle aura besoin d'un guérisseur. Il se releva.

En m'appuyant contre le mur, je me mis debout aussi.

— Toutes les *Salamandras* du Sanctuaire sont mortes... Y a-t-il quelqu'un d'autre au château qui peut guérir ?

— La sorcière royale...

Une explosion de feu venue du ciel frappa le mur au-dessus de nous. Des roches explosèrent. Les débris s'écrasèrent contre le mur en contrebas, heurtant le sol.

— Cache-toi ! Elex bondit de côté.

Il écarta largement les bras, regardant vers le haut, comme invitant le feu à le suivre, éloignant le danger d'Isar et moi.

Plusieurs dragons tournoyaient au-dessus du passage entre les deux murs où nous étions. Je reconnus le Grand Général à ses écailles gris charbon et son œil unique.

Que faisaient-ils ici ? Cherchaient-ils leur roi ? Venaient-ils venger sa mort ? Ou chassaient-ils Elex ?

Dans tous les cas, ça n'annonçait rien de bon pour nous. Il y en avait au moins une demi-douzaine que je pouvais voir. Peut-être plus. Ils planaient et tournoyaient au-dessus des murs du château comme des vautours.

Elex s'éloigna en courant. Il avait besoin de plus d'espace pour se transformer.

Le Grand Général plongea depuis le groupe. Ses ailes repliées derrière lui, il fondit à une vitesse stupéfiante, visant Isar et moi.

Je me précipitai vers mon arc, puis tendis la main vers une flèche. Mais il n'y avait pas de temps.

La gueule du dragon s'ouvrit, projetant une explosion de feu dans ma direction.

— Amber ! hurla Elex.

Je laissai tomber mon arme et me penchai sur Isar, croisant les bras au-dessus de ma tête dans un effort pathétique pour nous protéger toutes les deux du feu qui brûlait les gens plus vite que des mèches de bougie.

Non.

Ça ne pouvait pas finir comme ça.

Tout en moi se rebellait contre l'idée de mourir ainsi. Après tout ce que j'avais traversé. Après tout ce que j'avais survécu. Je ne voulais pas mourir. Pas maintenant. J'écartai mes doigts, comme si je pouvais retenir le mur de feu qui s'abattait sur nous.

Et soudain, je le pouvais...

Je le retenais.

Le feu s'arrêta, comme s'il heurtait un bouclier invisible. Puis il roula par-dessus le mur extérieur du château et dévala la montagne, nous laissant indemnes. Mes mains picotaient d'une façon étrange. Mais c'était la seule conséquence de l'explosion. Le feu avait disparu. Le ciel au-dessus de nous était à nouveau clair.

Je n'avais aucune idée de ce qui venait de se passer, fixant mes mains avec stupéfaction.

Avec un rugissement assourdissant, Elex se transforma en dragon et s'envola dans le ciel. Je *ressentais* sa fureur contre mon attaquant. Elle brûlait dans ma poitrine. Elex était impitoyable, percutant le Grand Général de plein fouet. Il ne se soucia même pas d'utiliser son feu, se servant de ses dents et griffes pour déchirer la gorge de l'autre dragon.

Mais Elex était largement en infériorité numérique. Les autres dragons convergeaient vers lui. Cinq contre un.

Utilisant la partie effondrée du mur intérieur, je grimpai jusqu'au sommet pour être aussi près du ciel et d'Elex que possible.

Les dragons l'accueillirent avec des explosions de feu, rendant le ciel rouge. Une fumée noire tourbillonnait, les dérobant à ma vue.

Elex soufflait du feu aussi. Tendant mes bras au-dessus de ma tête, je tendis la main vers les flammes, souhaitant les rendre plus grandes, plus fortes, suffisantes pour qu'il puisse combattre cinq dragons et plus.

Miraculeusement, une langue de sa flamme se détacha de l'explosion. Alors que le reste se dissipait dans le nuage de fumée noire, cette unique flamme bondit vers moi, brûlant plus fort que jamais.

— Amber, cache-toi ! La voix d'Elex résonna dans le ciel.

Je sentais sa panique. Son inquiétude pour moi écrasait ma poitrine comme une montagne. Mais c'était *son* feu. Aucune partie de lui ne pourrait jamais me faire de mal. Je ne savais pas comment je le savais, mais j'en étais certaine.

La flamme s'étirait de lui à moi comme un serpent brillant et flamboyant. Je l'attrapai d'une main et la fis tournoyer en cercle au-dessus de ma tête. Elle s'enroula gracieusement, comme un ruban, suivant silencieusement mon ordre.

Le combat au-dessus s'arrêta tandis que tous les dragons me regardaient avec stupéfaction. Tous les six, y compris Elex.

J'étais moi-même stupéfaite, faisant tournoyer l'anneau de feu au-dessus de ma tête comme un gigantesque hula hoop.

Les dragons du roi se reprirent rapidement. L'un d'eux ouvrit sa gueule, prêt à lancer une explosion vers Elex. Je fléchis mon poignet, envoyant un petit filet de ma flamme dans sa direction. Fine et agile, la flamme se glissa dans la gorge du dragon. Il s'étouffa tandis qu'elle le brûlait de l'intérieur. Ses ailes vacillèrent, et il tomba du ciel, dévalant la montagne.

— Ha ! Je continuais à faire tournoyer le feu au-dessus de ma tête comme une artiste dans un cirque démoniaque. Qui en veut encore ?

Les dragons se regroupèrent. Deux d'entre eux volèrent plus haut. Deux tentèrent d'attaquer Elex par en dessous. On aurait dit qu'ils voulaient l'attirer loin de moi. Nous séparer.

— Joli essai. Je me déplaçai le long du mur pour rester juste en dessous de lui.

Des mondes entiers n'avaient pas séparé Elex et moi. La Rivière des Brumes ne nous avait pas arrachés l'un à l'autre. Rien ne nous éloignerait l'un de l'autre maintenant.

Plongeant sous ses attaquants, Elex vola vers moi.

— Monte. Il plana à côté du mur où je me tenais.

Je sautai sur ses épaules, puis m'installai à califourchon, mes jambes de chaque côté de son cou. Alors qu'il s'envolait à nouveau, je divisai mon cercle de feu en deux, un pour chaque main.

Elex tourna sa grande tête vers moi. Pendant un tout petit moment, nos yeux se croisèrent. La stupéfaction dans son expression se mêlait à la fierté. Ses yeux pétillaient.

— Celui de droite est pour toi, ma dompteuse de feu. Il souffla des flammes vers le dragon à sa gauche.

Au moment où celui de droite ouvrait sa gueule, je secouai ma main. L'anneau de feu glissa de mon poignet comme un frisbee. Plus petit et moins spectaculaire qu'une explosion de dragon, il glissa dans l'air, attirant peu l'attention. Il sauta dans la gorge du dragon, le faisant s'étouffer. Il roula dans les airs, ses ailes s'enroulant en entonnoir.

Avant même que son corps ne heurte les rochers en contrebas, les dragons restants reculèrent. Formant un large cercle autour de nous, ils s'envolèrent, s'éloignant du Pic Bozyr.

— C'est ça ! criai-je, rebondissant sur le cou d'Elex. Dégagez d'ici. Je lançai le cercle de feu restant après eux. Et ne revenez jamais !

Vingt-Quatre

AMBER

Une silhouette encapuchonnée entra dans la chambre royale et s'approcha du lit massif du roi où Elex avait amené Isar.

— Tu peux la guérir, Grand-mère ? demanda-t-il.

La femme serra les plis de sa cape usée. La peau de ses mains était parcourue de minuscules fissures, comme des craquelures dans la pierre. C'était un signe de vieillissement chez les gargouilles. Sauf que les sorcières ne vieillissaient pas, d'après ce que j'avais entendu. Elles avaient *toujours* l'air vieilles. Cette femme pouvait avoir mon âge, pour ce que j'en savais. La jeunesse et la beauté d'une sorcière étaient le prix qu'elle payait pour accéder à un savoir inaccessible à tout autre fae.

Le savoir leur donnait du pouvoir. Seulement, cette femme ne me semblait pas si puissante. Le dos voûté, elle traînait ses pieds nus, entravés par une chaîne. Elle n'était pas la sorcière royale respectée et puissante du château. Elle était une prisonnière du Pic Bozyr, piégée par le roi Edkhar pour le servir.

— Qu'est-ce que j'obtiendrai si j'aide la *Salamandra* ? croassa la sorcière sous sa capuche.

— Ta liberté, répondit simplement Elex.

Elle marqua une pause, surprise, puis exigea :

— Donne-moi ta promesse.

— Tu l'as, lui assura-t-il. En fait, je vais te libérer maintenant si tu me dis comment faire. Je suis sûr qu'une simple serrure n'est pas ce qui te maintient enchaînée.

Elle baissa les yeux vers ses pieds. Les menottes de métal autour de ses chevilles avaient irrité sa peau jusqu'à former des plaies qui saignaient.

— Je suis liée au roi.

— Le roi Edkhar est mort.

— Vraiment ? Et es-tu le nouveau roi ? demanda-t-elle prudemment. Car si c'est le cas, mon serment de service au roi te serait transmis avec sa couronne.

Elex inclina la tête, comme s'il se présentait à une nouvelle connaissance.

— Oui. Je suis le roi maintenant.

— Votre Majesté. La sorcière baissa la tête. Je suis à votre service.

Elex ne portait pas encore la couronne du roi. La Couronne de rubis de Dakath était dans la Salle du Trône, attendant la cérémonie officielle pour être placée sur la tête du nouveau roi. Mais il n'avait pas besoin de porter la couronne pour agir comme le roi qu'il était né pour être.

— Laisse-moi arranger ça. Il s'agenouilla aux pieds de la femme et toucha la chaîne qui liait ses chevilles. Moi, Elex, Roi des Montagnes de Dakath, je te libère.

La magie tourbillonna dans la pièce, faisant remuer l'ourlet effiloché de la cape de la sorcière. La chaîne cliqueta, tombant au sol tandis que les menottes s'ouvraient.

— Ahhh. La sorcière se tint plus droite, son dos n'étant plus voûté. Elle roula des épaules, étirant son cou, comme si elle venait de sortir d'une cage trop petite pour se tenir debout.

— Maintenant, s'il te plaît, partage ton don et tes compétences avec nous, demanda Elex. Si tu aides cette femme, je te récompenserai.

Je l'observais attentivement, craignant que s'il disparaissait de mon champ de vision ne serait-ce qu'une seconde, il pourrait s'évanouir.

Qui pouvait me dire ce qui allait se passer maintenant ? Combien de temps pourrait-il exister après la mort d'un de ses ancêtres, brisant la chaîne qui l'avait créé ? Combien de temps cela prendrait-il ? La dévastation devrait-elle traverser des siècles de générations pour atteindre Elex ? Disparaîtrait-il soudainement, je clignai des yeux, et il ne serait plus là ? Tomberait-il raide mort ? Se détériorerait-il progressivement ?

Plus j'y pensais, plus j'avais envie de hurler.

— Je n'ai besoin d'aucune récompense, dit la sorcière, autre que ce que vous m'avez déjà donné, mon roi. Mais j'ai besoin de mes affaires. Envoyez un de vos hommes chercher mon panier dans ma cellule au donjon.

Elex envoya l'un de ses hommes, qui s'étaient rassemblés autour de nous. L'homme était Gabrik. Il avait questionné Elex au Pic Désolé mais s'était révélé intelligent et plein de ressources pendant l'assaut du château.

— Qu'en est-il des cristaux de *biqurelle* ? Elex désigna la cascade scintillante de cristaux suspendus sous le plafond. Veux-tu les utiliser ?

— Gaspilleriez-vous leur magie rare pour une simple *Salamandra* ? La sorcière semblait choquée.

— N'est-ce pas leur but ? Guérir les gens. Pas servir de bibelots pour un roi vaniteux. Il déploya ses ailes, puis s'envola et commença à arracher les cristaux du plafond à pleines brassées.

La guérisseuse s'assit sur le perchoir royal à côté d'Isar. Elle prit les cristaux qu'Elex lui tendait et commença à les trier sur ses genoux.

— Cela fait très, très longtemps que je ne les ai pas touchés, murmura-t-elle, caressant avec révérence les facettes irisées de chaque pièce.

Gabrik revint avec son panier et le déposa à ses pieds. Elle sortit un chiffon et quelques pots pour s'occuper des blessures d'Isar.

— Ma dame. Gabrik s'approcha de moi. Nos hommes ont trouvé une femme enchaînée dans une pièce en bas.

— Où ? Dans le donjon ? J'imaginais qu'il y aurait plus de prisonniers enfermés là-bas. Nous devrions les interroger et probablement les libérer tous. La définition du crime selon le roi Edkhar et celle d'Elex différaient considérablement.

— Non. Ils disent qu'elle est dans une chambre près de la cuisine.

— La chambre des *Salamandras* ?

— Je ne sais pas. Il haussa les épaules d'un air désolé. Gabrik ne savait pas où logeaient les *Salamandras* du Sanctuaire.

Je tournai les talons.

— Je dois la voir.

— Amber ? Où vas-tu ? Elex fronça les sourcils, faisant un pas vers moi.

— Je dois descendre à l'étage de la cuisine. On dit qu'il y a une femme enfermée...

— Je viens avec toi. Il fit un mouvement pour partir, mais la sorcière l'arrêta.

— Sire, j'aurai besoin de quatre autres comme ceux-ci. Elle leva un hexagone blanc laiteux. Ensuite, peut-être pourriez-vous me prêter un peu de magie de Dakath pour mieux les relier sur les blessures de cette femme.

Maek, un autre homme d'Elex, entra à ce moment-là.

— Mon seigneur. Nous avons capturé sept hommes du roi Edkhar sur le mur extérieur. Que voulez-vous que nous fassions d'eux ?

— Étaient-ils en train d'entrer ou de sortir du palais ? demanda Elex.

— Deux essayaient de s'échapper. Cinq tentaient d'entrer.

Elex se frotta les yeux. La journée touchait à sa fin, et il y avait encore tant à faire.

Je touchai sa main.

— Ça ira, Elex. Je vais voir cette femme et je reviens tout de suite.

Il prit ma main dans la sienne, la serrant fermement. J'avais aussi besoin de l'assurance de son contact, comme preuve qu'il était toujours là, avec moi.

— Promets-moi que tu seras là quand je reviendrai, chuchotai-je pour lui seul.

Bien sûr, il ne pouvait pas me promettre cela. Au lieu de cela, il porta ma main à ses lèvres et déposa un tendre baiser sur ma paume.

— Prends Gabrik avec toi. Il relâcha ma main à contre-cœur. Et ne t'attarde pas, mon étincelle. Reviens vite.

— Je reviendrai, promis-je.

Gabrik m'escorta dans l'escalier.

— Ici. Il s'arrêta devant l'ancienne chambre des *Salamandras*. Ils l'ont trouvée là.

La porte de la chambre était grande ouverte, comme toutes les portes du château aujourd'hui. La lumière du début de soirée inondait l'espace sombre d'une chaude lueur sépia, enveloppant les perchoirs d'ombres.

Mon cœur manqua un battement tandis que je retenais mon souffle sur le seuil. Les *Salamandras* du Sanctuaire étaient mortes. Je les avais vues mourir de mes propres yeux. Isar avait vengé bien plus de vies qu'elle ne le savait quand elle avait assassiné ce salaud.

Se pouvait-il que l'une d'entre elles ait survécu ?

Mais comment ?

Craignant d'espérer, j'entrai dans la pièce. La table avec le petit déjeuner servi des jours auparavant se tenait toujours près de la fenêtre ouverte. La plupart des plats étaient maintenant rassis ou avariés.

Les rangées de perchoirs durs et étroits étaient vides, à l'exception d'un seul. Une femme y était allongée. Je reconnus sa longue tresse sombre avant même qu'elle ne me lance un regard sous son bras.

— Zenada ! Je me précipitai vers elle.

Elle s'assit, ramenant ses genoux contre sa poitrine. Un cliquetis de métal révéla la menotte autour de sa cheville.

— Pourquoi es-tu enchaînée ? Je m'assis sur le perchoir à ses pieds.

Elle déglutit et s'éclaircit la gorge avant de répondre :

— Mère.

Sa voix semblait rauque. Je remarquai ses lèvres gercées et ses joues creuses. Si Mère était celle qui l'avait enfermée, alors Zenada était ici sur ce perchoir depuis maintenant deux jours. La table pleine de nourriture et de boissons se trouvait à quelques mètres, mais elle restait hors de sa portée puisqu'elle était enchaînée. La soif et la faim ne tueraient pas une fae avant très longtemps. Mais elles la feraient souffrir.

— Tu as soif. Je courus à la table et remplis un gobelet d'eau d'une cruche.

— Merci, croassa-t-elle, saisissant le gobelet de mes mains et le vidant en quelques gorgées avides.

Je retournai à la table pour chercher plus d'eau et un bol de prunes, le seul plat qui semblait encore comestible.

— Tiens. Je posai le bol sur les genoux de Zenada et remplis à nouveau son verre. Maintenant, laisse-moi te débarrasser de cette chose. Je posai une main sur la menotte de métal autour de sa cheville, puis cherchai l'épingle à cheveux dans ma tresse de l'autre main pour crocheter la serrure.

Gabrik s'éclaircit la gorge en s'approchant.

— Permettez-moi, ma dame. Il tira la hache de son étui dans son dos.

Zenada recula avec un halètement.

Je clignai des yeux à la vue de l'énorme hache dans ses mains.

— Gabrik, nous avons besoin que la menotte soit retirée, pas que sa jambe soit coupée.

Il sourit dans sa barbe.

— Ce n'est pas parce que c'est gros que c'est maladroit. Je peux faire des choses très fines avec ça. Il caressa sa hache si douce-ment que cela ressemblait presque à une caresse.

J'hésitai, mais Zenada souhaitait clairement se débarrasser de ses entraves au plus vite. Se glissant au bord du perchoir, elle tendit son pied vers Gabrik.

Il prit son talon dans sa grande main, puis glissa le crochet pointu de la hache dans l'anneau qui maintenait la menotte autour de sa cheville. Maintenant la menotte en place d'une main, il tordit le long manche de la hache de l'autre. Le métal craqua. L'anneau se plia et la menotte s'ouvrit.

— Merci. Zenada retira son pied, se frottant la cheville.

Gabrik grommela quelque chose dans sa barbe, puis recula vers la porte.

— Pourquoi Mère t'a-t-elle enchaînée ? demandai-je à Zenada.

Elle leva ses yeux d'onyx vers les miens.

— Parce que j'ai refusé d'aller sur le champ de bataille. Je ne voulais pas me battre pour *lui*.

Je me souvenais de ses épaules affaissées lorsqu'elle avait quitté la Grande Salle la dernière fois que je l'avais vue. Le roi m'avait choisie plutôt qu'elle pour ce dernier repas de midi avant la bataille finale. Nous n'avions eu aucune chance de parler depuis ce jour. Je n'aurais jamais pensé en avoir l'occasion. Je croyais qu'elle était morte avec les *Salamandras*, brûlée sur le flanc de la montagne.

— Zenada... Je suis si heureuse que tu sois en vie. Et je suis vraiment désolée pour ce qui s'est passé. Tu sais que je n'ai jamais voulu rien de tout ça. Je n'ai jamais voulu que le roi Edkhar...

— Je sais. Elle m'interrompit, attrapant le bol de prunes. Ça n'a pas rendu les choses plus faciles à accepter, cependant.

Elle mangea une prune en silence avant de reprendre.

— J'ai toujours su que je n'étais qu'une parmi tant d'autres. Je savais qu'un jour, quelqu'un d'autre attirerait son attention, peu importe combien je m'efforçais de maintenir son intérêt sur moi. Elle caressa la fine cicatrice sous son cou. Pourtant, d'une certaine façon, je me suis permis d'avoir de l'espoir. Il m'avait emmenée voler. Il n'avait jamais fait ça avec aucune des femmes du Sanctuaire auparavant. Et j'ai pensé... Elle inspira profondément. J'ai espéré que cela pourrait signifier quelque chose... Elle avala l'eau du gobelet comme s'il s'agissait de vin. J'étais stupide. Et j'ai payé pour ça. Mais après ce jour-là, après qu'il m'ait rejetée, j'ai refusé de me battre pour lui. Je ne pouvais pas le *rejeter*, mais je n'allais pas l'aider à gagner. J'ai dit à Mère que je n'irais pas sur le champ de bataille, même sous la menace d'être exécutée pour désertion. Ce matin-là, je ne me suis pas préparée. Je me suis juste assise sur ce même perchoir et je lui ai dit que même si elle me portait sur son dos jusqu'en bas de cette montagne, je n'y prendrais aucune part. Je pensais qu'elle ferait venir les gardes pour me tuer. Mais elle m'a juste enfermée ici et a dit qu'elle s'occuperait de moi plus tard.

Ce « plus tard » n'est jamais venu pour Mère. Maintenant, elle était morte, ses cendres éparpillées par le vent entre les rochers et sur les coquelicots.

— C'était une bonne chose que tu n'y sois pas allée, Zenada. Elles sont toutes mortes maintenant.

Elle tressaillit comme si je l'avais frappée.

— Toutes ?

J'acquiesçai.

— Mère aussi.

Le poids de mes propres paroles pesait lourdement sur ma poitrine.

Zenada cligna des yeux, se tournant vers la fenêtre.

— Comment ? Comment sont-elles mortes ?

— Par le feu du dragon. Elles sont mortes instantanément. Et ensemble.

Elle serra ses mains sur ses genoux, regardant par la fenêtre. Ses yeux se remplissaient de larmes. Pour le meilleur ou pour le pire, le Sanctuaire avait été le foyer de Zenada bien plus longtemps que pour moi. Elle avait vécu avec les *Salamandras* côte à côte, survivant à la faim et à la haine des villageois. Maintenant, les femmes étaient mortes. Cela devait ressembler à la perte d'une famille. D'un seul coup.

Je touchai son genou.

— Laisse-moi te sortir de cette pièce, s'il te plaît ?

Elle renifla, essuyant une larme sur sa joue.

— Où irais-je ?

— Dans une autre chambre où... où les fantômes des femmes mortes ne nous hanteraient pas. Où la culpabilité d'être restée en vie alors que tout le monde était parti pourrait être un peu moins insupportable. Où la tristesse pourrait être moins étouffante. Où c'est... plus agréable.

Elle hocha la tête.

Je la soutins par le bras, et elle s'appuya lourdement sur moi en descendant du perchoir.

Gabrik s'avança vers nous.

— Puis-je aider, ma dame ?

Zenada lui lança un regard prudent.

— Qui es-tu, d'ailleurs ?

Il se redressa avec un grognement.

— Gabrik. À votre service.

— Il est avec Elex, expliquai-je.

Zenada arqua un sourcil.

— Le favori du roi ?

Je ne la corrigeai pas. Elle semblait déjà épuisée par tout ce qui s'était passé. Le reste des nouvelles pouvait attendre qu'elle soit plus à l'aise.

— Très bien. Elle tendit sa main à Gabrik.

Au lieu de la prendre, il passa son bras autour de son cou, puis la souleva dans ses bras. Elle inspira brusquement mais ne protesta pas, plaçant son autre main sur ses genoux.

— Où allons-nous ? me demanda-t-il.

— Par ici. Je le conduisis en haut des escaliers, puis vers l'ancienne chambre d'Elex. C'était la seule pièce décente du château que je connaissais et où je me sentais à l'aise d'amener Zenada. Je ne voulais pas qu'elle passe une autre nuit en bas sur son perchoir étroit, à côté de la chaîne qui l'avait retenue prisonnière.

— C'est magnifique, dit-elle après que Gabrik l'eut déposée sur un coussin de sol près de la fenêtre. À qui est cette chambre ?

— À toi. En tant que nouveau roi, Elex déménagerait probablement dans les appartements royaux à un moment donné. Je ne pensais pas qu'il s'opposerait à ce que Zenada reste dans cette chambre pour le moment. Personne ne te dérangera ici. Je vais juste changer les draps du perchoir pour toi.

Je commençai à retirer les draps dans lesquels j'avais dormi auparavant, puis sortis une pile de linge propre d'un des coffres.

— Tant de literie pour une seule personne, commenta Zenada.

J'acquiesçai.

— Tu seras à l'aise ici.

J'envoyai Gabrik lui chercher de la nourriture et de l'eau. Après son départ, j'aidai Zenada à se déplacer vers le lit, puis m'assis à côté d'elle.

Elle serra ma main.

— Merci, Amber. Pour tout. Je n'oublierai jamais ta gentillesse.

— Tu as fait bien plus pour moi. Je balayai son compliment d'un geste. Trouver de la nourriture pour moi au Sanctuaire alors qu'elle-même mourait de faim avait été la plus grande gentillesse que quiconque m'avait jamais témoignée à ce moment-là.

Elle se détourna, regardant à nouveau par la fenêtre.

— Nous étions jetables pour lui. Nous toutes.

Je compris qu'elle parlait du roi Edkhar et des *Salamandras*.

— Zenada. Je compatissais à ses sentiments pour le roi, mais je n'allais pas édulcorer la vérité pour le faire paraître meilleur. Les femmes n'ont reçu aucune protection du roi. Il n'y avait personne pour les défendre quand elles ont été attaquées sur cette montagne. Pas un seul dragon n'est venu à leur secours.

Même Elex était arrivé trop tard, car il me cherchait plus bas sur la montagne.

Elle exhala longuement, l'air dévastée mais pas très surprise.

— Où est le roi maintenant ?

Je me mordis la langue.

Le roi Edkhar avait connu la fin qu'il méritait absolument, à mon avis. Mais comment étais-je censée annoncer la nouvelle à la femme qui l'aimait ?

Zenada déglutit difficilement avant de demander à nouveau :

— A-t-il survécu à la bataille ?

Il y avait survécu, mais cela ne changeait pas le fait qu'il était mort maintenant.

Je détournai le regard, incapable de soutenir son regard interrogateur.

— Zenada...

Avec un gémissement étouffé, elle plaqua une main sur sa bouche.

— Il est mort ?

J'acquiesçai.

— Elex est le nouveau roi maintenant.

J'hésitai à lui parler d'Isar mais décidai que non pour le moment. Isar luttait pour sa vie. Je ne voulais pas ajouter l'inquiétude pour elle à tout ce que Zenada affrontait déjà. Elle avait déjà beaucoup à assimiler.

Elle baissa la tête avec un sanglot silencieux. Une larme roula sur sa joue et tomba sur la couverture sur ses genoux. On disait qu'un homme devait être un véritable monstre pour qu'aucune femme ne pleure à sa mort. Le roi Edkhar était un sacré fils de pute pour qu'une femme comme Zenada verse une larme pour lui.

— Je... je l'aimais, avoua-t-elle. Je savais que je n'aurais pas dû laisser cela arriver. Je savais que cela finirait par me détruire. Mais pendant un moment, mon amour pour lui était la plus belle chose dans ma vie. Et je ne pouvais pas m'arrêter... J'*aimais* l'aimer.

— Tu as une longue vie devant toi. Tu aimeras à nouveau. Un jour.

Elle balaya mes paroles d'un geste de la main. Retrouver l'amour n'était pas dans ses préoccupations actuelles. Quelque chose d'autre semblait la tracasser bien davantage.

— Merci encore, Amber. Mais je ne te serai pas un fardeau longtemps. Dès que je le pourrai, je partirai d'ici.

— Quoi ? Pourquoi ferais-tu ça ? Maintenant, quand tu peux enfin rester ici confortablement ? Elex est bon et juste. On prendra soin de toi, je te le promets.

Elle secoua la tête.

— Non. Je ne peux pas rester.

— Mais où irais-tu ?

— En bas dans la vallée, puis en remontant la rivière jusque dans les Montagnes du Nord.

— As-tu de la famille là-bas ? Je ne me souvenais pas qu'elle ait parlé d'une famille auparavant. Le fait que Zenada se trouvait au Sanctuaire signifiait qu'il n'y avait personne qui se souciait d'elle.

Elle poussa un soupir, évitant mon regard.

— Un cousin éloigné et sa femme. Elle ne semblait pas très enthousiaste à l'idée de les retrouver. Et franchement, s'ils l'avaient laissée mourir de faim au Sanctuaire des *Salamandras* pendant des décennies, ils ne pouvaient pas être une si bonne famille. Évidemment, ils ne voulaient pas d'elle avant. Pourquoi la voudraient-ils maintenant ?

— Te laisseront-ils vivre avec eux ? demandai-je.

Elle hésita avant de répondre, serrant ses mains sur ses genoux.

— Je les aiderai à s'occuper de leur enfant. Je nettoierai leur maison. Je cuisinerai. Je ferai tout ce dont ils auront besoin. Elle prit une autre longue inspiration. On y arrivera. Sa voix était ferme et résolue. Elle semblait déterminée, bien que sa main tremblât encore un peu quand elle la posa brièvement sur son ventre.

— *On* ? Je fixai sa main.

Elle la retira rapidement de son ventre.

— Ça ira.

Ses yeux sombres rencontrèrent finalement les miens. Suppliants.

— Zenada, es-tu...

Elle saisit ma main.

— S'il te plaît, Amber. Tu ne peux le dire à personne. Je vais partir. Personne n'aura à le savoir. Jamais.

— Tu es enceinte, soufflai-je. Du bébé du roi Edkhar ?

Cette révélation me bouleversa jusqu'au plus profond de mon être. Mon esprit était en ébullition. Le roi Edkhar avait laissé un héritier, après tout. Qu'il l'ait su ou non avant de mourir.

Zenada continuait à supplier frénétiquement :

— S'il te plaît... Personne ne doit savoir. Je ne veux pas que mon fils fasse partie de tout ça. Elle agita la main autour de la pièce.

— Ton fils ? Comment sais-tu que c'est un garçon ?

— Les femmes gargouilles le savent toujours tôt. C'est un garçon. L'enfant bâtard du roi mort. Si quelqu'un l'apprend, il sera en danger. Tu ne vois pas ? Avec le nouveau roi sur le trône, tout descendant du roi Edkhar sera considéré comme une menace pour la nouvelle lignée. Il serait traqué et tué.

— Non, il ne le sera pas, dis-je. Tu ne connais pas Elex. C'est l'homme le plus décent et le plus honorable que j'aie jamais rencontré.

Elle pencha la tête, m'offrant un faible sourire.

— Parlé comme une femme amoureuse.

Je savais ce qu'elle voulait dire. Je pouvais faire confiance à Elex avec ma vie, mais pour Zenada, il était un étranger. Pourquoi lui ferait-elle confiance avec l'avenir de son fils ?

— Ce n'est pas forcément le nouveau roi qui voudrait du mal à mon bébé, dit-elle. Il y a beaucoup de gens dans le royaume qui voudront éradiquer toute trace du roi Edkhar. Ou un Haut Seigneur assoiffé de pouvoir pourrait décider d'utiliser mon Ahrit comme un pion dans son jeu politique. Je ne peux pas laisser cela arriver.

— Tu l'appelleras Ahrit ? Je souris.

C'était le nom du roi qu'Elex avait dit être son grand-père, la première fois que lui et moi nous étions rencontrés dans la Grande Salle du roi Edkhar.

Si le roi Edkhar était l'arrière-arrière-grand-père d'Elex, et le roi Ahrit était son grand-père, cela signifiait qu'Elex se plaçait juste entre eux dans cette lignée de succession. Dans la lignée de ses ancêtres, il prendrait la place de son propre arrière-grand-père et de son homonyme, le roi Elex.

Voron avait raison. L'avenir n'était qu'une esquisse en noir et blanc, laissée à notre disposition pour la colorier et lui donner de la substance. La lignée d'Elex ne s'arrêtait pas avec la mort du roi Edkhar. Elle prenait simplement un détour inattendu.

— Ahrit était le nom de mon grand-père, expliqua Zenada. Il est mort quand j'avais huit ans. Et c'était le seul homme de ma vie qui m'ait jamais aimée. Inconditionnellement.

Je souris et la serrai dans mes bras.

Mon cœur s'envola, ma tête tournait. J'avais envie de serrer le monde entier dans mes bras.

Il y avait une raison pour laquelle Elex n'avait pas disparu de l'existence, et maintenant je croyais qu'il ne disparaîtrait jamais.

— Tu n'as aucune idée de ce que cela signifie, Zenada. Je fixai ses yeux noirs comme l'encre qui ressemblaient tant à ceux d'Elex. Sa tresse si sombre qu'elle paraissait presque noire, si ce n'était pour les reflets cuivrés révélés par le soleil couchant. Sa peau lisse et éclatante, qui était presque exactement de la même belle teinte brune que celle de l'homme que j'aimais.

Elex avait peu de ressemblance familiale avec le roi Edkhar parce qu'il tenait clairement d'un autre de ses ancêtres, son arrière-arrière-grand-mère Zenada. Qui, par un incroyable coup du destin, se trouvait être aussi son arrière-grand-mère.

Pour la première fois depuis la mort du roi Edkhar, je pus respirer pleinement, libre de peur.

— Oh, cela me rend tellement, tellement heureuse, Zenada.

Je la serrai à nouveau dans mes bras.

— De quoi parles-tu ? Elle semblait confuse.

Avec un coup à la porte, Gabrik entra, apportant le dîner de Zenada.

Le soleil flottait juste au-dessus de l'horizon maintenant. Il n'y avait pas de temps pour de longues explications. Elles devraient attendre jusqu'à demain. Mais je devais lui dire quelque chose.

— Mange un peu, ma chérie. Je plaçai le plateau sur ses

genoux, puis remplis un verre d'eau pour elle. Tu dois prendre soin de toi, bien manger et rester au chaud. Et ne t'inquiète de rien. Toi et Ahrit êtes en sécurité. L'avenir est à nous. Et nous le colorierons des couleurs les plus vives et les plus belles à partir de maintenant.

Lorsque je quittai la chambre de Zenada, le soleil s'était couché. Gabrik resta en garde à sa porte dans le couloir, me donnant l'impression que je la laissais entre de bonnes mains pour la nuit.

Je traversai le château endormi du Pic Bozyr. Les signes du chaos de la journée étaient partout. Le coucher du soleil avait surpris les gens dans tous les endroits et positions possibles. Il y avait des serviteurs recroquevillés dans les coins, ne sachant pas s'il fallait fuir ou rester. Les hommes d'Elex étaient partout dans les corridors, transformés en pierre par le coucher du soleil alors qu'ils fouillaient les couloirs et les étages sans fin à la recherche des hommes du roi Edkhar.

Seul Voron pouvait être encore éveillé quelque part, mais je ne le trouvai pas. Peut-être était-il trop fatigué pour parcourir le château la nuit et avait-il fini par s'endormir dans l'un des nombreux lits luxueux ici.

Je trouvai mon roi gargouille dans la Salle du Trône. Et il avait vraiment l'air d'y être à sa place.

Il se tenait près de la fenêtre, regardant dehors. Ses bras étaient croisés sur sa poitrine. Il avait déployé ses ailes comme les gargouilles le faisaient souvent la nuit, prêtes à s'envoler au premier rayon de soleil le matin si nécessaire.

— Salut. Je grimpai sur le rebord de la fenêtre devant lui, amenant mon visage à son niveau.

Ses yeux étaient ouverts. Un profond pli entre ses sourcils indiquait le grand nombre de pensées et d'inquiétudes qui avaient dû errer dans sa tête pendant que le soleil se couchait. J'étais sûre qu'elles étaient toutes encore là, le maintenant éveillé. Je souhaitais en alléger au moins quelques-unes.

Je caressai les vagues de pierre de ses cheveux, puis posai mes mains sur ses joues.

— Devine qui j'ai trouvé ce soir, mon amour ? Ton arrière-arrière-grand-mère. Et ce n'est pas Lady Amree, Dieu merci. Pour être honnête, c'est parfaitement logique. Entre les méthodes maléfiques du roi Edkhar et la tendance de Lady Amree à terroriser ses serviteurs, je me demandais d'où venaient toutes tes bonnes qualités. Maintenant je sais. De Zenada. C'est l'autre *Salamandra* survivante du Sanctuaire, l'ancienne amante du roi Edkhar, tu te souviens ? La danseuse de feu ?

Je laissai un moment à mes paroles pour se déposer dans sa tête de pierre avant de continuer.

— Elle est aussi ton arrière-grand-mère, car elle est la future mère du roi Ahrit. Il est déjà dans son ventre. Ton grand-père. Tu vois, tu ne peux pas donner naissance à ton propre grand-père, bien sûr. Mais tu occupes la place de ton arrière-grand-père dans la lignée de tes ancêtres, le roi Elex. Ton homonyme s'avère être toi. C'est déconcertant, au début. Mais quand on y réfléchit vraiment, tout prend sens. Un fils du roi Edkhar et de Lady Amree aurait eu moins de chances de devenir le dirigeant que le prochain roi devrait être. Il y a des exceptions, mais généralement les pommes ne tombent pas loin de l'arbre. Tu es celui qui apportera les changements dont ce royaume a tant besoin. *Tu* seras le grand roi qui élèvera le prochain grand monarque. Donc, mon amour, tu es à la fois le résultat et le début du changement pour le mieux dans les Montagnes de Dakath. On dirait que ta vie est un cercle, Elex, pas une ligne droite.

Je frottai doucement le pli entre ses sourcils, souhaitant pouvoir l'effacer.

— Une inquiétude de moins pour toi ce soir. Ta lignée n'est pas en danger. Tu ne vas nulle part de sitôt. Il y a une vie devant toi. La vie d'un roi. Et... Je baissai mon regard vers sa poitrine. Je ne pouvais pas regarder dans ses yeux de pierre si je voulais dire les prochains mots à voix haute, mais les confessions comme celle-ci étaient tellement plus faciles à faire quand il était sous cette forme. Je serai là pour toi si tu veux de moi. À chaque pas.

M'accrochant à ses épaules, je me hissai sur la pointe des pieds et déposai un baiser sur ses lèvres dures mais chaudes.

— Je t'aime, Elex. Et mon Dieu, je suis si heureuse que tu ne disparaisses pas bientôt. Je souris, l'embrassant une fois de plus. Bonne nuit, mon chéri. Je te verrai demain matin.

Vingt-Cinq

AMBER

Un rayon de lumière caressait mon visage. Je souris à ce léger chatouillement sur mon front et j'ouvris les yeux.

Elex était accroupi près du trône royal où j'étais allongée. Penché au-dessus de moi, il écartait une mèche de cheveux de mon front.

Le soleil l'éclairait de côté, faisant ressortir les reflets bordeaux dans les vagues acajou de sa chevelure. Ses yeux noirs étincelaient d'un feu intérieur.

J'élargis mon sourire et étirai mes bras au-dessus de ma tête.

Hier, Elex avait fait apporter le trône du roi ici, dans la Salle du Trône où était sa place. Comme c'était dans cette pièce que je l'avais trouvé près de la fenêtre la nuit dernière, j'avais décidé de passer la nuit près de lui, blottie sur le large trône couvert de fourrures. La veille au soir, il m'avait semblé assez confortable à mes yeux fatigués. Mais mon dos et mes épaules étaient plutôt raides après avoir passé la nuit dans cette position.

— J'ai trop dormi ? demandai-je en plissant les yeux dans la lumière du soleil, tendant la main vers lui.

— Un peu, a-t-il répondu en saisissant ma main pour l'embrasser. Tu es si belle ce matin, mon étincelle.

Je fis un effort pour ne pas pouffer de rire à ses mots. Mes vêtements étaient froissés. Ma tresse ressemblait à un porc-épic furieux avec des cheveux qui dépassaient de partout. La tache humide sur l'épaule de ma tunique devait venir de ma bave pendant mon sommeil. Et j'étais presque certaine d'avoir la marque de ma manche imprimée sur ma joue.

Mais la beauté est dans l'œil de celui qui regarde. Et les yeux d'Elex me disaient qu'il était sincère. Pour lui, j'étais belle.

Je me penchai en avant et j'embrassai le bout de son nez.

— Combien de temps ai-je dormi ?

Une lumière éclatante inondait la pièce par ses nombreuses fenêtres hautes. Il était clairement bien après le lever du soleil.

— Tu as dormi aussi longtemps que tu en avais besoin. La journée d'hier a été chargée. J'ai placé des gardes devant la porte avec l'ordre de ne pas te déranger. Mais tu me manquais, ajouta-t-il d'un air coupable.

— Alors, tu as décidé de me réveiller ? répondis-je en riant.

— Je voulais juste voir comment tu allais. Et... il montra le plateau de nourriture sur la table basse à proximité. Je t'ai apporté le petit déjeuner.

Mon estomac vide se contracta à la mention de nourriture. Tout ce que j'avais mangé la veille au soir était quelques morceaux de fruits que j'avais pris du dîner de Zenada. Avec tout ce qui s'était passé, je n'avais pas faim à ce moment-là. Mais maintenant, j'étais affamée.

— Un petit déjeuner serait merveilleux. Merci, dis-je en me redressant sur le trône. Comment va Isar ?

— Elle va beaucoup mieux. Elle se repose encore mais elle est réveillée.

— Oh, Dieu merci. Je pressai une main contre ma poitrine tandis qu'une vague apaisante de soulagement me submergeait.

— Nous irons la voir après le petit déjeuner. Mais tu dois d'abord manger.

— Pas besoin de me le dire deux fois, chéri. J'ai tellement faim que je pourrais manger un... J'étais couverte d'une couverture que je reconnaissais comme venant de notre ancienne chambre. Tu es allé voir Zenada ?

Il versa un verre de jus de baies sucrées au citron et me le tendis avec un signe de tête.

— En effet. Je devais rencontrer mon arrière-arrière-grand-mère, dit-il en souriant et en se versant aussi un verre.

— Oh, tu m'as donc entendue hier soir ?

— Chaque mot. Merci de me l'avoir dit. Je n'aurais pas dormi du tout autrement. Je... Il but une gorgée de son verre. Sa pomme d'Adam bougea quand il avala. J'avais craint que ce matin soit celui où je ne me réveillerais pas.

— Oh mon Dieu, Elex... Je reposai le verre sur la table et je l'enlaçai. J'avais craint la même chose avant de parler à Zenada, mais je ne souhaitais même pas m'en souvenir. C'est tellement, tellement bon de t'avoir ici.

Il m'entoura de ses bras et m'embrassa avant de se pencher en arrière.

— N'est-ce pas incroyable comme les choses s'arrangent parfois ? La même ligne profonde apparut entre ses longs sourcils sombres. Mais cette fois, je l'effaçai avec un baiser.

— Tant qu'elles finissent par s'arranger, chéri. Qu'a dit Zenada ?

Je le lâchai, et il s'assit sur le trône à côté de moi, puis m'attira sur ses genoux, me faisant pivoter face à lui. Le trône était assez large pour que nous puissions nous asseoir côte à côte, mais je préférais cette position. Et de toute évidence, il appréciait que je chevauche ses cuisses.

Je repris mon verre et pris une pâtisserie fourrée à la confiture sur la table, m'installant confortablement sur ses genoux.

— Vous vous ressemblez tellement, Zenada et toi, ai-je dit entre deux bouchées de mon petit déjeuner. Je n'ai aucune idée comment je n'ai pas réalisé qu'il devait y avoir un lien familial entre vous deux. Si vous vous teniez l'un à côté de l'autre, n'importe qui verrait que vous êtes étroitement liés, comme frère et sœur. Ou... tu sais, une arrière-arrière-grand-mère et son arrière-arrière-petit-fils. Je bus une gorgée de mon jus en secouant la tête. Ça semble si fou quand je le dis à voix haute.

Il rit.

— Je n'arrive pas à y croire moi-même. Mais tu as raison. Il y a toutes les raisons de croire qu'Ahrit sera le prochain roi et mon grand-père.

— Tu as expliqué cela à Zenada ?

Il serra les lèvres.

— Non. J'ai décidé de ne dire à personne d'où je venais, à moins que cela ne devienne inévitable. Il n'est pas nécessaire d'ajouter de l'instabilité dans le royaume en raison de confusions sur mes origines. Pour l'instant, les gens croient que je suis un fils illégitime du roi Edkhar, et je vais m'en tenir à ça. Tant qu'il y a du sang royal en moi, ma prétention au trône est valide. C'est tout ce qui compte.

— D'accord. Je finis ma pâtisserie et pris une tranche de poire du plateau du petit déjeuner. Donc les gens accepteront aussi Ahrit, à cause de son sang, n'est-ce pas ?

— Ahrit sera élevé comme mon fils légitime. C'est ce que Zenada veut.

Ma main tenant la tranche de poire s'arrêta en chemin vers ma bouche.

— Que veux-tu dire ?

— Il y a du sens dans les inquiétudes de Zenada concernant l'avenir de son fils, expliqua-t-il. Puisque je me fais passer pour le fils du roi Edkhar, cela ferait d'Ahrit mon jeune frère si nous admettons que le roi était aussi son père. Dès que j'aurai un enfant, Ahrit ne sera plus dans la ligne directe de succession. Pour garantir qu'il obtienne la couronne après moi, il devra être présenté au monde comme *mon* fils, pas celui du roi Edkhar. Cela correspond aussi à l'histoire future de Dakath, tu te souviens ? Le roi Elex est le fils du roi Edkhar, avec le roi Ahrit étant le fils du roi Elex.

— C'est vrai. Je fis tourner la poire entre mes doigts. Mais comment ça marche, exactement ? Si tu reconnais le fils de Zenada comme ton enfant *légitime*, cela ne signifie-t-il pas que vous deux devrez vous marier ?

Mon estomac se noua. La pâtisserie laissa un goût désagréable dans ma bouche. Ce n'était pas facile d'accepter que l'homme que j'aimais puisse avoir toute sa famille planifiée d'avance. Et ces plans ne m'incluaient pas. C'était difficile à avaler, peu importe l'importance que cet arrangement pourrait avoir pour l'avenir de Dakath. Sans parler de la sensation dérangeante à l'idée qu'Elex épouse son arrière-arrière-grand-mère.

Mon cerveau semblait gonflé de tout cela. Ma tête menaçait d'exploser. Je laissai retomber la poire sur le plateau, perdant soudainement l'appétit.

— J'ai besoin d'un café... marmonnai-je.

— Amber. Elex glissa un doigt sous mon menton, me forçant à rencontrer son regard. Je souhaite me marier. De tout mon cœur. Mais pas avec Zenada.

— D'accord, mais alors...

Il me fit taire avec un baiser. Je ne pouvais pas le repousser. J'avais l'impression que cela faisait une éternité qu'il ne m'avait pas embrassée comme ça, longuement, sans hâte, et si doucement que mon cœur en souffrait. Je passai mon bras droit autour de son cou, le rapprochant.

Elex avait obtenu ce qu'il voulait. La Couronne de Dakath était à lui. Mais *lui* était à moi. Et je n'allais pas le laisser partir, quoi qu'il arrive.

Il rompit le baiser mais ne s'éloigna pas de moi.

— Je t'ai donné un anneau, comme c'est la coutume dans ta culture, dit-il en prenant ma main avec le lézard de rubis enroulé autour de mon doigt et en embrassant l'intérieur de mon poignet. Je t'ai emmenée voler, comme c'est la coutume à Dakath. Mais je ne t'ai jamais vraiment posé la question. Il sortit une petite boîte de sa poche. Amber, ma très chère étincelle de vie et de feu, veux-tu m'épouser ?

Le souffle se coinça dans ma gorge. L'amour et l'excitation pulsaient en moi, me suppliant de les laisser sortir. De rire. De pleurer. De l'enlacer et de l'embrasser comme jamais. Je luttais pour tout contenir.

Il ouvrit le couvercle de la boîte. Une seule étincelle écarlate brillait sur le velours noir à l'intérieur.

— Qu'est-ce que c'est ? demandai-je, retenant mon souffle.

Il sortit un minuscule bouton de boucle d'oreille de la boîte. Un éclat de rouge dans un cadre doré.

— C'est pour ici, dit-il en tapotant le côté de mon nez où le trou de mon piercing préféré restait vide depuis que Mère m'avait fait retirer le petit anneau en acier que j'y avais.

— Tu as acheté un bijou pour mon piercing au nez ? Je souris largement.

Il m'observait attentivement en parlant.

— C'est un simple grenat serti d'or. Il ne coûte pas cher. Il n'a pas d'autre valeur que celle que nous lui donnons.

— Une valeur sentimentale, dis-je doucement. Tu t'en es souvenu.

Mon cœur semblait fondre, remplissant ma poitrine de soleil et de chaleur.

— Tu n'as pas répondu à ma question, mon étincelle. Sa voix était tendue d'anticipation.

S'inquiétait-il, ne serait-ce qu'un instant, que je puisse le rejeter ? Il était ma vie, mon monde entier. Il n'y avait pas d'avenir pour moi sans lui, pas de bonheur.

— Bien sûr que c'est oui, Elex. Je t'épouserai, dis-je en riant alors que les larmes me montaient aux yeux. Je t'épouserai sans hésiter, mon amour. Je le serrai si fort autour du cou qu'il émit un son étranglé. Je me reculai, l'inquiétude refaisant surface. Mais qu'en est-il d'Ahrit et de Zenada ?

Il rayonnait, l'air si heureux. Rien n'entachait son excitation de m'avoir comme épouse.

— Nous nous occuperons d'eux. Mais il n'y a personne d'autre que je veuille à mes côtés comme épouse que toi.

Il m'aida à mettre le bijou dans ma narine. J'appréciai la sensation de son léger poids. Le roi gargouille m'avait demandée en mariage avec un piercing pour le nez. Et je n'aurais pas voulu que ce soit autrement.

— Rien n'est plus important pour moi que toi, ma chérie. Tu es mon unique. Mon âme sœur. Celle à qui je suis lié. Tu vivras aussi longtemps que moi maintenant. Nous avons des siècles ensemble devant nous. Me sens-tu juste ici ? Il pressa une main contre ma poitrine, au-dessus de mon cœur où le bonheur et l'amour pulsaient le plus fort, où son essence même avait élu domicile depuis des jours. Sais-tu qui tu es, Amber ? Tu es la légendaire Reine du Feu, l'épouse du Roi Elex. Tu l'as prouvé.

— Oh... Moi ? Je me souvins de ce qu'il m'avait dit sur cette ancêtre particulière. Elle était cette reine féroce qui maîtrisait le feu. C'est moi ?

Il lissa mes cheveux, ses yeux remplis d'admiration.

— Elle est toi, ma reine intrépide. L'amour d'un être humain peut transcender la magie. Il peut aussi former un lien qui rend le couple plus fort. En tant que ma compagne liée, tu peux utiliser ma magie. Et à en juger par ta performance sur le mur hier, tu l'as maîtrisée. Tu as le pouvoir sur le feu du dragon. Tu peux le repousser sans te brûler. Et tu peux manier mon feu, avec de terribles conséquences pour nos ennemis.

Étais-je toujours destinée à être la Reine du Feu ? Ou avons-nous « ajusté » le futur ? Peu m'importait vraiment. Tout s'emboîtait parfaitement. Le passé et le futur s'étaient alignés comme deux pièces d'un puzzle.

— Génial, dis-je avec le sourire.

C'était si bon de combattre ces dragons aux côtés d'Elex hier. Pour une fois, j'étais aussi puissante que lui. Et ensemble, nous étions inarrêtables.

Il m'observait avec un petit sourire jouant sur ses lèvres. Jamais en un million d'années je n'aurais pensé trouver quelqu'un qui me rendrait si heureuse.

— Je t'aime, Elex.

Je l'embrassai à nouveau. Il avait le goût de baies sucrées et de citron, et à partir de maintenant, ce serait pour toujours le goût du bonheur pour moi.

Vingt-Six

AMBER

Elex fut officiellement proclamé Roi des Montagnes de Dakath cet après-midi même. Le lendemain matin, le couronnement eut lieu. La Couronne de Dakath en or et rubis fut posée sur sa tête, et à mon avis, personne ne la méritait plus que lui.

Je ne doutais pas qu'Elex deviendrait le grand roi auquel il était destiné. Et j'étais ravie de devenir sa reine quelques jours plus tard.

Nous avions planifié une cérémonie de mariage modeste, selon les critères royaux des faes. Seuls quelques milliers d'invités étaient attendus. Les neuf Grands Seigneurs restants étaient arrivés au château avec leurs familles et leurs courtisans, ainsi que de nombreuses gargouilles de la vallée.

Le matin de notre mariage, j'étais en train de m'habiller dans la chambre royale. Trois immenses miroirs dans des cadres en noyer sculpté m'entouraient, me permettant de me voir sous presque tous les angles.

Plusieurs servantes m'assistaient, mais je n'avais pas encore formellement choisi mes dames de compagnie. Le château débordait de vie et était rempli de gens, mais la plupart d'entre eux m'étaient totalement inconnus. J'étais extrêmement reconnaissante envers Isar et Zenada lorsqu'elles acceptèrent de m'aider à me préparer aujourd'hui.

Zenada prit la tâche très au sérieux, supervisant attentivement les servantes qui brossaient et coiffaient mes cheveux. Tressés en une multitude de minuscules nattes et décorés d'or et de pierres précieuses, mes cheveux avaient été arrangés en magnifiques rosaces et fleurs sur le dessus de ma tête, avec d'autres tresses, vagues et fils de perles qui cascadaient dans mon dos et sur mes épaules.

— Qu'en penses-tu ? demanda Zenada en inclinant ma tête pour que je puisse mieux voir l'arrière de ma coiffure dans l'un des miroirs. Ça te plaît ?

— Oh, c'est magnifique. Je ne pouvais pas formuler la moindre critique même si je l'avais voulu. Je tournai légèrement la tête, faisant luire les pinces dorées et scintiller les pierres précieuses. J'ai l'air d'une princesse.

— J'espère mieux que ça, gloussa Zenada. Tu seras *la reine* avant la tombée de la nuit.

Cela semblait toujours être un rêve. Avant le prochain coucher de soleil, Elex et moi serions mari et femme. Je pris une profonde inspiration, essayant de contrôler mes nerfs. Épouser mon roi gargouille ne m'inquiétait pas le moins du monde. J'avais hâte d'être sa femme. C'était la cérémonie qui allait se dérouler devant des milliers de personnes qui faisait trembler mes entrailles de nervosité.

— Ne lui rappelle pas, ricana Isar. La pauvre est déjà pâle comme un hibou des nuages.

Isar était assise sur des coussins près de la fenêtre et utilisait un énorme couteau de chasse pour ajuster les fermoirs d'un corset en filigrane d'or qui faisait partie de ma tenue. Elle s'était complètement remise de son épreuve dans le donjon et de son combat avec le roi Edkhar. Les cristaux magiques avaient guéri ses blessures pratiquement du jour au lendemain.

— Tout ira bien, dit Zenada en déposant un rapide baiser sur ma joue. Nous serons là aussi. Tu pourras me tenir la main quand tu voudras pendant la cérémonie.

— Merci, dis-je en souriant tandis que les servantes plaçaient une couche de gaze légère comme une plume sur le jacquard rouge de ma robe.

La traîne de l'organza transparent sur ma jupe s'étendait à travers toute la pièce. La robe laissait mes épaules nues. Les manches larges et transparentes commençaient sous mes épaules. Elles s'évasaient largement comme des pétales de fleurs et étaient maintenues ensemble par de larges manchettes ornées de pierres précieuses à mes poignets.

— Voilà. Ça devrait parfaitement s'ajuster maintenant. Isar donna le corset aux servantes qui le placèrent autour de ma taille par-dessus ma robe et fermèrent les petites agrafes perlées avec de minuscules chaînes.

S'adossant aux coussins, Isar me sourit.

— Tu es magnifique, Amber.

— Tu es la chose la plus somptueuse que j'aie jamais vue, s'extasia Zenada.

Je ris, cachant mon embarras. Les compliments étaient si difficiles à recevoir, même venant des amies les plus proches.

— Merci. Ça signifie beaucoup, venant de faes aussi magnifiques que vous. J'étais tellement reconnaissante envers elles deux.

En tant que favorites de la future reine, Isar et Zenada étaient restées proches de moi durant tous les événements qui avaient eu lieu au château ces derniers jours. Personne à la cour ne remettait en question leur statut de favorites. De toutes les femmes du Sanctuaire *Salamandra*, nous n'étions plus que trois. Les gens acceptaient que nous partagions un lien spécial après tout ce que nous avions traversé ensemble.

Zenada m'avait confié son secret le plus précieux. Personne ne connaissait encore l'existence de son bébé. Nous allions annoncer la grossesse royale peu après le mariage, et je devrais présenter le fils de Zenada comme le mien, le fils légitime premier-né du couple royal. C'était le souhait de Zenada, pour assurer l'avenir de son fils. Elex et moi serions officiellement désignés comme les parents d'Ahrit dans tous les registres et documents. Mais Zenada resterait présente dans la vie de son fils à chaque étape.

Ses appartements étaient adjacents à la future nurserie. Un lit serait placé pour elle à côté du berceau du prince. Ce serait elle qui s'occuperait de lui, l'allaiterait, le changerait, chanterait pour lui, l'élèverait. Et quand Ahrit serait assez grand pour garder le secret, il apprendrait tout ce que sa mère avait fait pour assurer sa sécurité et sa place légitime dans la vie.

Les servantes placèrent une couronne de coquelicots des neiges rouges sur ma tête, les derniers de la saison. La plupart de ces fleurs avaient déjà disparu des montagnes. Les roches noires des sommets de Dakath étaient maintenant vertes avec des parcelles d'herbe nouvelle et de feuilles sur les arbustes. L'air s'était suffisamment réchauffé pour que nous puissions garder les fenêtres de la pièce ouvertes.

Toutes les fenêtres du château n'avaient pas encore de vitres. Il y avait encore beaucoup à faire. Mais nous avions le temps de tout accomplir.

Zenada déploya dans mon dos les rubans dorés attachés à la couronne.

— Il est temps de t'emmener à ton roi. Je suis sûre que le pauvre meurt d'envie de te voir. Vous êtes séparés depuis le dîner d'hier soir, me taquina-t-elle.

Je ne pus dissimuler un sourire émerveillé, impatiente de voir mon roi aussi.

Les servantes rejoignirent Zenada, Isar et moi tandis que nous quittions les appartements royaux. Plusieurs gardes nous escortèrent dans l'escalier principal jusqu'à la Salle du Trône à l'étage inférieur.

Les servantes marchaient main dans la main avec les gardes du château. Les villageois venus de la vallée nous rejoignirent, ainsi que les hommes d'Elex du Pic Désolé. La nouvelle cour était si récente que ni la hiérarchie ni l'étiquette n'avaient encore été fermement établies. Et pour autant que je sache, cela me convenait parfaitement.

En entrant dans la Salle du Trône, j'aperçus Voron contre le mur derrière la foule principale. Il me fit un sourire et un signe de la main.

La musique était jouée par les musiciens royaux qui planaient au-dessus du plafond élevé. Le doux bruissement de leurs ailes se mêlait à la mélodie qu'ils jouaient.

Le trône royal était vide. Le roi Elex se tenait devant, m'attendant. Dès l'instant où nos regards se croisèrent, je ne vis plus personne d'autre.

Vêtu aux couleurs royales noir, or et rouge, Elex présentait un spectacle véritablement majestueux. Une longue cape bordée de fourrure drapait ses larges épaules. Les épaisses vagues de ses cheveux étaient domptées sous le lourd cercle de la Couronne de Dakath.

Mais ses yeux bienveillants, son sourire chaleureux et l'adoration sur son visage bien-aimé n'avaient pas du tout changé.

Je souris si largement en marchant vers lui que mon visage commença à me faire mal au moment où je l'atteignis.

Il prit mes mains, et j'inclinai la tête en arrière, gardant nos regards ancrés l'un dans l'autre.

La musique s'arrêta. Le Grand Prêtre, vêtu d'une robe dorée, commença à lire le texte de la cérémonie. Et tous ceux présents dans la salle s'immobilisèrent.

Soudain, je réalisai que cette cérémonie n'avait pas vraiment d'importance ni pour Elex ni pour moi. Tout cela - la musique, la robe et le prêtre avec son long parchemin sophistiqué - était pour les invités, pour le peuple de Dakath et pour les archives officielles.

En ce qui concernait Elex et moi, nous nous appartenions déjà l'un à l'autre. Je serrai ses mains, souhaitant qu'il soit déjà temps pour lui de m'embrasser.

Il baissa la tête, chuchotant pour que moi seule entende :

— Tu m'as volé, Amber. Je t'appartiens depuis ce moment-là.

Je l'avais volé, et je ne pourrais jamais renoncer à lui.

— Tu es mon plus grand trésor, Elex. Et je te garde jusqu'au jour de notre mort et au-delà.

C'étaient nos vœux. Juste pour nous. Et ils étaient plus précieux pour moi que tous les grands mots que le Grand Prêtre nous fit répéter après lui.

Après la cérémonie, nous passâmes tous dans la Grande Salle. Même en peu de temps qu'Elex avait été roi, cet espace avait changé. Les perchoirs du roi Edkhar et de ses hommes avaient disparu. Les précieux cristaux avaient été retirés pour être utilisés à des fins curatives, comme ils étaient destinés à l'être.

Plusieurs longues tables étaient disposées dans la pièce, garnies des plats les plus appétissants. Elex me conduisit vers celle drapée d'une nappe rouge et décorée de bouquets de fleurs printanières. Zenada et Isar partageaient la table avec nous, tout comme Voron et quelques hommes d'Elex.

Cela ne ressemblait pas à une grande célébration officielle, mais plutôt à un dîner entre amis. Je me détendis, savourant le repas délicieux. Au moment où le dessert fut servi, la conversation coulait librement, ou plutôt plusieurs conversations semblaient se dérouler simultanément.

— As-tu décidé ce que tu souhaites faire, Isar ? demanda Elex à mon amie.

Grâce aux compétences de la sorcière royale et aux qualités extraordinaires des cristaux, toute trace des blessures atroces d'Isar avait maintenant disparu. Je l'avais déjà vue s'entraîner de nouveau avec ses épées.

— Mon offre tient toujours, poursuivit Elex. Rejoins mon armée, et tu atteindras le rang de général en un rien de temps. Tu as la force de caractère pour cela, et je récompense le courage et la loyauté.

Selon Elex, il n'y aurait plus de guerres à Dakath dans un avenir prévisible. Mais la paix devait aussi être défendue. Chaque roi avait besoin d'une armée, et Elex n'avait pas l'intention de dissoudre la sienne.

Isar inclina la tête.

— J'apprécie votre offre, mon roi. Mais il y a quelques choses que je souhaite voir et faire dans ce monde avant de prendre un tel engagement. J'ai décidé de voyager à travers Nerifir pendant un petit moment. Elle lui sourit par-dessus le bord de son verre de vin. Cela vous donnera un peu de temps pour prouver que vous êtes un roi pour lequel il vaut la peine d'aller au combat. Montrez que vous pouvez gouverner avec justice et sagesse, et je reviendrai rejoindre votre armée.

— C'est équitable, accepta-t-il. Quand tu souhaiteras revenir, nous aurons une place pour toi au Pic Bozyr.

Je savais qu'Isar avait toujours souhaité voyager et voir le monde. J'étais heureuse que son rêve soit sur le point de se réaliser, mais mon cœur se serra de tristesse à l'idée de devoir lui dire au revoir si tôt.

— Et toi, Voron ? demandai-je au fae du ciel assis à ma gauche. Quel poste aimerais-tu occuper au Pic Bozyr ?

Voron fit tournoyer le vin de grenade acidulé dans son verre, plissant les yeux devant le liquide rouge grenat.

— En fait, ma reine, je pense que je suis prêt à réclamer ma faveur royale.

— Déjà ? As-tu décidé ce que tu veux ?

Il fit à nouveau tournoyer son verre.

— Oui.

— Qu'est-ce que c'est ?

Ses yeux gris-bleu se fixèrent sur moi, comme pour évaluer à quel point on pouvait faire confiance à une humaine pour tenir sa promesse. L'intensité de son regard était un peu troublante, me faisant remuer sur ma chaise.

— Voron, qu'est-ce que tu veux me demander ?

Il posa son verre sur la table. Fermement.

— Je souhaite retourner au Royaume du Ciel.

— Tu veux quitter cet endroit ? Mon cœur se serra d'une

nouvelle peine, encore un au revoir. Tu sais qu'avec le couple royal comme amis, tu peux avoir à peu près tout ce que tu veux dans le Royaume de Dakath.

Je souris. Lui aussi, mais son sourire n'atteignit pas ses yeux qui restèrent froids, comme un étang givré en hiver.

— Vois-tu, chère Amber, tu m'as inspiré d'une certaine façon.

— Vraiment ? Comment ?

Il dirigea son regard vers le ciel du début d'après-midi à travers la fenêtre ouverte.

— Si une femme humaine a pu trouver sa place parmi les gargouilles froides comme la pierre et s'épanouir, il doit y avoir une chance pour moi dans le monde où je suis né, ne crois-tu pas ? Il me regarda de nouveau. Il y avait quelque chose de nouveau dans son regard. De l'espoir ? De la vulnérabilité ? De l'ambition ? Je crois avoir aperçu tout cela.

— J'espère qu'il y en a une, Voron. Et si c'est le cas, je suis sûre que tu trouveras aussi un moyen de t'épanouir.

Il sourit ironiquement, prenant une gorgée de son vin.

— Demanderais-tu alors à ton nouveau mari de me faire voler là-haut ?

— Pourquoi ne peux-tu pas voler toi-même ? lâchai-je.

J'avais entendu dire que les faes du ciel de haute naissance comme Voron pouvaient voler aussi vite que les gargouilles, voire plus rapidement.

Il lâcha son verre. Son regard parcourut à nouveau les tables et les invités, jusqu'à la fenêtre et le ciel au-delà.

— Dis-moi, Amber, si un dragon sans ailes est un lézard, qu'est-ce qu'un corbeau sans ailes ?

Je le fixai bouche bée tandis que la réalisation me frappait. Voron ne pouvait pas voler. Comme presque toutes les gargouilles du Pic Désolé, il n'avait pas d'ailes.

Il me fit un sourire amer.

— Exactement. Il n'y a pas de mot pour quelque chose comme ça, n'est-ce pas ? À part *une abomination*.

La compassion étreignit mon cœur. Si Voron avait paru ne

serait-ce qu'un peu plus abordable, je l'aurais serré dans mes bras. L'éclat froid dans ses yeux, cependant, exigeait que je garde mes distances.

— Alors ? insista-t-il. Ton royal époux va-t-il me *déposer* là d'où je viens ?

— Bien sûr, acquiesçai-je, sans même avoir à demander à Elex. S'il ne le faisait pas pour une raison quelconque, j'étais certaine que nous trouverions quelqu'un qui le ferait. Si Voron souhaitait rentrer chez lui, je trouverais un moyen de le faire.

— Tu vas me manquer, lui dis-je.

— Ne dis pas ça. Il se renversa dans son fauteuil. Le manque de quelqu'un est une faiblesse, et une reine ne peut pas se permettre d'avoir trop de faiblesses. Il prit une nouvelle gorgée de son vin. Je ne vais certainement pas te regretter, moi.

Je ne le pris pas personnellement. Il y avait une part de vérité dans ses paroles. Le manque de quelqu'un laissait une plaie ouverte dans le cœur, et il n'y avait qu'un nombre limité de plaies qu'un cœur pouvait supporter.

— Donc nous ne te reverrons jamais, Voron ?

— Non. Mais je vous souhaite le meilleur à tous les deux, toi et ton roi gargouille.

Le soleil de l'après-midi se rapprochait des montagnes à l'horizon tandis que je me tenais à la fenêtre de la chambre royale.

Les appartements royaux avaient été complètement refaits dans les jours suivant notre mariage. Je m'étais assurée que toute trace du roi Edkhar avait été effacée de notre espace.

De doux tapis tissés à la main par les tisserands de la vallée recouvraient les sols de pierre. Des rideaux de soie colorés pendaient aux hautes fenêtres qui avaient des vitraux à la place des volets en bois. Les fenêtres étaient grandes ouvertes, laissant entrer l'air frais du soir.

La cheminée n'était pas allumée, mais il faisait chaud même

sans le feu. Le printemps avait définitivement pris le règne sur les Montagnes de Dakath.

Une brise légère jouait dans les jupes de gaze rose et jaune de ma robe tandis que je me tenais près de la fenêtre ouverte. Protégeant mes yeux du soleil avec ma main, je scrutais le ciel, cherchant une silhouette ailée parmi les nuages blancs et duveteux.

Enfin, elle apparut. Comme un minuscule point d'abord, elle grossit jusqu'à la taille d'un moineau. Mais je savais que la forme se dirigeant vers le Pic Bozyr était en réalité bien plus grande que n'importe quel oiseau.

C'était un dragon.

Mon roi-dragon.

Lâchant le cadre de la fenêtre, je tendis les bras vers lui alors qu'il approchait.

— Je t'ai eue, murmura-t-il doucement, m'arrachant de la chambre royale et m'emportant dans le ciel.

Je ris, écartant largement les bras. Inclinant la tête en arrière, je laissai le vent jouer avec mes cheveux et caresser mon visage.

Des bras forts remplacèrent les griffes dures autour de ma taille. Elex s'était transformé de dragon en homme.

— Tu es de retour. Je jetai mes bras autour de son cou.

Ses cheveux étaient ébouriffés par le vent. Ses joues semblaient rougies après le long vol.

— Comment est le Royaume du Ciel ? demandai-je.

Il rit.

— Que les dieux les aident, maintenant que Voron est de retour.

J'espérais de tout mon cœur que le fae du ciel trouverait ce qu'il cherchait dans son ancien monde.

— Est-ce que je t'ai manqué ? murmura Elex.

Gardant une main sous mes fesses, il utilisa l'autre pour faire glisser la fine chaîne dorée qui servait de bretelle à ma robe.

Je frottai mon nez contre ses cheveux tandis qu'il embrassait mon épaule nue.

— Tu me manques toujours. Peu importe la brièveté de ton absence.

C'était vrai. Une partie de moi semblait rester en suspens quand Elex n'était pas là, attendant son retour. Tout rentrait dans l'ordre uniquement quand il était près de moi.

Il tira ma robe vers le bas, exposant mon sein.

— Dieux, tu m'as manqué aussi, gémit-il, avant de sucer le mamelon dans sa bouche.

Le désir monta en flèche sous sa caresse. J'enroulai mes jambes autour de sa taille, me pressant contre lui. Les couches légères de ma jupe flottaient dans la brise créée par ses ailes.

— Combien de temps avons-nous avant que le soleil se couche ? Je passai mes doigts dans ses cheveux. Le besoin de mon mari pulsait chaudement entre mes jambes. Je fléchis les jambes, me frottant contre ses abdominaux durs.

Il gronda avec approbation, glissant une main sous mes jupes.

— Assez longtemps pour te faire crier mon nom une fois ou deux.

Je me tortillai lorsqu'il glissa un doigt en moi.

— Oh mon Dieu... Je balançai mes hanches contre sa main. Je crois que je vais bientôt commencer à crier...

Il me renversa en arrière, le château étant juste en dessous de nous maintenant. Ma tresse pendait tout droit comme mes jupes. Il me déplaça, m'empalant sur son érection dure et brûlante.

— Ouiii... Je lâchai son cou, écartant largement les bras comme des ailes.

Pendant un bref instant, j'eus l'impression de tomber. Mais je savais qu'il ne me laisserait jamais tomber.

Elex me faisait voler.

Il agrippa mes hanches, poussant fort en moi. Je serrai mes jambes plus étroitement autour de lui, l'accueillant plus profondément. Il se pencha sur moi. Repliant à moitié ses ailes, il plongea en chute libre avec moi.

Un frisson me traversa, attisant mon désir. Mon souffle se

bloqua dans ma gorge, tandis que mon corps explosait dans les flammes de l'orgasme.

— Elex... Je... criai-je à travers mes gémissements, secouée par le plaisir.

Nous tournoyions dans les airs, nos corps entrelacés.

Le vent nous dépassait, tandis que nous tombions, tombions, tombions...

Tombant ensemble par-dessus bord.

Les pics noirs et acérés des montagnes grossissaient en dessous, se rapprochant.

Avec un brusque sifflement d'air, Elex déploya ses ailes. Elles captèrent le vent comme des voiles, leurs bords délicats tremblant dans les forts courants qui passaient en dessous.

Je repris mon souffle, redescendant des sommets du plaisir.

— Tellement... intense, soufflai-je, enroulant à nouveau mes bras autour de son cou.

— Ça ne pourrait pas être autrement avec toi, mon étincelle. Il sourit. Chaque fois est pure magie.

Nous planions au-dessus des montagnes, leurs crêtes dorées par la lueur du soleil du soir. Des parcelles d'herbe verte et de fleurs colorées couvraient les pentes jusqu'à la brillante vallée en contrebas.

— C'est un monde si beau, mon amour. Je pressai ma tempe contre le côté de son visage.

— Oui, Amber. Et il est tout à nous. À toi et à moi.

ELEX

— Tu veux voir Na-da danser, Ahrit ? Amber faisait rebondir le Prince Héritier sur son genou, faisant glousser le bébé.

— Na-da. Le petit garçon tendait ses mains potelées vers Zenada, qui lui sourit et lui envoya un baiser du milieu de la Salle du Trône.

Vêtue d'un bustier en cuir et d'un pantalon long, la dame de compagnie préférée de la reine sortit d'un grand coffre une boule attachée à une chaîne.

— Bien sûr que tu veux, roucoula Amber en embrassant les doux cheveux bouclés rouge-doré du garçon. Nous voulons tous voir Na-da danser, n'est-ce pas ?

Les musiciens déployèrent leurs ailes, s'élevant dans les airs avec leurs instruments. Un instant plus tard, une musique énergique emplit la salle.

Presque toute la cour du Pic Bozyr s'était rassemblée ici ce matin après que Zenada ait annoncé qu'elle se produirait aujourd'hui. Amber lui avait dit que Zenada s'entraînait sur une nouvelle routine depuis des mois. Aujourd'hui, elle était enfin prête à partager son don avec eux tous.

— Na-da. Le bébé s'agita, tendant les bras vers sa mère.

— Chut. Amber le fit rebondir à nouveau sur son genou, mais il n'y avait plus beaucoup de place sur ses genoux à cause de son ventre de huit mois de grossesse.

— Donne-le-moi, sourit Elex en prenant le garçon. Viens ici, bonhomme. J'ai une meilleure vue. Et un jouet, regarde. Il agita la grosse chaîne dorée qui pendait à son cou, faisant sauter le sceau royal.

Le sceau attira l'attention d'Ahrit. Il saisit le disque d'onyx et le mit dans sa bouche, se calmant immédiatement.

Amber sursauta.

— Cette chose est-elle assez propre pour un bébé ?

Elex rit.

— Bien sûr. Je m'assure de ne pas sceller d'affaires sales avec.

Elle leva les yeux au ciel, dissimulant un sourire, mais ne dit rien tandis que Zenada enflammait la boule au bout de sa chaîne. Elle la balançait lentement de côté à côté, comme pour tester son poids et sa trajectoire.

Alors que la musique s'intensifiait, Zenada secoua la chaîne, envoyant la boule vers le haut. Le feu laissa dans son sillage un large arc de lumière, brillant comme une étoile dans la pénombre de la salle.

C'était une journée nuageuse dehors. Toutes les fenêtres en vitraux étaient fermées. La pâle lumière du jour filtrait dans la Salle du Trône en taches colorées qui n'éclairaient pas complètement le vaste espace. Il n'y avait pas de torches à l'intérieur. La cheminée n'était pas allumée non plus. La lumière la plus vive provenait de la boule de feu au bout de la chaîne de Zenada.

Elle tournait plus vite, la boule décrivant un cercle au-dessus de sa tête. D'un mouvement de l'autre extrémité de la chaîne, elle fit s'enflammer l'autre boule. Maintenant, elle les maniait toutes les deux au-dessus et autour d'elle.

La tension dans son expression s'adoucit, laissant place à un sourire. La danse semblait lui être sans effort. Elle tournait et virevoltait, faisant rebondir et filer les deux boules de feu autour d'elle comme si elles étaient vivantes.

Il se souvenait de la danse que Zenada avait exécutée pour le roi Edkhar. À l'époque, elle avait l'air nerveuse et effrayée. À juste titre, car le roi lui avait fait du mal.

Elex n'était pas surpris qu'il lui ait fallu autant de temps pour recommencer à danser. Mais il était heureux qu'elle l'ait finalement fait. La joie de faire ce qu'elle aimait transparaissait dans son expression sans peur.

Zenada termina la première partie de sa danse, trempa la chaîne dans un seau d'eau pour éteindre le feu, puis retourna au coffre pour prendre un accessoire différent.

La salle éclata en applaudissements. Elle sursauta, levant les yeux.

— Magnifique ! criaient les gens.

— Incroyable ! Amber frappa des mains.

Un énorme sourire s'épanouit sur le visage de Zenada. Elle rejeta ses épaules en arrière et plongea dans une gracieuse révérence devant la foule.

— Magique ! tonna une voix profonde à la gauche d'Elex. Gabrik frappait dans ses grandes mains si fort que ses poignets seraient sûrement douloureux le lendemain.

— Elle est magnifique, n'est-ce pas ? s'extasia Amber depuis son siège sur la droite.

Elex déplaça son attention de Gabrik à sa femme.

— Elle l'est, acquiesça-t-il.

Amber jeta un coup d'œil à Gabrik, qui ne pouvait détacher ses yeux de la danseuse de feu aux cheveux noirs.

Elex ricana.

— J'aimerais que Gabrik fasse autre chose que la regarder avec ces yeux éperdus.

Amber lui fit un sourire malicieux.

— Je pense qu'il a déjà fait plus que ça.

— Que veux-tu dire ?

Elle se pencha par-dessus l'accoudoir de son trône vers lui et baissa la voix.

— Zenada a laissé échapper récemment que Gabrik embrassait merveilleusement bien. Et j'ai toutes les raisons de croire qu'elle a appris cela par expérience, pas par quelque ragot de cour.

— Oooh. Il se redressa sur son trône, faisant rebondir Ahrit. Tant mieux pour elle. Pour eux deux. Gabrik est un homme bien.

La plupart des anciens hommes du Pic Désolé s'étaient révélés être des hommes bons et loyaux. Tous avaient trouvé de nouveaux foyers. Certains étaient restés au château, d'autres s'étaient installés dans la vallée ou ailleurs à Dakath. Tous construisaient de nouvelles vies meilleures pour eux-mêmes.

Le Pic Bozyr ressemblait de plus en plus à l'endroit où Elex avait grandi. Il ne restait pratiquement aucune trace du règne brutal du roi Edkhar. Les plus durables semblaient être les cicatrices que les gens portaient encore dans leurs cœurs et sur leurs corps.

Elex avait proposé de raser le Sanctuaire *Salamandra* pour Amber, mais elle lui avait demandé d'épargner ce lieu sinistre. Au lieu de cela, elle travaillait à le transformer en quelque chose d'autre. Quelque chose de meilleur. Elle disait qu'elle voulait que ce soit un véritable sanctuaire pour tous ceux qui n'avaient nulle part où aller.

Tous ceux qui avaient besoin de soins mais n'avaient personne pour s'occuper d'eux, tous ceux qui se retrouvaient à la dérive dans le monde sans but ni direction, étaient les bienvenus dans le nouveau Sanctuaire. Ils pouvaient rester aussi longtemps qu'ils en avaient besoin pour se remettre sur pied, ou pour toujours s'ils le souhaitaient.

Après seulement quelques années, les résultats étaient étonnants. D'un lieu isolé et démuni, le Sanctuaire *Salamandra* était devenu un refuge et un lieu d'espoir pour beaucoup, ainsi qu'une partie florissante de la communauté.

Inspirée par ces résultats, Amber s'était engagée à ouvrir des Sanctuaires dans tout le royaume. Chacun d'eux serait sous la protection personnelle de la reine. Elex pouvait clairement voir comment l'Ordre de la *Salamandra* deviendrait finalement le havre de paix qu'il était pendant le règne de ses parents.

L'avenir n'était pas gravé dans la pierre, mais Amber et lui avaient un bon modèle à suivre. Et l'avenir semblait plus radieux que jamais.

Amber poussa un léger soupir, caressant son joli ventre rond.

— Elle bouge ? Il tendit la main pour toucher le ventre de sa femme et sentit sa fille donner un coup de pied.

— Si elle bouge ! rit Amber. Je crois qu'elle exécute sa propre danse du feu là-dedans.

Il caressa doucement son ventre.

— J'ai hâte de la rencontrer.

Sa femme sourit.

— Oh, je suis sûre qu'elle aussi a hâte de sortir et d'étirer enfin ses petites jambes vigoureuses.

Les trônes des sept Seigneurs Rebelles étaient restés vides. Leurs propriétés étaient devenues des terres de la couronne après la guerre. Leur petite princesse deviendrait la Haute Dame de l'une d'entre elles à sa naissance. En ce qui concernait Elex, cela ne le dérangeait pas de remplir les six autres trônes de la même manière.

— Viens ici. Il prit son visage en coupe. Je t'aime, mon étincelle, murmura-t-il contre ses lèvres souriantes.

Elle pressa sa bouche contre la sienne en un tendre baiser.

— Je t'aime aussi, ma précieuse gargouille.

Tournez la page pour découvrir la suite dans le monde de la Rivière des Brumes.

Brûle pour moi

SCÈNE BONUS

Note de prudence : la scène suivante ne s'intègre pas dans la narration principale du diptyque Feu dans la Pierre. Elle est légèrement plus érotique que le reste. Elle pourrait ne pas convenir à tous. Mais j'ai dû l'écrire pour une seule raison : la curiosité.

Si vous épousiez un homme qui pouvait se transformer en roche et en dragon, ne voudriez-vous pas savoir ce que c'est que de faire l'amour avec lui sous toutes ses formes ? J'ai pensé qu'Amber serait curieuse aussi. Elle apprécie le corps de son mari lorsqu'il est un homme. Elle fait entièrement confiance à Elex. Il est donc logique qu'elle veuille essayer de *chevaucher* son roi-dragon, sous quelque forme qu'il soit.

Lisez *Brûle pour moi* sur mon Patreon. Disponible pour tous les niveaux :

Postface

Si vous avez aimé les deux tomes de *Le Feu dans la Pierre*, vous apprécierez peut-être aussi *La Caresse du Serpent* au la trilogie *La Ménagerie des Curiosités de Madame Tan*, dont l'action se déroule dans le même univers. Veuillez tourner la page pour lire un extrait de *L'Appel de l'Eau*, premier tome de la trilogie de Madame Tan, qui raconte l'histoire de Zeph, l'homme-sirène.

L'Appel de l'Eau

CHAPITRE 1

— Voilà! dit Fleur en français, avec un grand geste théâtral devant la porte noire d'un bâtiment en stuc jaune aux fenêtres voûtées.

Au-dessus, une pancarte rouge et brillante indiquait *Le Loup solitaire*.

— Cela me paraît petit, répondis-je, également en français.

Nous étions à Paris. Fleur était née ici et avait grandi juste à la périphérie de la ville. Moi, je venais du Canada pour un séjour de deux semaines.

Conformément aux règles de notre programme d'échange scolaire depuis l'école primaire, quand nous étions en France, nous devions parler français et au Canada, l'anglais prenait le relais. Fleur était maintenant étudiante à l'université et cela faisait au moins deux ans que j'avais obtenu mon diplôme de graphisme. Mais les vieilles habitudes ont la vie dure. Chaque fois que je lui rendais visite à Paris, nous parlions français et, lorsqu'elle venait à Toronto, nous basculions automatiquement vers l'anglais.

— N'est-ce pas la rue où se trouve le *Moulin Rouge*? Le

célèbre cabaret ? demandai-je en me retournant, avec un sentiment de déjà-vu intense. C'est le boulevard de Clichy ? Non ?

Jetant un coup d'œil à la rue, je pus apercevoir la façade rouge du célèbre lieu burlesque. Les voiles de son moulin à vent en treillis se détachaient des bâtiments beiges voisins.

— Nous sommes déjà allées au Moulin Rouge. Deux fois ! dit Fleur en secouant la tête, ses petites boucles noires rebondissant autour de son joli visage. *Le Loup solitaire* est ouvert depuis des décennies et nous n'y sommes jamais allées. J'ai entendu dire que le spectacle est incroyable.

Elle posa sa main sur la poignée en laiton poli et ouvrit la porte noire sous l'enseigne.

— Bienvenue au Loup solitaire, se précipita une hôtesse en robe beige. Bienvenue.

Notre table s'avéra être située tout à l'avant, juste à droite de la scène.

— C'est beaucoup trop près, chuchotai-je à Fleur.

Une sorte de malaise me prit alors que nous nous approchions de la scène, dont les lumières nous submergeaient à présent. Je sentis dans mon dos le regard oisif des inconnus assis aux autres tables tandis que Fleur et moi prenions place.

— Ce n'est pas comme si tu allais toi-même monter sur scène, trouillarde va ! me taquina Fleur.

— J'ai l'impression d'être assise en plein *dessus,* oui.

Je m'enfonçai dans le siège, tout en jetant des regards furtifs aux gens autour.

— Personne ne se soucie de nous ici, dit-elle en me tapotant la main sur la table. Calme-toi, t'es bête.

J'aurais été beaucoup plus à l'aise si nous avions choisi des places plus au fond, dans la pénombre. Mais, bien entendu, Fleur avait raison. Nous n'étions pas les comédiens. Et personne ne prêterait plus aucune attention à nous une fois le spectacle commencé.

Refoulant mon anxiété, je jetai encore un coup d'œil aux alentours.

La pièce était décorée avec goût en noir et crème avec juste une pointe de rouge ici et là. La légère odeur de poussière et de parfum qui flottait dans l'air rappelait celle des magasins d'antiquités.

Une jolie brune dans une robe rouge étincelante s'approcha de notre table.

— Bonjour, sourit-elle. Je suis Jacqueline, votre hôtesse. Est-ce que c'est votre première fois au Loup solitaire ?

— Oui, sourit Fleur en retour.

Je hochai juste la tête.

— Oh, j'espère que vous vous plairez ici ce soir. Zeph va ouvrir le spectacle, ajouta Jacqueline avec fierté, comme si elle partageait avec nous une spécialité du chef.

— Qui est Zeph ? demandai-je en me penchant sur la table vers Fleur, après que Jacqueline eut pris nos commandes et fut partie.

— Selon leur site internet, Zeph est leur chanteur attitré. Même s'ils modifient souvent le programme, ajoutent et retirent des artistes. Lui, il est toujours là, depuis des années. Spécialité de la maison, tu crois !? dit-elle en riant et en secouant les épaules, l'excitation de cette attente se voyant dans ses yeux marron foncé. Il a l'air mignon sur les photos en plus. Tu verras.

Une musique douce retentit alors que Jacqueline nous apportait les boissons, puis le repas.

D'autres personnes s'asseyaient au fond sur des chaises le long du mur et certaines se tenaient même debout de chaque côté de l'entrée.

— Cet endroit est plein à craquer, dis-je en me tortillant et en embrassant du regard toute la salle.

Fleur porta un canapé à sa bouche.

— Je t'ai bien dit que c'était sûrement un bon spectacle.

La lumière des lustres en bronze vieilli au-dessus de nous s'atténua à mesure que le volume de la musique augmentait.

Les rideaux noirs chatoyants s'ouvrirent, révélant une silhouette solitaire assise sur un tabouret de bar au milieu de la scène, un micro argenté à la main.

Je m'attendais à ce qu'un maître de cérémonie accueille le public et présente la première partie. Mais, au lieu d'un discours, une voix lyrique envoûtante commença tout de suite à chanter.

Apparemment, Zeph — la première partie — n'avait pas besoin d'être présenté. Les gens crièrent son nom en guise d'accueil. Dès que les premières notes de *Et si tu n'existais pas* jaillirent de sa bouche, la salle éclata en applaudissements et en acclamations.

Zeph continua à chanter au milieu de tout ce bruit et sa voix emporta et calma la foule.

Perché nonchalamment sur son tabouret de bar, un pied au sol, l'autre placé sur le barreau supérieur, Zeph n'avait pas d'autre accessoire que la douce lumière de la scène. Elle glissait sur lui par vagues colorées, magenta et aigue-marine. Sa voix flottait avec la lumière et les paroles tissaient une belle histoire d'amour et de désir, il disait ne rien avoir à faire dans ce monde si son amante n'existait pas.

La chanson n'était pas triste, la mélodie était légère et aérienne. Pourtant, mon cœur commençait à se tordre de désir pour quelque chose que je n'arrivais pas à nommer.

J'avais déjà entendu cette chanson. C'était un des vieux titres préférés de ma mère. Mais jamais auparavant elle n'avait eu cet effet sur moi, comme cette interprétation de Zeph. Il ne m'avait pas regardée dans les yeux, mais j'avais l'impression qu'il chantait pour moi seule. Chaque note me touchait au plus profond de mon âme.

Un sentiment beau et profond m'envahit doucement, me réchauffant de l'intérieur. Je voulus alors moi aussi qu'une personne tienne à moi, autant que Zeph me faisait croire qu'il tenait à la femme de la chanson. Je me mis à rêver qu'il y avait quelqu'un dont j'avais tellement besoin que je ne voulais pas d'un monde sans lui, que sa simple existence rendait la vie digne d'être vécue.

L'intensité de cette nouvelle émotion augmentait avec les

paroles de la chanson, allant et venant au rythme de la musique et des ondes lumineuses de la scène.

La foule semblait disparaître peu à peu. Toute sensation désagréable liée au fait d'être au milieu d'une salle pleine de monde s'était maintenant dissipée.

C'est alors que le désir de quelque chose de grand et de merveilleux — une aventure incroyable, un amour transcendant — résonna fort dans ma poitrine.

Et aussi longtemps qu'il continua à chanter, je crus vraiment que plus rien n'était impossible.

Une dernière note s'échappa des lèvres de Zeph, puis la chanson se termina.

La salle explosa encore en applaudissements, me ramenant brutalement à la réalité, détruisant en un instant toute la magie qui s'était lentement opérée en moi. La sensation de joie disparut d'un coup et le vide laissé juste après me comprima fort de l'intérieur.

Le bruit me parut envahissant. L'air autour de moi devint trop lourd pour que je puisse respirer à nouveau. Je balayai la salle des yeux, j'avais besoin de sortir. Même juste un petit moment. Une porte de service était entrouverte.

— Je reviens tout de suite, chuchotai-je à Fleur, ignorant son regard interrogateur.

Je m'extirpai de mon siège et me précipitai vers la porte.

Juste après la porte, un petit couloir menait aux cuisines.

— Puis-je vous être utile? me demanda une hôtesse qui portait sur son épaule un plateau argenté et rond rempli de petites assiettes.

— J'ai besoin d'aller dehors...

— La sortie principale est par là-bas, sourit-elle, en faisant un geste dans la direction d'où je venais.

— C'est trop loin, dis-je d'une voix rauque.

Elle me lança un regard inquiet. Je sentis le sang quitter mon visage, me donnant l'air pâle de quelqu'un qui était sur le point d'être malade.

— Est-ce que tout va bien ?

— J'ai juste besoin d'un peu d'air frais, suppliai-je.

Finalement, elle tourna le menton vers l'arrière de son épaule.

— L'entrée de service est par là.

— Merci, lui répondis-je, en me précipitant dans le couloir vers une porte métallique.

Disponible maintenant.

Le Monde de la Rivière des Brumes

Feu Dans la Pierre (Elex)

Cœurs en Feu (Elex)

La Caresse du Serpent (Amira)

La Conquête du Serpent (Amira)

La Ménagerie des Curiosités de Madame Tan

L'appel de l'Eau (Zeph)

Folie de la Lune (Lero)

Le Pouvoir de la Rage (Radax)

ROMANS D'AMOUR de SCIENCE-FICTION

Un Alien pour les fêtes

Mon Mariage avec Krampus

Mon Minuscule Géant

Mon Escapade D'Anniversaire

Une Mère par Correspondance

Nouvelle Année, Nouvelle Planète

Une Mère par Correspondance

Mon Petit Potiron

Qu'est-ce qui fait d'un Alien un Père ?

À propos de l'auteur

Marina Simcoe aime écrire des histoires d'amour avec des personnages, qui peuvent être humains ou non, car elle croit fermement que notre monde contemporain a toujours besoin d'un peu de fantaisie.

Elle s'amuse beaucoup à explorer comment ses personnages fantastiques, dotés de leurs propres croyances, valeurs et aspirations, s'adaptent à notre vie de tous les jours.

Elle vit au Canada avec son grincheux de brute bien à elle, leurs trois jeunes enfants et un chat, qui est assurément unique en son genre.

Pour être tenir informé de ses prochains livres, veuillez consulter la page de Marina Simcoe sur Facebook ou le site de l'auteure.

https://www.marinasimcoe.com/français

facebook.com/MarinaSimcoeAuthor

instagram.com/marinasimcoeauthor

patreon.com/MarinaSimcoe

bsky.app/profile/marinasimcoe.bsky.social

bookbub.com/profile/marina-simcoe

pinterest.com/marinasimcoe

9 781989 967522